KB068478

토끼

1

드라마 원작 소설
극본 김은숙 | 소설 스토리컬처 김수연

쓸쓸하고 찬란하神
도깨비

1

차
례

검은 밤이다.

그 밤을 밝히는 것은 너른 들판 위에 펼쳐진 흰 메밀꽃들이다. 눈송이 내려앉은 것처럼 하얗게도 피어 있다. 희미하지만, 분명히 빛나고 있는 것들. 메밀꽃송이들 위를 서성이는 반딧불이들. 아름답고도 쓸쓸한 광경이다. 세월에 부식되어 녹슬고 무딘 거대한 검이 들판 한가운데 박혀 있다. 멀리 흰 나비 한 마리가 날아온다. 파닥이는 날갯짓에 바람이 분다. 메밀꽃들이 흔들려 바다 위에 부서지는 포말처럼 흩어진다. 나비가 검 위에 조용히 앉았다. 고요하던 들판에 거대한 울음이 쏟아지기 시작한다. 검이 운다. 푸르다 못해 흰 불꽃으로 검이 화한다. 천지를 뒤흔들며 신이 검을 향해 말한다.

오직 도깨비 신부만이 그 검을 뽑을 것이다.
검을 뽑으면 무로 돌아가 평안하리라.

낭만적 저주

음울한 마른하늘이 불길하기 짝이 없었다. 전장이란 곳은 운이 따르는 곳이 아니었다. 사람들이 신음하고 피 흘리는 곳이었다. 웃는 것은 최후의, 최후의 일인으로, 그마저도 피 흘리며 웃게 되는 곳이 전장이었다.

몇 명의 사람을 죽였더라.

이 전장에서도 최후의 승자가 될 자, 전쟁의 신. 사람들은 그를 신神이라 불렀다. 고려 최고의 무신武神, 김신은 가만히 세어보았다.

손은 무의식적으로 움직여 적의 목을 단칼에 베어냈다. 이미 누군가의 피로 덮인 칼날에 또 다른 적의 피가 덧입혀진다. 둘러본 주변에서는 적군이고 아군이고 모두 죽어나가고 있었다. 무고한 백성들은 찢겨져 나가며 울고 있었다. 말 못 하는 짐승들, 다리 잘린 말이 까무러치며 내는 소리는 또 얼 마나 처참한가. 저편의 시체와 사체의 무덤 위에는 까마귀 떼 가 날아들었다. 파 먹히고 있었다.

나의 육신과 정신도 파 먹히고 있는 것은 아닌가? 그에게 그런 후회가 날아들 때도 있었다. 그러나 이 모든 것이 어디 자신을 위해서였던가. 나의 나라 고려를 위해서였다. 또 그 나라의 신, 주군을 위해서였다.

김신은 소리치며 적을 향해 다시 한 번 달려 나갔다. 고민 할 것 없었다. 그저 베어내고 베어내고 또 베어내면 그만인 일이었다. 그는 피로 만들어진 신이니까. 마른하늘 위로 번개 가 내리쳤다. 번개의 섬광 아래 거란의 깃발은 불타고 고려의 깃발이 펄럭이고 있었다.

"김신 장군이다!"

"김신 장군 만세!"

수만의 대군이 다시 주군의 땅, 왕의 땅으로 돌아오고 있었 다. 전투를 치른 말들의 발굽 소리가 지쳐 있었다. 그러나 한 편으로는 홀가분한 듯 경쾌하였다. 돌아오지 못한 자들도 있 었으나, 이렇게 김신은 돌아왔다. 그러니 백성들은 기쁘게 김 신의 이름을 외쳤다. 자신들을 지켜준 이는 긴 머리를 늘어뜨리고 허리를 곧게 세운 채 말을 모는 김신 장군이었다.

도성으로 들어가는 문 앞에는 성문을 지키는 수비병들이 서 있었다. 성한 곳 없는 김신의 부하들이 말에서 내려 우렁차게 외쳤다. 적국과 싸워 승리하고 돌아온 그들은 성문이 그들을 향해 활짝 열릴 것이라 의심치 않았다.

"문을 열어라! 개선장군 김신 장군이시다!"

"김신은 군장을 풀고 어명을 받들라."

고작 정7품 별장 놈이 성문을 막아선 채 상장군 앞에서 하는 태도가 기가 막혔다. 김신의 옆을 지키고 있던 장수 하나가 배에 힘을 가득 주어 어명을 받들라 하는 별장을 큰 소리로 꾸짖었다.

"이놈! 누구 앞인 줄 알고 그리 행동하는 것이냐!"

칼을 꺼내 위협하려는 그를 김신이 부러지지 않은 오른팔을 들어 막았다. 김신은 도성 앞에 선 병사들의 이전과는 다른 공기를 읽는 중이었다.

"대역죄인 김신은 검을 물리라. 무릎을 꿇고 어명을 받들라!"

대역죄인. 이 자가 대역죄인이라 하였다. 고단함으로 가라앉아 있던 김신의 눈동자에 동요가 일기 시작했다.

"이놈! 제대로 실성하였구나!"

김신의 수하가 옆에서 고성을 내지르기 시작했다.

어명. 어명일 리 없다. 아니겠지. 아니어야 한다. 그 어명에 따라 싸우고 돌아온 터였다. 김신이 몸을 움직이자 성벽 위의 궁수들이 일제히 시위를 당겨 그를 겨눴다.

"대역죄인 김신은!"

그럴 리 없다. 자신을 향한 화살이 어명일 리가 없다. 정녕, 주군의 선택이 이것이란 말인가?

"폐하를 뵙겠다. 길을 터라."

한 발, 김신이 걸음을 뗐다. 그러나 성벽 위의 군도 성문 앞의 군도 물러서지 않았다. 김신을 외치던 백성들은 납작 엎드려 숨죽이고 있었다. 무언가 뜨거운 것이 발아래에서 올라오는 듯했다.

"막아서면 반드시 죽을 것이다. 길을 터라!"

그가 검을 뽑아 움직이는 순간, 파바박! 허공을 찢으며 화살이 날아들었다. 김신의 뒤로 서 있던 병사들이 억, 하는 단발의 비명과 함께 속수무책으로 쓰러졌다. 병사들 사이사이로 날아간 화살들이 바닥 위로 꽂혔다. 여기저기 피가 흘러내리고, 눈을 쉬이 감지 못하는 이들이 피를 토해내었다.

사흘 밤낮을 가리지 않았던 긴 싸움, 야만스러운 적도 그들을 죽이지 못했다. 그런데 이렇게 허무하게 칼 한번 손에 쥐지 못하고 죽음은 찾아왔다. 검을 쥔 손이 떨렸다. 뒤로 남은 병사들은 살려야만 했다. 성문이 천천히 열리는 것을 바라보며, 김신은 혈혈단신으로 성문으로 향했다. 걷는 걸음마다 분노가 깊숙이 새겨졌다.

정전 앞에서 그가 걸음을 멈췄다. 정전으로 들어서는 문 앞
에 왕비가 그를 막아서 있었다. 곱디고운 주군의 비는 김신의
하나뿐인 누이였다. 왕비의 작은 손이 치맛자락을 꽉 움켜쥐
고 있었다. 그렁그렁한 눈. 김신은 가던 걸음을 멈춘 채, 그 눈
너머 광경을 찬찬히 바라보았다. 그의 혈육들이며 노비들까
지 포승줄에 몸이 묶인 채 죄인의 옷을 입고 무릎 꿇려 있었
다. 초췌한 몰골들이 고문을 받았음을 짐작케 했다.

분노에 찬 화살들이 자신을 향해 날아와 박혔음에도 몰랐
던 것을 이제야 깨달았다. 왕은 김신을 버렸다. 정전 위의 저
높은 의자, 그 의자에 앉은 어린 왕, 나의 주군은.

"백성 위에 왕, 왕 위에 신. 그 신은 김신을 일컫는다 합니다."

간신의 뱀과 같은 혀가 왕에게 속삭이고 있었고, 김신을 내
려다보는 왕의 눈도 타오르고 있었다. 감정들이 뒤엉킨 눈이
었다. 그는 가장 충실한 신하였으나, 왕의 자리를 가장 위협
한 자였다. 김신의 뜨거운 눈, 왕에게 언제나 가장 믿음직하
였고 세상 사람들에게도 '가장' 믿음직하였을 눈을 왕은 끈질
기게 노려보았다.

"저자의 끝없는 승전보가 백성을 현혹하고 저자의 권세가
거듭 왕실을 조롱하니 국법으로 다스리시옵소서."

김신은 고개를 천천히 저었다. 그러나 마저 고개를 젓기도 전에 이미 결심을 끝낸 왕의 주먹이 세게 쥐어졌다.

"정녕 이렇게까지 하시는 겁니까?"

떨리는 목소리가 참혹했다. 그 어떤 전쟁에서 들어온 무수한 울음보다도 김신은 저 자신의 목소리가 가장 참혹하게 느껴졌다.

"그러니 더는 오지 마라. 그게 무엇이든 멈추거라. 그 자리에 멈춰 역적으로 죽어라. 너를 제외한 모두가 살 것이다."

어린 왕의 시선이 잠시 흔들렸다. 저와 마찬가지로 어린 비, 아름다운 비에 시선이 스쳤다. 왕의 비는 등을 돌린 채 오라비인 김신을 향해 있었다.

"허나 단 한 걸음이라도 더 다가온다면, 네놈의 걸음 하나, 시선 한 번에! 모두를 죽여 네놈 발치에 깔아줄 것이다!"

왕의 친위대가 모두 공격 태세를 갖췄다. 못 박힌 듯 붙어 있던 김신이 누이를 향해 몸을 돌렸다. 아이라고만 생각했던 누이는 언제 이렇게 자라서 제 앞에 서 있을까. 자신이 전장을 떠도는 동안 누이가 보내오던 서신들을 곱씹었다. 그는 누이를 지키고 싶었다.

"가세요, 장군. 저는… 저는 괜찮습니다."

"…마마."

핏발 선 눈에서 눈물이 떨구어졌다.

"압니다, 장군. 다 알아요. 혹여 이게 마지막이면 이 또한 제 운명인 겁니다. 그러니 가세요. 멈추지 말고 가세요, 폐하께."

흰 정복을 갖춰 입은 왕비는 끝까지 허리를 숙이지도 어깨를 떨지도 않았다. 김신은 제 누이에게서, 일국의 비에게서 그 뜻을 읽었다. 그녀의 눈물 한 방울과 함께 김신은 걸음을 내디뎠다.

한 걸음, 김신의 한 걸음에 화살이 비처럼 쏟아졌다. 노비들이 울며 저들끼리 껴안아보지만, 이미 죽음은 코앞에 있었다. 울음소리가 김신의 마음을 찢어놓았다. 또 한 걸음, 걸음을 내디뎌 왕과 김신의 거리가 좁혀졌다. 왕비도 결국 김신의 편에 선 것이다. 김신의 걸음이 어린 왕의 불안을 옥죄고 있었다.

"역모다! 저 집안의 그 누구의 숨도, 붙여두지 말라! 어명이다!"

다시 한 번 쏟아지는 화살에 김신의 혈육들이 쓰러졌다. 돌아본 왕비의 등에도 화살이 꽂혔다. 왕비가 천천히 쓰러졌다. 부드러운 비단 위 자수가 화려하게 놓인 왕비의 등이 피에 젖어 더욱 꽃과 같았다. 김신의 눈에서도 눈물이 떨어졌다. 결국 김신은 걸음을 멈추었다.

"죄인을 꿇려라!"

놓치지 않고 왕이 명령했다. 김신의 가장 가까이에 선 친위

대가 칼을 뽑아 단번에 김신의 무릎을 베어냈다. 털썩. 땅에 무릎이 떨어지는 소리가 처연했다. 칼로 베지 않아도 언제든 왕 앞에 무릎 꿇었을 것이나, 그는 지금 오직 타의로 꿇려져 있었다.

"장구우운!"

소식을 듣고 김신의 부하 중 하나가 울부짖으며 문 안으로 달려 들어왔다. 무릎 꿇린 김신을 발견한 그는 김신을 붙잡아 지탱하며 함께 무릎 꿇고는 권좌 위의 왕에게 외쳤다.

"폐하! 어찌 이러십니까! 하늘이 두렵지 않으십니까?"

하늘. 저자가 하늘이라 했다. 언제부터 하늘이 저자들의 편에 선 하늘이 됐단 말인가. 왕의 입술이 비틀렸다. 김신은 애써 정신을 집중해 흐릿한 시야로 왕의 비틀린 얼굴을 보았다. 눈이 먼 왕이 분노로 들끓는 용암 같은 가슴에 새겨졌다. 무릎을 꿇고도 눈을 내리깔지 않는 김신과 눈이 마주치자 왕은 더 참을 수가 없어졌다.

"죄인의 눈빛이 형형하니 어심이 어지럽다. 반드시 참하라!"

무릎을 베어낸 자가 다시 한 번 칼을 빼어 들었다. 허나 이 번엔 칼날 부딪히는 소리가 났다. 병사의 칼을 쉬이 막아낸 김신이 나직이 읊조렸다.

"그대의 일이 아니다."

시대의 무신이다. 어느 적도 그의 목을 벨 수 없었다. 얼마 전까지 이 병사에게도 김신은 신이었다. 병사는 손을 떨며 칼을 거뒀다.

"마지막은 자네에게 부탁하고 싶은데."

분노와 슬픔으로 가늘게 떨리는 김신의 낮은 목소리가 자신의 부하를 향했다. 누구도 한 몸처럼 지녔던 검을 부하에게 넘기는 그 참담한 마음을 헤아릴 길이 없었다. 성문 밖 백성들의 숨죽인 곡소리가 웅웅 대며 들려왔다. 우리를 살린 장군님을 살려달라 천지신명, 옥황상제, 그 어떤 산신이라도 좋으니 살려달라 애원하는 그들의 소리는 멀리서부터 끊이지 않고 들렸다. 명을 받드는 부하의 눈에서 눈물이 흘러내렸다. 그도 김신과 전장을 구르며 함께했던 이 나라의 영웅이었으니 끝도 함께였다. 신과 같았던 이에게 검을 박아 넣었다. 그와 동시에 왕이 보낸 병사의 칼이 부하의 등을 그었다.

김신의 가슴에 박힌 검이 크게 진동하며 사납게 울렸다. 울컥, 김신이 입 밖으로 피를 토해내며 앉은 채 쓰러졌다. 부하의 얼굴이 보이지 않았다. 그도 이렇게 죽어가겠지.

가물가물해져 가는 의식을 붙잡아 멀리 쓰러진 왕비를 찾았다. 왕비는 쓰러진 채 자신의 끝을 보고 있었다. 또 그의 주군 되었던 왕을 보고 있었다. 생의 끝이 왕비에게 먼저 도달하였다. 바닥에 쓰러져 김신을 붙잡듯 희미하게 움직이던 손가락이 툭, 땅 위에 떨어졌다. 피에 젖은 채 옥반지가 땅 위를 굴렀다.

내 어린 누이가 갔구나. 김신의 눈도 끝끝내 감겨갔다. 마지막 장면은 돌아서는 왕의 뒷모습이었다. 자신이 아끼던 신하와 자신이 사랑하였던 여인의 죽음을 마지막까지 보지도 않는 잔인한 왕.

"그 누구도 대역죄인의 시신을 수습하지 말라! 들판에 버려두어 들짐승과 날짐승의 먹이로 두라! 금수의 허기를 달래는, 딱 그 정도가 저자의 가치다. 어명이다!"

간신의 목소리가 쓰러진 몸을 훑었다. 딱 이 정도가 나의 운명이구나. 그 어떤 신도 인간을 돕지 않는다. 신은 듣고 있지 않다.

하루 중 가장 화창한 오시午時. 어떤 이들에게는 '신'이었던 그는 자신이 지키던 주군의 칼날에 죽었다.

너른 들판에는 시신 한 구가 외롭게 뉘여 있었다. 밤이 되고 또 아침이 오기를 반복하며 들판 위에는 멋대로 들풀이 자라나기 시작했다. 시체의 일부는 말 그대로 들짐승과 날짐승의 먹이가 되었다. 그리고 또 일부는 비와 눈에 씻기고, 바람에 흐트러졌다. 그러고도 남은 일부만이 흙이 되어 돌아갔다. 검 한 자루만 덩그러니 남았다. 인간들 속의 신은 그렇게 쉬이 잊혀졌다. 남아 있던 검마저 검게 부식되어갈 만큼의 세월이 흘렀을 때, 나비 한 마리가 마지막으로 찾아들었다.

검이 못 박힌 자리에 함께 박힌 김신의 영혼을 찾아온 신이었다.

— 그대는 목숨을 다해 백성을 구했으나 백성은 널 잊었구나. 인간이란 그런 것이다. 이기적이지. 때문에 너는 잊힌 것이다.

김신의 영혼은 내내 쓸쓸하게 울고 있었다. 육신이 흙이 될 시간에도 분노는 사그라지지 않았다. 분노의 방향은 정처 없었다. 주군? 주군을 쬔 간신? 자신을 잊은 백성? 아니, 오히려 인간 사이를 팔랑거리며 날아드는 신을 향한 것인지도 몰랐다.

— 기대할 게 못 되는 건, 듣지 않는 신입니다.

— 인간은 쉽게 변한다. 욕심은 끝이 없고, 희생은 당연하고, 은혜는 바로 잊고, 신의는 깨트리지. 그런 자들의 염원 따위 들을 가치가 없다.

신의 목소리를 들으며 김신은 신께 빌던 백성들의 목소리를 떠올렸다. 고작 이런 생각이나 품고 있던 신에게 그들은 모든 것을 내걸었던 것이다.

— 저도 백성도 그저 신에게 조롱당했을 뿐, 저는 잊히지 않았습니다.

김신은 차라리 신보다 저를 신처럼 여기던 인간을 믿기로 하였다. 나비의 날갯짓이 가벼웠다. 김신의 영혼이 말했다.

— 누구의 말이 맞을지, 내기하시겠습니까?

감히 신과 하는 내기였다. 김신은 더 잃을 것 없는 영혼이었다.

———

어느덧 검이 다 슬어 하룻밤 비만 내려도 흩어져버릴 만큼 시간이 다시 흘렀다. 30년이 흘렀으나 여전히 김신을 보러 오는 자는 없었다. 나비는 이끼 낀 검 손잡이를 빙빙 돌며 그의 승리를 예언하였다. 김신의 종이 그 자리에 나타난 것은 그 하룻밤 비가 내리기 직전의 날이었다.

어두운 밤이었다. 늙고 병들어 이제 죽을 날만을 받아놓은 시종이 제 손자를 데리고 들판을 찾았다. 시신을 수습하지 못하도록 세워둔 군사도 이제는 없는 곳. 이곳을 찾아 시종은 몇 날 며칠을 헤맸다.

다 흩어진 김신의 시신 앞에, 아니 시신은 사라지고 검만 남은 그 자리에서 그의 종이 구슬프게 울었다. 김신을 모시며 허리 숙여 인사하던 그는 이제는 정말로 허리가 굽은 노인이 되었다. 뜻대로 움직여지지 않는 몸으로 겨우 손을 모아 절을 올렸다. 희게 센 머리와 수염이 바람에 날렸다. 절을 올리는 할아버지를 따라 티 없이 어린 손자도 바닥에 머리를 대며 절을 올리고 있었다.

"너무 늦게 왔지요. 송구합니다, 나으리. 소인은 이제 갈 모양입니다. 갈 때가 되어서야 찾아뵙습니다."

"이 검이, 나으리예요?"

바닥을 짚었던 손을 바지에 슥슥 문대며 손자가 물었다. 할아버지는 슬픈 눈으로 아이를 끌어당겨 검 앞에 세웠다.

"이제부터는 이 아이가 나으리를 모실 것입니다."

시종이 손자의 머리를 쓰다듬으며 말하고 있는 순간, 검이 우웅 우웅 울리기 시작했다. 귀 밝은 아이가 검이 우는 소리를 먼저 듣고 놀라 숨을 멈추었다.

김신은 잊히지 않았다.

김신이 이겼다.

나비가 날아와 검 손잡이에 앉았다. 아이가 우는 검과 흰 나비를 신기하게 바라보다 나비를 잡으려 손을 뻗었다. 태풍이 올 것처럼 하늘이 순식간에 더 깜깜해지더니, 빨려 들어갈 것만 같은 어둠 위로 불이 내렸다. 거대한 바람이 한 몸처럼 나비를 따랐다. 나비가 검에 내려앉았을 때 검이 불덩이가 되었다. 도깨비불이었다. 하늘에서 신의 목소리가 내려왔다.

— 그대가 이겼다. 그러나 너의 검에는 수천의 피가 묻었다. 너에겐 적이었으나, 그 또한 신의 피조물. 홀로 불멸을 살며 사랑하는 이들의 죽음을 지켜보아라.

불덩어리가 점점 더 커지더니 검 아래에 김신의 육체가 나타나기 시작했다. 검에 꽂혔던, 피 흘리던 모습 그대로. 도깨비불은 김신의 몸이 되었다.

김신, 도깨비 신이 되었다.

— 그 어떤 죽음도 잊히지 않으리라. 내가 내리는 상이자, 그대가 받는 벌이다.

육체를 이룬 김신의 입에서 숨이 터져 나왔다. 검이 가슴에 꽂히던 순간의 고통이 생생하게 되살아났다. 푸른 불이 넘실거리며 그의 몸을 감싸고 있었다. 그는 푸른 불 속에서 타오르고 있었다.

— 오직 도깨비 신부만이 그 검을 뽑을 것이다. 검을 뽑으면 무로 돌아가 평안하리라.

신의 목소리가 생생했다. 김신이 천천히 눈을 깜박였다. 노인이 된 시종과 놀란 아이가 보였다.

"나으리!"

시종이 놀라 김신을 크게 불렀다. 김신은 천천히 일어섰다. 상장군 김신이었다. 전장을 휩쓸고 다니던 모습 그대로의 눈빛이었다. 아니 그때보다 더 형형하였다. 아이는 모든 것이 놀랍고 무서워 제 할아버지 뒤로 몸을 숨겼다. 김신은 다시 되찾은 육신의 감각이 생경하여 천천히 움직였다. 찰나였다. 뜨거운 불덩이가 제 몸이 됐다. 하지만 가슴에는 여전히 불덩이가 있었다.

"다녀올 곳이 있다."

그는 그 길로 궁으로 향했다. 분노가 신만을 향한 것은 아니었다. 왕부터 찾아야 했다. 왕에게 물어볼 것도 있었다. 복수를 해야겠지만, 먼저 물을 것이다. 왜 자신을 믿지 않았느냐고.

갑작스러운 김신의 난입에 궁은 뒤집혔다. 누구냐, 무엇을 하는 자이냐, 김신을 잊은 자들이 그렇게 물었을 때, 그는 그저 손짓만으로 그들을 치웠다. 나가떨어진 이들이 무서움에 벌벌 떠는 것을 뒤로 하고 오직 왕에게로 나아갔다. 왕의 옆에서 간교한 말을 속삭이던 간신의 목은 단번에 비틀고 왕의 침전으로 향했다.

세월은 김신이 죽은 자리에만 흐른 게 아니었다. 왕의 침전에도 흘렀다. 영혼 없는 육신이 염된 상태로 눈을 감고 굳어 있었다.

"내가… 늦었구나."

그리고 왕의 침상 구석에 널린 그림들을 보았다. 왕비의 고운 얼굴이 색 입혀져 있었다. 왕이 마지막으로 남기고 간 건 자신의 누이였다.

허망할 뿐이었다. 나가떨어진 간신들이며, 대군이며 무슨 소용일까. 대답을 해야 할 왕은 죽어 있고, 사랑하는 제 피붙이들은 저와 함께 죽은 지 오래였다. 아무것도 남은 것이 없었다.

동이 트는 순간은 핏빛이었다. 김신은 들판으로 돌아가는 길 그 핏빛에서 대체 어떤 죽음을 골라내야 할지 감도 잡지 못하였다.

그가 다시 30여 년의 세월을 보낸 들판으로 되돌아왔을 때, 그 자리엔 돌무덤이 하나 생겨 있었다. 자신의 시체가 있던 자리에는 시종의 시체가 뉘여 있었다. 시종이 붙잡고 온 손자, 그 어린 아이만이 더럽혀진 작은 손으로 돌을 쌓고 있었다. 시종의 돌무덤. 김신은 어딘가를 맞은 듯 굳어버렸다.

손등 위로 핏줄이 올라올 만큼 주먹을 세게 쥐었다. 그 어떤 죽음도 잊히지 않으리라, 신은 바로 어젯밤 말하였다. 자신은 얼마나 어리석은가. 저를 잊지 않아준 이를 두고, 무엇을 얻고자 먼 길을 다녀왔는가. 아이의 곁에 다가선 그가 돌을 주워 아이가 쌓은 돌무덤 위를 한 층 더 쌓았다. 사무치는 손길이었다.

"자네가… 내가 받는 첫 번째 벌인 모양이다."

이제 그를 기억할 사람은 아무도 없었다. 마지막 사람마저 자신이 보내버렸다. 다시 혼으로 돌아가 아예 스러져버리는 것이 낫지 않을까 싶은 순간 작은 아이의 손이 그를 붙들었다.

"절 받으십시오. 이제부터 제가 모시겠습니다. 할아버지 유언이셨습니다."

아이의 어설프지만 공손한 절이 그 앞에 올려졌다. 그의 눈이 이 새벽처럼 붉었다.

"복수에 눈멀어, 날 찾아온 이에게 어찌 지냈는지 안부 한마디 건네지 못하였다. 그래도, 그리해주겠느냐."

구슬픈 목소리는 아이가 한참을 올려다보아야 하는 이에게서 나왔다. 아이는 고개를 끄덕였다. 도깨비와 그를 모시는 인간, 긴 인연의 시작이었다.

그는 아이를 데리고 망망대해를 건넜다. 이국으로, 그를 기억하는 이가 없는 것이 당연한 땅으로 떠났다. 희로애락이 모두 있었다고 여겼으나, 이제는 그 무엇도 남지 않은 땅에는 다시 돌아오지 않으리라 생각하면서.

도
깨
비

신
부

몇 달에 걸쳐 도착한, 머나먼 이국의 땅. 그곳도 고려와 비
슷했다. 그곳에도 전쟁이 있었다. 처음에는 프랑스, 그다음에
는 영국으로 땅의 주인은 바뀌었고 주인이 바뀔 때면 그 땅에
사는 사람들이 또 피를 흘려야 했다. 도깨비가 된 김신은 그
저 관망하기도, 때로는 나서기도 하며 세월을 보냈다.

늙지 않는 그를 이상하게 생각하는 사람들이 나타날 때쯤
엔 다시 고국 땅을 밟았다. 이국과 고국을 오갔다. 처음 그를
모시던 아이가 할아버지가 되어 죽었다. 그의 자손이 또 그를
모시다 죽었다. 이국의 땅에는 그들의 묘비가 서너 개 생겼으
나 김신은 그 묘비를 세울 뿐 묘비의 주인은 될 수 없었다.

기다란 도깨비의 다리가 고국 땅을 밟았다. 이제는 고려도, 조선도 아닌 한국이 되어 있었다. 돌아올 때마다 빠르게 달라져 있었다. 처음 산 고려보다는 조선이 나았고, 조선보다 못한 시절도 있었다. 어쨌든 김신을 둘러싼 세상은 계속해서 변하고 있었다. 옛것의 정취는 복원해놓은 도성과 그 길 정도에만 남아 있었다.

오직 사람들, 사람들만이 입고 먹는 것만 달라질 뿐 본성은 같았다. 싸우고, 또 사랑하면서들 언제나 비슷한 모양새의 감정들을 쌓고 무너트리며 살았다. 돌담길 옆을 걸으며 그는 떨어진 단풍잎을 밟았다. 자신이 정붙인 이국의 땅도 단풍이 유명한 곳이었다.

걷다 보니 기묘한 벽이 있었다. 사람들의 눈에는 보이지 않을 벽이어서 잠시 걸음을 멈췄다. 도깨비의 시선이 닿은 곳, 안에 있던 남자가 시선을 느끼고 창밖을 보았다.

"…도깨비?"

창 안의 남자가 혼잣말을 했다. 저승사자였다. 사자와 망자 그리고 신들만이 문을 열 수 있고, 볼 수 있는 저승사자의 찻집 안팎에서 두 남자가 마주 서 있었다.

"저승사자?"

둘 모두는 신과 이어져 있지만 다른 종류의 영물이었다. 도깨비가 신과 내기를 하기도 하는, 어디로 튈지 모르는 이라면, 저승사자는… 공무원이었다. 신의 일을 하는 자였다. 망자의 혼을 수습하여 천국이나 지옥으로 보내는 매우 수고스럽고 피곤한 일을 업으로 하고 있었다. 전생에 씻지 못할 죄를 지었으므로 피할 수 없는 일이었다.

죽음의 문턱 앞까지 다녀온 이들이 입 모아 말하던 대로, 저승사자는 검디검은 옷을 둘러 입고 검은 모자를 쓰고 다녔다. 챙 넓은 검은 모자는 그들의 얼굴을 가려주기도 했지만, 무엇보다도 모자를 쓰면 평범한 사람들은 그들을 인식하지 못했다.

"상스러운 갓을 썼군."

창밖에서 중얼거리는 도깨비의 말에 저승사자는 기가 찼다.

"하!"

발끈한 저승사자가 그를 불러 세우기도 전에 도깨비는 등을 휙 돌려서는 가던 길을 재촉했다.

'괜한 것을 봤다. 저승사자라니.'

저승사자는 도깨비에게도 그렇게 성스러운 존재는 아니었다.

도심 한복판에 있는 거대한 저택, 도깨비가 백여 년 전부터 이 땅의 거처로 둔 그의 집. 아치형 창문은 아주 커다래서 하늘이 그대로 담겼다. 천장에 빼곡한 크리스털 샹들리에는 화려한 것을 좋아하는 그의 취향이었다. 오래된 괘종시계가 무거운 추를 가누며 움직이고 있었다. 이는 이전 시종이 사둔 것이었다. 액자마다 꽂혀 있는 흑백사진들 안에는 사진으로 남겨두지 않았어도 잊지 못할 사람들이 있었다.

눈짓으로 불을 밝혔다. 촛대에 촛불이 탁, 탁 켜졌다. 오랜만에 돌아왔음에도 먼지 하나 없는 집 역시 그를 모시는 이의 손길이었다. 집안을 둘러보며 커튼을 열었다.

"나으리!"

부산스럽게 남자와 아이가 집안으로 들어서고 있었다.

"20년 만에 뵙습니다. 그간 무고하셨습니까."

"그대도 무탈하였는가."

"전 많이 늙었지요. 나으리는 여전히 멋지십니다."

"별로 안 멋진데?"

그제야 도깨비의 시선이 아이에게로 향한다. 퍽 당돌한 말을 내뱉은 남자 아이는 노란 유치원 모자를 쓰고 있다. 유덕화. 귀여운 이름표가 가슴팍에 붙어 있었다.

"이놈!"

남자가 아이에게 엄하게 호통을 치고 재빨리 도깨비에게 다시 시선을 옮겼다.

"말씀드린 제 손주입니다. 인사 올리거라, 덕화야."

"이 아저씨가 누군데?"

"네가 덕화구나. 나는 그대의 삼촌이었다가 형제였다가 아들이었다가 손자가 될 사람이다."

장신의 도깨비를 아이는 목이 빠져라 올려다보았다. 도대체 무슨 이야기를 하는지 이해가 안 되어 점점 불퉁해지는 표정이 볼 만했다. 도깨비가 픽 웃으며 무릎을 굽혀 아이와 시선을 맞추었다.

"잘 부탁한다, 아이야."

도깨비가 부드럽게 말했으나 아이는 팔짱을 끼며 의심 가득한 눈길만을 줄 뿐이었다.

"송구합니다. 4대 독자라 오냐오냐 했더니."

남자가 고개 숙여 다시 송구스러움을 표했으나 도깨비는 괜찮다며 그를 달랬다. 아이는 아직 어렸고, 또 저를 처음 찾아와준 시종의 자손들이었다. 얼마나 오랫동안 자신을 모신 자들인가. 남자가 떠난 자리에 자신과 함께 남아줄 아이의 얼굴을 차근차근 살폈다. 처음 저를 따랐던, 고려에서 이국까지 함께한 아이와 꼭 닮아 있었다.

"괘념치 말아라. 그대 가문의 그 누구도 실망스러웠던 적 없으니."

"근데 삼촌, 왜 자꾸 우리 할아버지한테 반말해? 죽을래?"

"허!"

"죽여주시옵소서, 나으리."

도깨비의 입가에 부드러운 미소가 떠올랐다.

보름달이 붉게 떠 있다. 막 눈이 다 내린 터라 구름 한 점 없는 하늘에 보름달이 더 선명했다. 이곳에 높은 빌딩들이 세워진 것은 얼마 되지 않았다. 그중에서도 가장 높다는 곳에 도깨비는 아슬아슬하게 몸을 걸치고 앉았다. 맥주 한 캔이 손에 들려 있었다. 겨울바람이 차게 도깨비의 손등을 스쳤다. 맥주를 한 모금 마시자 이런저런 감정이 오갔다. 내려다본 도시는 간판 불빛들로 눈부셨다. 사람들도 차들도 끊임없이 소음을 만들며 움직이고 있었다.

"속도 없이, 돌아오니 좋구나."

쓸쓸하고도 다정한 음성이 새어 나와 혼잣말이 되었다. 이 땅에 대한 감상은 이제 그렇게 되었다. 쓸쓸하고 그리운 곳. 취기에 눈을 잠시 감는데 귓가에 간절한 목소리가 와 닿았다.

'살려주세요, 제발 살려주세요….'

여인의 목소리였다. 살고 싶어 신에게 비는 한 여인의 목소리.

'신이 있다면, 제발…. 저 좀 살려주세요.'

스러져가는 생명에게서 나오는 기운은 매우 희미했다. 인적이 드문 거리다. 신호를 무시하고 달려오던 차 한 대가 눈길에 미끄러졌다. 배를 꼭 감싸 안고 걷던 여인 하나가 차에 부딪혔다. 쿵, 여인의 몸이 몇 걸음 벗어난 도로 위로 굴러 떨어졌다. 브레이크를 밟음과 동시에 바퀴가 도로와 마찰하며 찢어질 듯한 소리를 내었다. 차가 빙글빙글 돌았다. 멀리 튕겨 나간 여인의 몸에서 새빨간 선혈이 흘러나왔다. 찬 눈이 쌓였던 곳이 뜨거운 피로 젖고 있었다.

목소리가 들려오는 곳의 상황을 읽고 도깨비는 고개를 저었다. 안되었긴 했으나 하루에도 저렇게 죽는 이들이 수백, 수천이었다. 요즘에는 신을 믿는 사람이 별로 없어 죽기 전에 저렇게 간절하게 비는 이는 몇 없긴 했지만.

한 모금 더 맥주를 삼키고 화려한 도시 쪽으로 시선을 되돌릴 때였다.

'살려주세요. 아무나라도, 제발요…!'

숨이 거의 다 끊겼는데, 생명이 미약하기 그지없는데, 여인은 끈질기게도 신을 찾았다. 도깨비의 잘 뻗은 눈썹 사이 미간에 주름이 졌다. 결국 자리에서 일어서 훅, 빌딩 아래로 뛰어내렸다. 푸른 도깨비불이 되어.

그가 뛰어내린 곳은 죽어가는 여자의 앞이었다. 한적한 바닷가가 있는 마을의 어귀였다. 온몸을 감싼 푸른 불꽃을 없애며 도깨비는 천천히 여자의 앞으로 다가갔다. 사고를 낸 운전자는 도망간 지 오래였다. 악한 이들은 이렇게 선한 이들의 것을 자주 앗아간다.

갈색 구두. 구두가 여인의 시야에 들어왔다. 거의 다 감겨가던 여인의 눈꺼풀이 파르르 떨리더니 빠르게 뜨였다.

"누, 누구세요?"

"아무나."

"제발, 저 좀."

"인간의 생사에는 관여하지 않는 게 내 원칙이다."

"저, 이렇게 죽으면 안 돼요."

여인이 울며 도깨비의 발목을 붙잡았다. 살고자 하는 의지가 실로 대단하였다. 인간들이란 그렇다. 저도 한때 인간이어서 잘 알았다. 조금 안타까운 눈길로 여인을 보았다.

"네가 살려달라는 것이 네가 아니구나."

"제발⋯. 아이만이라도."

발목을 간신히 잡고 있던 손에서 툭 힘이 빠져나갔다. 배속의 생명 또한 사그라지는 게 느껴졌다. 도깨비는 긴 숨을 내쉬었다.

아이. 그가 도깨비가 되었을 때, 그를 처음 모신 것은 아이였다. 시종의 손자는, 도깨비가 시종에게 미안함을 갚을 수 있는 유일한 통로였다.

"그대는 운이 좋았다. 마음 약한 신을 만났으니 말이다. 오늘 밤은 누가 죽는 걸 보는 것이, 싫어서 말이다."

그는 손에 불덩이를 만들었다. 도깨비불을 모아 여인의 몸 위로 띄우자, 그 기운들이 저절로 여인의 몸 안으로 스며들었다. 그 불의 중심이었던 불덩이가 빠르게 여인의 배 속으로 들어차자 끊겼던 숨이 붙더니 이내 턱 트였다. 흰 눈으로 덮인 거리에 벚꽃나무들이 생생하게 꽃을 피워 올리고 벚꽃잎이 후두둑 쏟아져 내렸다. 피가 흘러내렸던 자리에 벚꽃잎이 쌓였다. 도깨비는 잠시 그 광경의 주인이 되었다가 순식간에 사라졌다. 꽃잎을 덮고 여인은 다시 살아났다.

그 기이한 장소에 잠시 후 나타난 건 검은색 구두를 신고, 검은색 모자를 쓴 남자였다. 분명히 이 자리에 있어야 할 여인이 없었다. 여인의 핏자국만 남아 있을 뿐이었다. 이 눈 위의 꽃잎들은 다 무어란 말인가. 부서진 차의 파편들도 있었다. 사고는 분명히 예정대로 일어났다. 저승사자는 황망한 눈길로 손에 든 봉투에서 종이를 꺼내 살폈다.

[池蓮熙. 二十七歲. 戊寅年 甲寅月 壬辰日 二十一時 五分
事故死]
(지연희. 27세. 1998년 2월 14일 21시 5분 사고사)
[無名. 0歲. 戊寅年 甲寅月 壬辰日 二十一時 五分 事故死]
(무명. 0세. 1998년 2월 14일 21시 5분 사고사)

손목을 들어 시계를 본다. 21시 5분이다. 1초의 틀림도 없이 왔다.

— ⌒ —

파도 소리가 가까이 들리는 언덕 위 허름한 집에 한 여인이 살고 있었다. 사자死者의 명부에 올랐던 이가 죽지 않고 살아나는 일, 그것은 기적이라고 불렸다. 마당에 널어놓은 미역줄기를 걷어내며, 여인은 분주히 마당을 돌아다니는 딸을 사랑스러운 눈빛으로 바라보았다. 바람에 머리카락이 흔들리며 딸아이 목 뒤의 푸른 점이 드러났다. 은탁은 이제 아홉 살이 된 기적이다.

"우리 은탁이 이번 생일엔 떡 뭐 해줄까?"

강아지를 쓰다듬던 은탁이 손바닥을 펴 하늘 위에서 떨어지던 꽃잎을 받았다.

"꿀떡? 무지개떡?"

꽃잎을 손에 쥐고 은탁이 여인 쪽을 향해 돌아보았다.

"엄마, 나 이제 잔치 말고 파티하면 안 돼요?"

"뭐가 다른데?"

"떡이 케이크로 달라지죠. 나도 촛불 불고 소원 빌고 싶어요."

생각지도 못한 말에 여인에게서 웃음이 터졌다. 은탁이 떡을 좋아해서 떡으로 생일상을 차려왔다. 귀한 딸 생일상인데 케이크를 원한다면 어려울 것도 없었다.

여인이 자주 찾는 채소 파는 노인이 있었다. 육교 위에 신문지를 깔고 앉아 별 의욕도 없이 장사를 펼쳐놓은 노인이었다. 미혼모인 여인의 사정을 잘 아는 이이기도 했다. 그런 여인이 딱했는지 노인이 어느 날 도깨비 신에 관해 이야기를 해주었다.

도깨비에게 내려진 고약한 신탁에 관한 이야기.

불멸로 다시 깨어나, 이 세상 어디에나 있고, 어디에도 없으며, 지금도 어딘가에서 도깨비 신부를 찾아 헤매는 너무도 낭만적인 저주. 그 이야기를 듣고 여인은 신이 못됐다고 생각했다. 그럼에도 불구하고 노인은 생사의 기로에 섰을 때, 간절히 빌어보라고 했다. 마음 약한 어떤 신이 듣고 있을지도 모른다고.

정말 신은 듣고 있었다. 여인이 죽어가며 간절한 마음으로 살려달라 빌었을 때, '아무나'라 칭하는 신이 나타났다. 그리고 그 마음 약한 신이 여인과 아이를 살렸다. 죽을 아이는 그렇게 살아났다. 운명처럼.

"강아지다!"

생일 초를 불게 해주겠다는 여인의 약속에 좋아하던 은탁이 갑자기 대문 앞으로 뛰어갔다. 여인의 얼굴이 어두워졌다. 아주 귀여운 강아지를 만났다는 듯 은탁은 쓰다듬고 있었다. 허공을.

여인의 기적인 아이는, 기적을 얻은 대신 보지 말아야 할 것들을 보았다. 그러나 괜찮았다. 어쨌든 이렇게 살아 있으니까. 여인은 애써 미소 지으며 은탁을 불렀다. 날이 아직 추우니 들어가자고.

여인은 약속대로 케이크를 준비했다. 문밖에서 뛰어오는 소리, 신발 벗는 소리가 분주하게 들렸다. 작은 상 위에 케이크를 올리고 초를 꽂았다. 문이 열리며 은탁이 신이 나 뛰어 들어왔다.

"케이크다! 우리 지금 파티할 거예요?"

사랑스러운 딸을 보며 여인이 미소 지었다.

"응. 얼른 와서 앉아. 촛불 켜고."

"내가 켜도 돼요?"

"우리 은탁이, 이제 다 커서 할 수 있어."

"나 이제 아홉 살이니까."

어깨를 으쓱하며 은탁이 성냥을 그어, 아홉 개의 초에 하나씩 불을 옮겼다. 케이크 위의 촛불이 환했다. 같이 환하게 웃던 은탁이 엄마의 얼굴을 뚫어져라 보았다.

언제나 상냥하고 다정한 엄마. 다른 아이들에게는 있는 아빠도 없고, 남들은 보지 못하는 걸 봐서 속상했던 적도 있었다. 그래도 씩씩할 수 있었던 건 다 엄마 덕이다. 엄마는 항상 이렇게 자신을 보며 따뜻하게 웃어주었다. 세상에서 누구보다 저를 사랑해주는 엄마가 있어서, 혼자가 아니어서, 은탁은 엄마의 바람대로 밝게 자라고 있었다.

엄마가 있어서….

"왜? 소원 빌어야지. 생일 축하해, 우리 강아지."

두 손을 모으고도 은탁은 소원을 빌지 못했다. 초도 끌 수가 없었다. 여인의 미소가 흐려졌다. 은탁아, 부르는 목소리도 작아졌다.

"…아니구나."

은탁의 눈에 눈물이 차올랐다. 입술 모양이 못나졌다. 울음이 새어나왔다.

"정말 엄마 아니구나. 엄마, 영혼이구나…."

"너 정말 다 보이는구나. 엄마는 안 그러길 바랬는데, 엄마는…."

여인은 결국 슬픈 표정이 되었다. 은탁의 눈물도 터졌다. 아이의 늘 발간 볼 위로 눈물이 흘러내렸다. 은탁이 울고 있는데도 여인은, 은탁의 엄마는 아이의 눈물을 닦아줄 수가 없었다.

"엄마… 죽었어요?"

"……."

"진짜루요?"

여인은 말을 하지 못하고 천천히 고개만 끄덕였다.

"엄마 어디 있어요? 엄마 지금 어디 있는데요?"

"사거리 병원에…."

똑 부러지고 혼자 철도 다 든 은탁이지만, 아홉 살이었다. 결국 소리 내며 울음을 터뜨렸다. 눈물 콧물을 흘리며 엉엉 울기 시작했다. 엄마, 엄마 부르는 소리에 촛불이 흔들렸다. 여인은 조금이라도 오래 아이를 눈에 담아두려 하염없이 바라보았다. 이 작은 아이를 세상에 두고 가야 하다니 믿기지 않았다. 죽음은 언제나처럼 너무 갑작스러웠다. 한 번 겪어봤어도 그랬다. 두 번째에도 죽음은 갑작스럽게 찾아왔다. 하지만 신을 다시 부를 수도 없었다. 기적은 한 번으로도 충분했다.

"은탁아 엄마 말 들어. 병원에서 연락 올 거야. 가면 이모도 곧 도착할 거고. 밤에 추워. 목도리 하고 나가고. 앞으로 절대 영혼들이랑 눈 마주치지 말고. 알았지?"

딸이 눈에 밟혀 떠날 수 없을 것 같았는데, 여인의 영혼은 점점 사라지고 있었다.

"미안해요, 엄마. 그런 거 봐서요. 근데 내가 그런 거 봐서 이렇게 엄마도 볼 수 있는 거니까, 난 그냥 괜찮아요."

"그래. 이렇게 엄마 봐줘서 고마워."

두 사람이 울먹이며 마지막 인사를 나눴다. 이렇게 인사를 할 수 있으니 영혼들이 보이는 것도 괜찮은 것 같은 은탁이었다. 정말로.

"엄마 이제 가야 할 것 같아…. 사랑한다. 우리 강아지."

"나도요. 나도 사랑해요, 엄마. 엄마… 안녕. 엄마 잘 가요."

볼 수는 있지만, 사라져가는 엄마를 만질 수 없어 은탁은 더 서러워졌다.

"엄마 꼭 천국 가요."

은탁의 인사를 들었는지 여인이 마지막까지 고개를 끄덕였다. 이제 은탁의 앞에는 아무도 없었다. 처음부터 아무도 없었던 것처럼. 은탁은 엄마, 하고 바닥에 엎어져 울었다. 한참 우는 사이 전화벨이 울렸다.

엄마의 말대로 전화는 사거리 병원에서 걸려왔다.

"지연희 씨 댁인가요?"

엄마의 이름. 은탁은 또 수화기를 붙잡고 울었다. 계속 울면서도 엄마가 했던 말들을 떠올렸다. 빨간색 털목도리를 목에 둘렀다. 나가려다 여전히 촛불이 얹어진 케이크를 보았다. 초들이 많이 녹아 촛농이 케이크 위로 떨어지고 있었다. 곧 촛불도 꺼질 것이다.

"소원, 안 빌 거야. 하나도 안 빌 거야. 아무도 안 들어주는데 누구한테 빌어."

입술을 굳게 깨물고는 등 뒤로 방문을 세게 닫았다. 방문이 닫히며 작아진 촛불이 훅 꺼졌다.

댓돌에 올려놓은 신발을 신으며 은탁은 손등으로 눈물을 벅벅 닦았다. 불어오는 바닷바람이 무척 찼다. 신발 다 신고 대문을 나서려는데 온몸을 검은색으로 두른 남자가 문 안으로 들어서고 있었다.

"아저씨 누구세요?"

"…너, 내가 보여?"

엄마가 영혼들이랑 절대 눈 마주치지 말라고 했는데. 한참 울고 있던 터라 정신이 너무 없었다. 놀란 얼굴이 된 건 은탁만이 아니었다. 저승사자도 놀랐다. 산 사람이 검은 모자를 눌러쓴 저를 보고 있었다.

"아, 목도리. 목도리 안 했다."

"했는데, 목도리."

딴청을 피워보지만 저승사자가 호락호락하게 넘어갈 리 없었다. 반사적으로 목도리에 손을 얹고는 은탁은 눈을 질끈 감았다. 큰일 났다.

"여기가 지연희 씨 댁이지? 병원에 안 계셔서 왔거든."

혼잣말처럼 중얼거리던 저승사자가 아이를 빤히 보았다. 태어나지 못했을 아이였다. 27세 지연희, 이름 밑에 있던 무명을 떠올렸다. 그때 그 무명이 이곳에서 자라고 있었음을 저승사자는 깨달았다.

"혹시 너 올해 아홉 살 됐니?"

어떻게 하지. 은탁의 머릿속이 하얘질 무렵, 대문 안으로 노인 하나가 성큼 들어섰다. 채소장수 할머니였다.

"할머니!"

은탁이 노인의 등 뒤로 달려가 숨었다. 노인은 보통 노인이 아니었다. 생명을 점지해주는 것이 그녀의 일이었다. 그리고 자신이 사랑으로 점지한 아이들의 곁을 지키며 인간 세상을 떠도는 삼신이었다. 은탁의 엄마도, 은탁도 삼신이 무척이나 아끼는 인간들이었다. 사랑스러운 인간들.

자신을 보는 아이에다 삼신까지 등장하자 저승사자는 더 놀랄 수도 없을 것 같았다.

"가! 이 아인 놔두고!"

"이거 업무방해예요."

저승의 볼멘소리에 언제적 일을 지금하려고 하느냐며 삼신은 도리어 저승을 나무랐다.

"거야 네 사정이고. 얘가 명부에 있어? 그때 그 아인 무명이지만, 얘는 이름이 있어."

"명부에 협조받으려면 9년 치 증빙 다 올려야 해요. 아실만한 분이… 또 보자, 꼬마야."

매서운 노인의 일갈에 저승사자는 우선은 물러서기로 했다. 그저 해야 하는 일을 하려던 것뿐인데, 삼신의 나무람이 억울해졌다. 눈썹을 내린 저승사자는 그 일을 하기엔 순한 인상이었다. 어차피 지금은 시간도 부족했다. 우선은 명부에 적힌 이부터 찾아야 했다. 저승사자는 찜찜한 눈으로 고개만 내민 은탁에게 인사하고 어둠 속으로 다시 들어갔다.

저승사자가 문을 나서자마자 은탁이 노인의 옷깃을 붙들고 늘어졌다. 다시 엄마 생각에 눈이 그렁그렁해진 은탁이었다.

"엄마가, 엄마가….."

말을 잇지 못하는 은탁을 노인이 달랬다.

"알아. 그건 할 수 없어. 너나 살어. 얼른 이사 가. 3일 안에 가야 해. 그래야 널 못 찾아. 저승사자랑 눈 마주쳐서 여기서 더 살면 안 돼."

"이사 가면 못 찾아요?"

"못 찾아. 그래서 집터가 중요한 거야. 오늘 자정 지나면 장례식장에 남자 하나에 여자 둘이 찾아올 거야. 그것들 따라가. 고생은 하겠지만 다른 선택이 없다, 넌."

노인의 모습을 한 삼신이 은탁에게 들고 있던 배추를 건넸다. 얼떨떨하게 배추를 건네받은 은탁이 야무지게 입을 꾹 다물고 고개를 끄덕였다.

노인은 신기한 말을 많이 해주곤 했다. 엄마는 할머니가 해준 이야기 덕에 자신이 살았다며, 은탁은 아직 알지 못하는 이야기들을 들려주었다.

끄덕이는 은탁의 눈이 울어서 그런지 더 반짝이며 빛나고 있었다. 노인은 한 번 아이의 머리를 쓰다듬어주었다. 예쁜 아이였다. 모든 아이가 소중했지만 이 아이를 점지할 때는 유독 행복했던 것 같다. 앞으로 고생할 일만 남아 안쓰러웠지만 별수 없었다.

오늘도 점심은 혼자 먹었다. 혼자 밥 먹는 거 어렵다고 난리일 나이, 그러나 은탁에겐 아주 익숙한 일이었다. 수능이 곧이었다. 귀신 본다고 뒤에서 수군대는 애들 이야기는 후드 모자 뒤집어쓰고, 이어폰 딱 꽂고 무시하면 그만이었다. 엄마 말 잘 듣고 싶었는데, 시도 때도 없이 나타나는 귀신들에게 시달려, 남들 보기엔 허공에 대고 이야기를 하다 보니 결국 이상한 애가 됐고, 혼자가 됐다. 이어폰에서는 늘 듣던 라디오가 나왔다. 상냥한 DJ의 목소리가 은탁은 무척 좋았다.

"얘!"

곡 소개를 하는 DJ의 목소리를 가르고 끼익하는 듣기 싫은 소음이 들렸다. 그리고 여자의 목소리가 은탁을 불렀다. 놀라서 움찔했지만 최대한 아무렇지 않은 척, 아무 소리도 못 들은 척 목에 두른 빨간색 목도리를 한 번 만지고, 주머니 속 휴대기기의 볼륨을 최대로 높였다. 노랫소리가 이어폰 밖으로 빠져나왔다. 등 뒤에서 수군대는 애들 목소리보다 더 무시하기 힘든 건 사실 이 소리였다.

"얘, 너 도깨비 신부라며?"

도깨비 신부.

귀신들은 은탁을 종종 그렇게 불렀다. 귀신들 사이에선 은탁이 도깨비 신부인 모양이었다. 왜 그렇게 됐는지는 은탁도 알 수 없었다. 귀신을 보는 존재라서 그런 별명이 붙었는지도 모르겠다. '도깨비 신부'라면 자기한테 남편이 있다는 건데 얼굴도 모르는 도깨비 남편이 있다는 게 은탁은 퍽 꺼림칙했다. 그런데 한편으로는 기다려질 때도 있었다. 남편이면 가족이니까. 아니, 아니지. 아무리 가족이, 누군가가 필요하다고 해도 험상궂을 게 분명한 도깨비를 덜컥 남편 삼을 수는 없었다.

그렇게 부러 딴생각을 하며 은탁은 노래를 따라 흥얼거렸다. 비 오는 날 우산도 없이, 후드 모자 쓰고 노래까지 부르는 모습이 미친 사람처럼 보일 게 당연했다. 부슬부슬 내리는 비에 모자가 조금 젖었다.

"애! 너 나 보이잖아."

끈질긴 처녀귀신이었다. 긴 머리를 늘어뜨리고는 집요하게 은탁을 쫓았다. 은탁은 눈을 맞추지 않기 위해 애쓰며 일부러 방향을 틀었다.

"너 왜 자꾸 안 보이는 척해?"

계속 달라붙었다. 또 다시 반대 방향으로 몸을 틀자 귀신이 찢어지는 소리를 내며 달려들었다.

"나쁜 년아!"

"아! 비주얼 진짜!"

조금 전과는 다른 괴기스러운 몰골에 은탁이 놀라 눈을 질끈 감았다. 다시 눈을 치켜뜨며 더는 무시하기를 포기하고 귀신에게 저리 가라 손짓했다.

"봐, 다 보이면서…."

무슨 또 하소연을 하려고 불렀나 은탁은 한숨을 내쉬었다. 자포자기하는 마음으로 이야기나 들어주려고 하는데 이번엔 처녀귀신이 못 볼 것이라도 본 것처럼 놀란 표정을 지었다. 아니, 지금 놀란 게 누군데. 은탁은 어이가 없었다. 뭐라 할 새도 없이 처녀귀신이 혼비백산하며 멀어지고 있었다.

"너 정말이구나. 미안해…! 미안해, 미안했어!"

처녀귀신은 어버버하며 멀어지다 이내 검은 연기가 되어 사라져버렸다. 혼을 쏙 빼놓는 등장과 퇴장이었다. 뭐, 사라졌으니 다행이지만 무슨 일인가 싶어 찜찜했다. 귀신도 놀라 도망가는 사람인 건가. 기분 좋은 일은 아니었다.

잠시 뺐던 이어폰을 꽂다가 마주오던 남자와 눈이 마주쳤다. 우산 아래의 남자는 눈이 마주칠 수밖에 없이 시선을 빼앗는 장신이었다. 그 사이로 은탁과 같은 교복을 입은 학생들을 비롯, 사람들이 여러 명 지나갔다. 잠시 시간이 천천히 흐르는 듯한 착각이 일었다.

언젠가 본 적 있는 것 같았다. 몇 번 보았으면 기억할 만한 인상인데, 기억이 나진 않았다. 그저 그런 감각만이 남아 있었다. 은탁은 다시 시선을 옮겼다. 어서 집에 가야 했다.

집에 오자마자 밥통에 쌀을 안쳐놓고 설거지를 한 다음 빨래를 했다. 분주하게 움직이느라 이마에 땀이 다 맺혔다. 거실 소파에 누워 티비를 보는 이들은 이모와 이모의 아들딸, 은탁의 사촌들이었다. 은탁은 이 집 식모나 다름없었다. 엄마 없는 은탁을 키운 건 이모였고, 사실 키웠다기보다 은탁 혼자 자라난 것이었지만, 어쨌든 서류상 보호자였다. 그래서 은탁은 이 집에서 온갖 집안일을 도맡아했다.

국까지 다 끓인 은탁이 상 위에 찬들을 탁탁 정리해 올렸다. 숟가락, 젓가락까지 짝 맞춰 놓고서야 식사하라고 부르는데 게으른 가족들은 듣는 둥 마는 둥했다. 차라리 혼자 자라

낳으면 좋았을 것 같을 때가 하루 이틀이 아니었다.

"식사하시라고요. 남자 하나에 여자 두 분!"

몇 번 더 소리치고서야 식구들은 느릿하게 상 앞에 앉았다.

"좀 닥쳐! 골 울려. 이깟 밥상 차리면서 유세는 하여간."

집안일만 도맡아했으면 참을만 했을 것 같은데 구박까지 도맡았다. 이모가 엄마의 친자매는 맞을까 의심했던 날도 다 어릴 적 일이었다. 열여덟쯤 되니까 다 받아들이게 됐다. 서러워서 우는 건 열둘에 다 끝냈다. 끝내고 싶었다.

"웬 미역국? 오늘 누구 생일이야?"

"대박. 쟤 지금 지 생일이라고 미역국 끓인 거야?"

사촌인 경식과 경미가 중얼댔다. 은탁은 열심히 제 손으로 직접 끓인 미역국을 먹었다. 어쨌든 막 끓인 국은 따뜻했다.

"엄마 잡아먹고 태어난 날이 뭐 그렇게 자랑스러워서 그걸 챙기고 자빠졌어? 배운 게 없으니 창피한 줄도 모르지."

정말 창피한 게 뭔지도 모르고, 해도 될 말 해선 안 될 말 구분도 없이 너무들 하는 사람들이라서 은탁은 더 꿋꿋해져야 했다.

"생일 축하 감사합니다. 이모."

"하! 이래서 머리 검은 짐승은 거두는 게 아니랬는데. 다정도 병이지, 내가. 어휴, 죽은 년만 불쌍하지. 미혼모가 기껏 키워놨더니."

"그건 좀 너무 말이 심하시고요."

"심하긴 뭐가 심해! 너한테 엄마지만 나한텐 언니거든?"

"그니까요. 마음으로도 촌수로도 제가 더 가깝거든요."

미역국 한 그릇을 깨끗하게 비우고 은탁은 자리에서 일어섰다. 안 서럽고 싶었는데 오늘은 어쩔 수 없이 그랬다. 오늘은 특별히 조금 서러워도 될 것 같았다. 싱크대에 그릇을 넣어두고 현관으로 향했다. 잠금도 제대로 되지 않는 허름한 철문을 열자 여전히 비가 오고 있었다. 역시나 우산꽂이에는 우산이 두 개밖에 없었다. 뒤에서 경식과 경미가 우산 갖고 나가면 뒤진다고 난리를 부리고 있었다.

"너 나갈 거면 통장이나 내놓고 가!"

"나한테 통장 없다니까요. 도대체 몇 번을…!"

악, 은탁이 놀라 소리 질렀다. 이모가 던진 밥그릇이 은탁의 뒤통수를 지나 바닥에 떨어지며 요란한 소리를 냈다. 밥알이 바닥에 덕지덕지 붙었고, 은탁의 머리카락에도 달라붙었다. 왈칵 터지려는 눈물을 참아내고 이모를 향해 돌아보았다.

"그럼 그 통장이 어디 있는데! 니 엄마 보험금이 어디 갔냐고!"

"그걸 내가 어떻게 알아요! 이모가 다 뺏어갔잖아요! 전세금까지 다 빼갔잖아요!"

가까스로 울음을 누른 채 외치고는 은탁이 빠르게 뛰어 나왔다. 아까보다 비가 더 많이 내리고 있었다. 하늘이 대신 울어주는 걸까도 싶었지만, 하늘은 제 마음을 알 리가 없다. 은탁은 떨어지는 비를 맞았다.

은탁은 주머니에 있던 돈을 모두 모아 케이크를 하나 사서 엄마와 바다를 보러 나오곤 하던 방파제를 찾았다. 쭈그려 앉아 주섬주섬 상자에서 케이크를 꺼냈다. 아홉 살 생일 이후 케이크를 사고, 케이크 위에 초를 꽂는 것은 처음이었다. 절대 안 하리라 다짐했는데, 오늘 하루만큼은 혼자서라도 축하해주고 싶었다. 자신의 생일. 스스로라도 축하해주지 않으면 아무도 축하해주지 않으니까. 신 같은 건 없으니 소원도 빌지 않으리라 생각했는데, 그것도 지금은 모르겠다. 그냥 너무 절박했다.

쏟아지던 비는 잠시 멈췄다. 다행이라면 다행이었지만 흐린 날이 변덕스럽고 궂었다. 그것조차 제 삶 같아서 성냥을 켜다 은탁은 울컥하고 말았다. 바람에 불이 잘 붙지 않았다. 손으로 벽을 만들어 겨우겨우 초에 불을 붙였다.

"알바 꼭 구하게 해주시고, 이모네 식구 좀 어떻게 해주시고! 남자친구도 꼭 생기게 해주세요."

제발요. 빠르고 간절한 소원이었다. 행여 바람에 초가 꺼질까 숨도 쉬지 못하고 빌었다. 초가 아직 살아 있다. 은탁은 두 손을 꼭 모으고 계속해서 빌어본다. 더는 서럽고 싶지 않아서 비는 소원이었는데, 빌다 보니 더 서러워졌다. 툭, 눈물이 볼 위로 흘러내렸다.

"…나 뭐하냐. 누구한테 빌어. 신이 어디 있다고."

하늘이 급격히 어두워지고 있었다. 또 비가 떨어질 것 같다. 파도 소리가 거셌다. 오늘 정말 지긋지긋하다. 사는 것도 지긋지긋한데.

은탁은 모았던 손을 풀고 후 ─ 후 ─ 여러 번 세게 바람을 불어 초를 껐다. 그리고는 아무 신도 없을 하늘을 향해 외쳤다.

"여기서 설마 비까지 오는 건가요? 이건 소나기인가요, 장마인가요? 그치긴 하는 건가요?"

강풍이 몰아쳤다. 머리카락이 휘날리며 엉켰다. 종일 엉망이었다.

"우산도 두 개밖에 없는데! 비는 왜 자꾸 오고 난리신데요!"

불어 닥친 바람에 눈을 뜰 수 없어 눈을 질끈 감고 외치는데, 갑자기 바람이 잦아들었다. 사방이 잠잠해졌다.

달라진 공기에 고개를 들자 장신의 남자가 서 있었다. 언젠가 본 듯한 남자였다. 너무 커 한참 목을 꺾어야 제대로 볼 수 있었다. 남자의 손에는 하얀 꽃다발이 들려 있었다. 언제 어디서 나타났는지 코앞에 남자가 있어서, 은탁은 주춤하며 뒤로 물러났다.

교문 앞에서 마주쳤다. 길을 걷다가 또 한 번, 어느 카페 앞에서 또 한 번 마주쳤다. 그냥 지나가다 스친 것이 아니었다. 교복을 입은 단발머리 여자 아이는 똑바로 자신을 보았다. '눈이' 마주쳤다. 이상한 일이었다. 그래서 아이를 쫓았다. 아이가 기척을 느끼고 뒤돌아보아서 빠르게 몸을 숨겼었다. 기척을 느끼다니. 더 이상한 일이었다.

푹신한 소파에 앉아 생각에 빠져 있던 도깨비를 깨운 건 불빛이었다. 초 하나 켜두지 않은 집안을 유 회장이 밝혔다. 지난날 덕화를 소개시켰던 남자는 중년을 지나, 이제 생의 끝을 앞둔 노인이 되어 있었다.

"불도 안 켜시고요."

"생각이 깊었었네."

또 시간이 흘렀구나. 곁에 있던 이들이 늙고 죽어갈 동안 도깨비는 얼굴에 주름 하나 지지 않은 채 삶을 살았다. 이곳에서도 또 몇 십 년을 머물렀으니 떠나야 했다. 누군가 시간의 흐름 속에서 제자리걸음을 하는 자신을 눈치 채고 이상하게 생각하기 전에. 이번엔 니스로 가기로 했다.

유 회장이 준비된 서류들을 테이블 위에 올려놓았다.

"여기저기 손 좀 보라 일렀으니 이달 말쯤 가시지요."

"그래."

"이제 떠나시면 생전에 다시는 못 보겠지요?"

유 회장의 눈가에 눈물이 고였다. 몇 번째 이별인데도 또 마음이 좋지 않았다.

"모든 순간, 고마웠네."

처음 시체로 썩어가던 저를 찾아오던 순간부터, 몇 대에 걸쳐 자신을 모시는 이 집 사람들에게 그는 정말로 감사했다.

"한데, 나으리. 이번에도 혼자 떠나시는지요."

"그리 되었네. 내가 만난 그 어떤 여인도… 검을 발견하지 못하니."

도깨비의 표정이 씁쓸해졌다. 도깨비 신부는 이번에도 찾지 못했다. 상이자 벌로 내려진 생, 이 생을 마감하기 위해 도깨비는 도깨비 신부를 찾고 있었다. 누군가의 죽음만을 견디고 잊지 못하는 생. 아주 긴 세월을 보낸 도깨비가 느끼기에 이제 이 생은 상이라기보다 벌에 가까웠다.

"전 다행인데요, 나으리. 검 때문에 고통을 받으실 땐 빨리 신부가 나타났으면 싶다가도, 이리 뵐 땐 또 아무도 발견 못했음 싶고. 그저 인간의 욕심입지요."

"…나도 다행일세."

죽음을 기다리고 있다고 생각했던 그에게서 나온 답에 유 회장이 의아한 표정을 지었다.

"자네가 아직 곁에 있고, 술도 넉넉하고. 오늘 밤은 일단은, 살아보고 싶네."

도깨비가 아스라이 웃는다. 유 회장도 조금 입가를 풀었다.

"다시 돌아오셨을 땐, 덕화가 있을 겁니다."

유 회장의 일은 이제 덕화에게로 넘어가게 될 것이었다. 유치원복에 명찰을 달고 있던 당돌한 꼬마는 이제 스물다섯이 되어 도깨비를 삼촌이라 불렀다. 여전히 당돌하기로는 둘째 가라면 서럽고, 철은 오히려 없어졌다. 신용카드 써대기 바쁜 재벌 3세였다. 얼마 전 그런 덕화가 괘씸해 유 회장이 신용카드를 뺏었더니 돌려달라고 어지간히 떼를 쓰고 있었다. 지금도 밖에서부터 쿵쾅거리며 등장해서는 요란하게 현관 비밀번호를 누르고 있었다.

유 회장과 도깨비가 과거와 현재, 또 미래를 내다보며 축 가라앉았던 집은 덕화에 의해 소란스러워졌다. 소란을 피해 도깨비는 방문을 열고 안으로 들어갔다.

방문을 통과하자 메밀꽃이 넓게 펼쳐진 탁 트인 들판이 나타났다. 방금 전까지 있던 도심 속 대저택과는 완전히 다른 낡은 오두막, 높고 파란 하늘, 끝없는 지평선, 도깨비만의 공간이었다. 생각에 잠겨 꽃밭을 거닐다 흰 메밀꽃을 몇 송이 뜯어 손에 쥐었을 때, 목소리가 들렸다. 울분에 찬 어린 여자

애의 목소리였다. 어지간히 화가 난 모양이다. 울고 있네. 우는 목소리가 도깨비의 귀에도 슬퍼 잠시 걸음을 멈추었다. 그리고 몸이 투명하게 사라지기 시작했다. 어디론가 이동하고 있었다.

메밀꽃이 펼쳐져 있던 들판은 어느새 바다가 되어 있었다. 도깨비는 가만히 눈앞의 여자 아이를 바라보다 물었다.

"너야?"

"…저요? 뭐가요?"

놀란 은탁이 되물었다. 도깨비는 굳은 얼굴로 인상을 썼다. 소원 비는 소리가 신인 자신에게 닿았던 것 같다. 그럴 수는 있다. 그런데 어떻게 자신이 여기에 왔는지는 모르겠다. 목소리의 주인공일 여자애는 아는 얼굴이었다. 자신과 자꾸 눈이 마주치던, 자신을 골똘히 생각에 잠기게 한 장본인이었다.

"날 불러낸 게 너냐고."

"제가요? 저 안 불렀는데요."

갑자기 나타나서는 자길 불렀다고 하는데, 사기꾼 같은 건가? 이제 하다 하다 사기를 당하나. 하지만 사기꾼이라기엔 너무 멀쩡, 아니 잘생겼다. 묻고 싶은 건 은탁이었는데 다그치는 건 그였다.

"네가 불렀어, 분명. 대체 날 어떻게 불러낸 거야. 생각해. 어떻게 불렀는지."

"…절실하게?"

절실하게 부른 건 신이었지만.

은탁의 답에 도깨비의 눈썹이 올라갔다. 잠시 골똘히 무언
갈 생각하던 은탁이 이내 깨달았다는 듯이 답했다.

"제가 부른 게 아니라, 그냥 아저씨가 제 눈에 보이는 거예
요. 지난번 거리에서 실수로 눈 마주쳐가지고. 그때 그 아저
씨 맞죠?"

어쩐지 이상한 기운이 넘쳐흐르더니, 남자는 사람이 아니
라 귀신인 모양이었다.

"무슨 말이야. 보인다는 게."

"아저씨, 귀신이잖아요. 제가 귀신을 보거든요."

자신더러 귀신이라고 하는 은탁을 보고 도깨비는 인상을
찌푸렸다. 도깨비는 귀신 같은 잡스런 존재가 아니다.

그가 은탁의 말을 부정하자, 처음에는 다들 그렇게들 부정
한다며 은탁이 넉살을 떨었다. 이렇게 잘생긴 귀신은 또 처음
이긴 한데, 귀신은 귀신이니까. 은탁은 총각귀신인지 아저씨
귀신인지를 무시하기로 맘먹으며 케이크 상자를 정리하기
시작했다. 어차피 신은 제 소원을 들어줄 리 없었다. 신이 있
는지 없는지는 모르겠지만, 아마 없을 것이다. 이렇게 힘든
생을 사는 저를 내버려두는 신은 없다고 생각하는 편이 차라
리 나았다. 10년 후에도 이렇게 힘들면 그때나 한 번 더 빌어

볼 것이다.

"너 뭐야. 대체 뭔데 보통은 보여야 할 게 아무것도 안 보여."

은탁이 눈을 동그랗게 떴다. 그와 말 안 섞으려고 했는데 이상한 소리를 하니 가만 있기 힘들었다.

도깨비는 눈을 찌푸렸다. 눈을 마주칠 때부터 이상했으나 더 이상한 건 보이지 않는다는 것이었다. 이 아이의 미래가. 어떤 미래도 보이지 않았다.

"스무 살, 서른 살, 너의 미래."

"아, 없나 보죠. 미래가."

아주 캄캄해서 귀신한테도 보이지 않나 보지. 은탁은 질렸다는 표정을 지었다.

"아저씨는 죽기 전에 무당이었어요? 아, 사기꾼? 미래 같은 소리한다."

"무슨… 꾼?"

처음에는 사기꾼이라 생각했는데, 반만 맞았다. 사기꾼이었던 '귀신'으로 탕탕 결론 내렸다.

"좋은 곳으로 가세요. 오래 떠돌면 안 좋대요. 그 꽃은 또 뭐예요?"

"메밀꽃."

남자의 손에 들린 메밀꽃이 은탁의 시선을 훔쳤다. 메밀꽃이 이렇게 예뻤구나. 새로운 사실을 알게 된 은탁이 달라는 듯한 눈빛을 노골적으로 보내도 도깨비는 미동도 않고 있었다. 그래서 꽃이 정말 예쁘고, 귀신한테는 꽃 별로 필요 없을 것 같으니 저한테 주었으면 좋겠다고 강하게 주장하기로 했다. 귀신이라지만, 누구에게든 뭐라도 받고 싶었다. 생일이니까.

검은 눈동자를 빛내는 은탁에 못 이겨 케이크 상자 한 번, 은탁 한 번 바라본 도깨비가 결국 손에 들고 있던 꽃다발을 내밀었다. 손을 뻗어 냉큼 받아든 은탁이 코를 묻고 향기를 맡았다.

"근데 메밀꽃은 꽃말이 뭘까요?"

"연인."

낮은 목소리가 머리 위로 울려 퍼졌다. 연인. 너무도 아름다운 단어였다. 하얀 꽃과 꽃말이 잘 어울렸다. 은탁의 주위로 어디서 나타났는지 모를 반딧불이가 날았다. 주변이 반짝였다. 그러고 보니 어느새 날도 개어 있었다. 흐렸던 것이 거짓말 같았다. 구름 사이로 햇살이 드러났다. 두 사람은 서로를 보고 있었다.

"왜 울고 있었는데. 알바, 이모네, 남자친구 셋 중에 뭐."

잠시 멍하니 서 있던 은탁이 놀랐다. 어떻게 알았지? 처음에는 작게 빌었던 것 같은데. 그때는 아무도 없었는데. 역시 귀신이라서일까.

혼란스러움을 감추지 못하는 은탁의 표정에 도깨비는 피식 웃어버렸다.

"내가 누군가의 소원을 들어주기도 하거든."

"누군가의 소원을 들어준다고요? 개, 지니처럼? 수호신 뭐, 그런 거?"

귀신이 아니라 수호신이었을까. 은탁의 눈이 더욱 반짝이며 빛났다. 신이 정말로 있었던 걸까. 귀신만 잔뜩 있고, 인생에 평생 와주지 않을 것처럼 굴던 수호신이, 자신이 소원을 빌어도 되는 존재가, 정말로? 정말로 죽을 것 같아서 간절히 빌었더니 나타난 건가. 은탁의 심장이 기대감으로 쿵쾅거리며 뛰기 시작했다. 그냥 귀신 아니고, 사기꾼 귀신 아니고, 수호신이라면….

"네 수호신이라고는 안 했어."

"울 엄마가 그랬어요. 사람은 자기만의 사전을 갖고 태어난다고요. 내 사전은 아무리 뒤져도 행복, 행운, 이런 단어는 코빼기도 안 보이거든요. 내 말 무슨 뜻인지 알죠."

내려다보기 부담스러웠다. 조금 전까지도 서러워 울던 아이가 지금은 간절함으로 눈을 빛내며 자신을 보고 있었다. 잘못 걸린 건가 싶었다. 그러나 아이는 이미 자신을 봤고, 오늘 자신은 오랜만에 마음 약한 도깨비였다.

"한 오백 정도 융통 안 되겠냐는 말…."

"안 되겠는데. 이모네 식구랑 작별 인사해. 한동안 못 볼 거야. 닭집 알바 열심히 하고. 붙을 거니까."

그래, 이 정도만. 도깨비는 말하고 스스로 납득해 고개를 끄덕였다. 그리고는 푸른 불꽃으로 변해 사라졌다. 눈 깜짝할 사이에 일어난 일이었다.

"아! …남자친구는?"

은탁이 뒤늦게 허공에 대고 말했다. 방파제 위에는 다시 은탁 홀로였다. 그래서 쓸쓸했다. 아주 오래 쓸쓸해왔다. 그런데 제게 수호신이 있을지도 모른다. 아니, 자신의 수호신이 분명했다. 그랬으면 좋겠고. 혼자가 아니기만 하면 되니까. 비어 있던 손에는 메밀꽃 한 다발이 들려 있었다. '연인' 하고 꽃말을 곱씹어본다. 은탁은 그 자리에 묶인 듯 오래 서 있었다. 잔잔해진 바다가 은탁의 곁에 머물렀다.

⌒

무표정한 얼굴과 달리 도깨비의 기분이 나쁜 건 아니었다. 감이 잡히지 않아 답답할 뿐. 일단 날이 맑게 갠 것부터 그랬다. 발랄한 여고생의 소원은 대충 다 이루어질 것이다.

생각에 빠진 채 집으로 들어서는데 보기만 해도 칙칙해지는 검은 인물이 서 있었다. 구면인 저승사자였다. 인기척에

뒤돌아본 저승사자도 화들짝 놀라며 말했다.

"여기 살아?"

도깨비야말로 왜 저자가 자신의 집에 있는지 묻고 싶었다. 마침 물어볼 대상이 둘 쪽을 향해 걸어오고 있었다. 쟁반에 커피를 타오던 덕화였다.

"설명해."

"어, 언제 들어왔어요, 삼촌?"

집주인이라고 해서 계약까지 마친 어린 재벌 3세가 도깨비를 삼촌이라 부르고 있는 광경에 저승의 입이 벌어졌다.

"아니 삼촌, 그게 어차피 20년은 비잖아 여기가. 그래서 20년이면 세가 얼만가 그런, 되게 순수한 궁금증에서 출발한 거거든, 나는⋯."

그러니까 이 당돌한 가짜 조카가 세를 놓았다는 거였나. 도깨비 집을. 그것도 저승사자에게. 도깨비는 기가 차 헛웃음을 뱉었다.

"넌 저게 뭔지는 알고 들인 거야? 저거와의 계약이⋯!"

"세입자님께 저거라니! 찻집 하신댔어! 죄송해요. 우리 삼촌이 사회생활을 안 해봐서."

찻집이라⋯. 저승사자의 찻집은 망자가 마지막 다녀가는 곳이었다. 선한 자들에게 현생의 괴로운 기억을 잊게 해주고자 차를 제공하는 곳.

도깨비는 험악한 얼굴을 했다. 그 얼굴이 무서운 덕화지만 우선은 모르쇠로 일관하기로 했다. 어차피 벌어진 일, 이미 계약은 끝나버렸다. 그러게 누가 신용카드 끊으랬나! 적반하장으로 나오는 덕화에 도깨비는 이를 갈았다.

저승사자도 이제 정정당당히 자신의 집이라 주장하기 시작했다. 코웃음을 치며 서류는 태우면 그만이라는 도깨비에 저승사자가 씩씩거렸다. 도깨비의 터에서 도깨비를 내쫓을 수 있는 이는 아무도 없을 것이다. 도깨비는 그런 존재였다. 반면, 저승사자에겐 계약서가 있었다. 결국 승도 패도 없이 투덕거림은 끝났다. 집이 무척 넓기도 했고, 덕화의 말대로 곧 떠날 것이기도 해서 저승에게 방 한 칸 내어주기로, 도깨비는 집처럼 넓게 마음을 쓰기로 했다. 그렇게 집 문제는 겨우 일단락됐다.

도깨비가 방으로 들어가버리고 덕화는 저승사자를 향해 두 손을 모았다. 세입자 님이라 부르더니 그 호칭이 너무 정없이 느껴진다며, 마침 삼촌과 아는 사이인 듯하니 끝방삼촌이라 부르겠다고 했다. 도깨비의 조카는 쓸데없이 넉살이 좋았다.

"단도직입적으로 말씀드리겠습니다. 끝방삼촌, 저 한번만 살려주세요. 혹시 어떤 할아버지 한 분이 찾아와서 누구냐고 물으시면 그냥 놀러왔다고 해주시면 안 될까요? 그 분이, 제가 끝방삼촌한테 세놓은 거 아시면, 저 죽거든요."

망자를 인도하는 일, 윗 세상 공무원 노릇하며 어렵게 한 푼 두 푼 모아온 돈이었다. 그 돈으로 드디어 마련한 제 집인 데 하필 도깨비의 집이었다니. 저승은 이미 계약까지 마친 데 다, 집을 포기하고 싶진 않아서 기가 차지만 대충 덕화의 이 야기를 들어주기로 했다.

"그 할아버지가 누군데."

"저희 할아버지요."

정말 괜찮은 건지 모르겠다, 이 계약.

아르바이트도 구하고, 이모네 식구 문제도 해결될 거라더 니. 수호신이 아니라 사기꾼 귀신이었던 게 분명했다. 내 주 제에 수호신은 무슨. 며칠째 번번이 아르바이트 자리에서 거 절당해온 은탁의 발걸음은 보기만 해도 힘이 빠졌다.

터덜터덜 걷고 있는데, 앞에 걷던 남자가 담배꽁초를 가로 수 길에 획 던지는 게 보였다. 바닥을 뒹굴던 전단지에 꽁초 가 떨어져 불이 붙은 것을 은탁이 발견했을 때 남자는 벌써 저만치 멀어진 상태였다. 은탁은 얼른 뛰어가 발로 불붙은 전 단지를 밟고, 남은 불씨를 꺼뜨리려 입으로 숨을 불었다. 겨우 불이 꺼졌다.

"거봐, 너야."

인적 없던 거리에 또 남자가 서 있었다. 깜짝 놀란 은탁이지만 지난번보다는 덜 놀랐다. 갑자기 나타나는 게 이 아저씨 취미인 것 같았다.

"아, 왜 자꾸 쫓아다녀요!"

"쫓아다닌 게 아니라, 네가 또 부른 거야."

무슨 수로 부른단 말인가. 안 그래도 이루어지지 않는 소원들을 따져 묻고 싶었는데, 연락처 하나 몰라 사기꾼에게 당했다고만 생각하던 차였다.

"제가 무슨 수로 불러요! 그나저나 아저씨 진짜 수호신 맞아요? 종류가 뭔데요. 망신? 근신? 내신? 당신?"

갑자기 또 몸이 이곳으로 와서, 그것만으로도 어이가 없는 도깨비에게 은탁은 되레 수호신이 맞느냐고 따져 묻고 있었다. 대충 다 이뤄지게 될 이 아이의 소원이 아직 안 이뤄져서 그러는 모양인데, 지금 그게 중요한 게 아니었다. 대체 저를 어떻게 부른 건지, 이 아이의 존재는 무엇이기에 저를 이렇게 불러낼 수 있는 건지, 그런 것들이 도깨비에게는 더 중요했다.

"괜히 소원 이뤄질 것처럼 사람 기대나 하게 하고!"

"너 진짜, 네가 나한테 무슨 짓을…."

"내가 안 불렀어요."

"너야. 너라고. 너 맞아! 한 번도 이런 적 없었어!"

길거리에서 장신의 사내와 여고생이 옥신각신하고 있는 게 보기 흔한 광경은 아니었다. 은탁은 잠시 생각해보더니 그건가, 한다.

"나한테 보이는 거 다 말해봐요."

"교복 입었네."

"또."

"머리가 짧네."

"그게 다예요? 날개 이런 거 안 보여요? 나 아무래도 요정 같은데. 팅커벨!"

좋게 봐서 귀엽게 봐줄 수 있을 것 같긴 했다. 좋게 봐줄 필요가 없을 것 같아 그렇지. 무언가 단서라도 얻을까 싶어 듣고 있던 도깨비는 눈 한 번 찌푸리고는 불꽃으로 화했다.

불꽃이 은탁의 눈앞에서 사라졌다. 나타나는 것도 사라지는 것도 아주 순식간이다. 은탁은 괜히 아쉬워졌다. 전화번호라도 물어볼 걸. 다음번엔 아르바이트 건에 대해 제대로 따져 물어야지 싶었다.

그런데 정말 그 남자를 부른 게 나인 걸까? 귀신이라면 피해 다니기 바빴지 불러들인 적은 없었다. 부르는 방법도 모르는 사람한테 어떻게 불렀느냐고 묻기나 하고… 이루어지지 않는 소원들도, 자꾸만 나타나는 남자도, 은탁의 마음을 어지럽했다. 어떤 신이라도 잡고 빌어보려 성당으로 향했다.

미사 시간 내내 그 잘생긴 아저씨를 생각하며 그가 나타난 두 번의 상황에 대해 골몰하다 문득 공통점을 알아챘다. 미사가 끝나 텅 빈 성당에 홀로 앉아 있던 은탁이 벌떡 일어나서 성모상 앞으로 갔다. 그 앞의 성냥을 그어 촛불을 밝혔다. 그리고는 후, 성냥불을 입으로 불어 *끄고* 가만히 은은한 빛을 발하는 초를 바라보았다.

고요한 성당. 뒤에서 저벅저벅 누군가 걸어오는 소리가 들렸다. 은탁은 재빨리 뒤를 돌았다. 역시나.

"알았어요! 어떻게 부르는지 알았어요!"

벌써 세 번째다. 갑작스럽게 불려 나온 도깨비는 작게 한숨을 쉬었다. 마침 옷을 다 갈아입었기에 망정이지 조금만 빨랐으면 못 볼 꼴로 등장할 뻔했다. 성모 마리아와 예수의 동상이 나란히 도깨비를 내려다보고 있었다. 색색의 스테인드글라스를 관통한 빛이 성당을 은은히 비추고 있었다. 도깨비는 그 빛 사이를 큰 보폭으로 건넜다.

"그래도 여기서 부르는 건 좀 아니지 않아?"

"무서워요? 되게 좋으신 분들이라던데."

"아부하지 마. 신이 어디 있느냐며. 왜 불렀어."

"그냥요."

그냥? '그냥' 방법을 알 것 같아서 '도깨비'인 자신을 불렀

다고 하는 여고생이 기가 차 도깨비는 찡그리며 다시 돌아 나
갔다. 성당 안이라, 신들 앞에서 함부로 능력을 쓰기 어려워
불꽃으로 사라지는 대신 문을 열고 밖으로 나가기로 했다.

그 모습이 웃겨서 은탁은 히히 웃으며 그를 따라 밖으로 나
갔다. 늘 멋진 코트를 입고 있는 귀신인지 수호신인지 모를
남자의 코트 소매를 잡고 소원에 대해 물고 늘어졌다. 소원은
하나도 이루어지지 않았지만, 어쩐지 자신이 부르면 오는 존
재가 있다는 게 기분 좋았다.

"곧 해결할 거야. 알바도 곧."

"말고요. 남자친구."

"그건 너도 노력을 좀 해!"

도깨비는 어처구니없다는 듯 신경질적으로 소리를 높이고
는 또 불꽃으로 사라졌다.

"아, 또 사라졌네."

하지만 이번에는 별로 걱정되지 않았다. 어떻게 부르는지
알았으니까.

학교를 마치고 도서관에서 공부를 하던 은탁에게 문득 궁
금증이 일었다. 초를 불면 나타나는 건 알겠다. 그렇다면 설
마 그것도 될까? 휴게실에서 스마트폰을 두드려 촛불 어플을
다운받았다. 그리고 스마트폰 속 촛불을 후 불어보니, 화면

속 촛불이 꺼짐과 동시에 눈앞에 남자가 나타났다. 검은색 정장을 빼입은 도깨비.

"진짜 되네."

중얼거리는 은탁에게 도깨비는 잔뜩 화난 표정을 지었다. 또 쓸데없이 소환된 것 같아 불꽃으로 사라지려는 찰나, 은탁이 그를 손으로 붙잡았다.

"날 잡은 거야 지금?"

"아, 잠깐만요!"

"네가 잡아서 못 가는 거야 나는? 너 대체 뭐지?"

도깨비 주변을 감싸고 일렁이던 불꽃 때문에 더는 뜨거움을 못 참고 은탁은 손을 떼고 손바닥을 팔랑거렸다. 도깨비는 사라지려던 것도 잊은 채 멍하니 서 있었다.

"저기, 수호신 뭐 그런 거 말고, 그냥 저 오백 해주시면 안 돼요?"

아이의 사정이 딱한 건 지나가는 잡귀도 알 것 같았다. 그렇다고 황당한 이야기를 들어주겠다는 건 아니었다. 소원은 이루어질 거니까 조금 기다리면 좋을 텐데, 그동안 어떻게 참고 살았는지 모르게 성격 급하게 굴고 있었다. 자꾸만 자신을 불러내는 것부터 그랬다. 아이의 사정도 사정이겠지만, 도깨비는 도깨비대로 자신의 사정이 있었다. 오늘은 무척 중요한 날이었다.

"오늘은 내가 일이 있어서 가야 하거든?"

"무슨 일이요? 아, 옷이 좀 경건하네요."

"내일이 아는 이의 기일이야."

"근데 왜 오늘부터 가요? 지방이에요?"

"그곳은 오늘이 내일이야."

근처에 문이 있었다. 불꽃으로 사라지려 해도 아이가 또 잡는다면 소용없을 것이었다. 도깨비는 문으로 나가기 위해 걸음을 뗐다. 은탁이 그를 따랐다. 도깨비가 손잡이를 잡아 돌리는데 은탁이 계속 뒤에서 종알거리며 붙잡았다.

"나 꼭 물어보고 싶은 거 있단 말이에요."

끈질기기도 하다. 도깨비는 조금 포기하고, 우선은 들어보기로 했다.

"이런 질문 이상하게 들릴 거 아는데요, 오해 마시고 들어주셨으면 해요."

"알았으니까 해. 뭐."

"처음엔 아저씨가 저승사잔가 했어요. 근데 저승사자면 절 보자마자 데려갔을 거예요. 그 다음에는 귀신이구나 했어요. 근데 아저씬 그림자가 있네요."

둘의 시선이 바닥을 향했다. 희미한 그림자 두 개가 겹쳐 있었다. 은탁도 나름대로 많은 생각을 했다. 도깨비가 은탁의 존재를 의문스럽게 여기는 것처럼, 은탁에게도 그가 그랬다.

평소 보던 귀신들과는 달랐다. 자기가 부르면 오는 존재. 수호신이라고 말하는 자. 그런 존재는 처음이었다. 그래서 생각했다.

"아저씨 혹시 도깨비 아니에요?"

도깨비. 지금 나에게 도깨비라고 한 건가? 도깨비는 제 정체를 묻는 은탁을 똑바로 보았다. 귀신을 보고, 조금 특별히 딱한 사정을 가지고 있다지만 도깨비 입장에서는 평범한 여고생이었다. 교복을 입고 빨간색 목도리를 두른 아이가 자신을 보고, 부르고, 잡는다.

"너… 대체 뭐야?"

"제 입으로 말하긴 좀 뭐한데, 제가… 도깨비 신부거든요."

"뭐?"

"제가 귀신 보는 건 아시죠? 제가 태어날 때부터 이런 걸 갖고 있었는데. 아마 이것 때문에 귀신들이 그러는 거 같아요. 나한테 도깨비 신부라고."

목도리를 푸르고 머리카락을 걷어내며 은탁이 제 목을 내보였다. 푸른 낙인. 도깨비 문양이 뚜렷하고 선명했다. 도깨비는 그제야 오래전 일을 기억해내었다. 죽었어야 할 여자를 살렸다. 여자가 너무 간절하게 배 속의 생명을 살리고 싶어 했기에, 그날 도깨비는 마음 약한 수호신이 되어주었다. 아이가 저를 부를 수 있었던 이유도 알 것 같다. 하지만 여전히 혼란스러웠다.

도깨비 신부. 아주 오랫동안 기다려온 존재였다. 도깨비 신부만이 할 수 있는 일이 있으니까. 신부가 나타나 그 일을 해주기를 얼마나 염원해왔던가.

"증명해봐."

"어떻게요? 뭐 훨훨 날아요? 아님 빗자루로 변해요?"

"그런 거 말고. 해봐."

"저 지금 되게 진지하거든요?"

"나도. 나한테 보이는 거 말해봐."

픽 웃었던 얼굴에는 이내 웃음기 하나 없었다. 진지하다는 건 정말인 것 같은데, 보이는 거 말해보라는 말은 조금 장난 같기도 했다. 은탁이 했던 말이니까. 그러나 깊어진 눈이 저에게 다시 한 번 말하고 있었다. 보이는 거 전부 말해보라고. 무언가를 봐야 하는 걸까. 은탁은 그를 천천히 살폈다.

"키가 크시네요?"

"또."

"옷이 비싸 보여요."

"또."

"한 삼십대 중반? 설마 원하는 답이 잘생겼다, 뭐 그런 건 아니죠?"

잠시 무거웠던 공기가 가벼워졌다. 도깨비가 낮게 말했다.

"내가 원하는 답은 네가 갖고 있었어야지. 나한테 보이는 게 그게 다라면 넌 도깨비 신부가 아니야."

정말? 정말로 보이는 것을 다 말하라는 것일까. 은탁은 눈을 깜빡였다. 아무것도 모르는 듯 눈만 깜박이는 은탁에 도깨비는 긴 한숨을 내쉬었다. 조금 긴장하고 기대했었는데 이제 조금 화가 난 것도 같은 기분이었다.

"도깨비에게 넌 효용가치가 없거든. 귀신을 보는 건 안됐지만 어차피 덤으로 사는 목숨이니 감수하며 살아. 넌 그저 원칙을 어기고 인간의 생사에 관여해서 생긴 부작용 같은 거니까."

도깨비 신부가 아니라고 판단하자마자 쏟아지는 미운 말들에 은탁은 울컥하고 말았다. 도깨비 신부가 아니면 아니지, 덤으로 사는 목숨이라니. 해도 해도 너무했다. 아무리 거지 같아도 삶은 삶인데, 남의 삶을 덮어놓고 부작용 취급이나 하고 있었다. 누구는 이렇게 살고 싶어서 사나? 입술을 꽉 깨물었다.

"내가 감수하기 싫다면요?"

"그냥 원래 명대로 죽는 방법도 있어."

결국 은탁의 눈에 눈물이 고였다. 울지 말아야지, 해보지만 내려다보는 남자의 눈길이 너무나 무감했다. 처음 본 순간에는, 그러니까 시선을 빼앗길 만큼 잘생겼다고 여겼다. 묘한 분위기가 있었다. 늘 어딘가 흐린 날씨 같은 표정이었지만, 가볍게 웃을 때면 구름 사이에 가려 있던 해가 드는 것처럼 따뜻한 느낌이라고 생각했다. 그러나 지금 남자는 무척 차갑고 못됐다.

"와, 말을 참…. 알았고요. 아까 한 질문 다시 할게요. 아저씨 혹시 도깨비세요?"

"아니야."

"아니에요? 그럼 뭔데요? 대체 뭔데 내가 가치 있고 없고를 아저씨가 판단하는데요?"

"네 거지 같은 상황을 십 원어치 정도 걱정하는 사람."

귀신이 보여도 참을 수 있었던 건, 깜깜한 터널을 혼자만 걷는 것 같아도 견뎌볼까 했던 건, 도깨비 신부라기에, 언젠가 그 도깨비 신부 하면서 행복하게 살 수 있지 않을까 싶은 희망에서였다. 그런데 아니란다. 효용가치가 없단다. 앞뒤가 하나도 맞지 않았다. 나를 걱정한다고? 다행이라면 남자가 도깨비가 아니라는 것이다. 진짜 도깨비가 나타나면 다시 물어봐야겠다. 내가 도깨비 신부인지, 아닌지.

자신을 올려다보는 은탁의 표정이 서러워 보여서 도깨비는 별수 없이 조금 표정을 풀었다. 함부로 도깨비 신부라고 한 건 괘씸했지만 아이에게 화낼 일은 아니었다.

"현실에 살라고. 소문에 살지 말고. 넌 도깨비 신부가 아니니까."

　뒤돌아서 손잡이를 돌렸다. 문을 열고 나가니 환한 빛이 나
타났다. 다른 세상이었다. 도깨비의 문은 가고자 하는 세계로
열렸다.

　"저 아직 얘기 안 끝났…는데."

　문밖으로 나가버린 도깨비를 잡으려 은탁이 문을 열고 따
라 나왔다. 밖은 밖인데 뭔가 이상했다. 처음 보는 곳이었다.

사랑해요

등 뒤로 은탁의 목소리가 계속 들린다는 사실을 도깨비는 믿을 수가 없었다. 돌아보니 황당한 표정을 한 은탁이 있었다. 말문이 턱 막히는 기분이었다. 이 아이와 관련해서는 계속 놀랄 일뿐이었다. 이번엔 정말로, 정말로 더 놀라웠다. 이 세상에서 놀라운 일을 해내는 건 주로 도깨비의 몫이었다. 그런데 아이가 도깨비를 계속 놀라게 하고 있었다.

"너 지금 들어온 거야? 저 문으로? 나 따라서? 너 어떻게 들어왔어?"

"손잡이를 잡는다. 당긴다. 아저씨를 바짝 따라…. 근데 여기 어디예요?"

문으로 들어온 게 저렇게나 놀랄 일인가 싶었다. 지금 나는 문밖 세상이 더 놀라운데. 은탁은 주변을 두리번거렸다. 파주 영어마을 같기도 했다. 드라마에서나 본 것 같은 풍경에다 금발 머리, 파란 눈 외국인들이 지나가고 있었다. 어딜 보아도 동양인은 둘뿐이었다. 은탁이 눈을 크게 뜨며 도깨비의 곁에 바싹 붙어 섰다.

　"여기 어디예요, 진짜?"

　"캐나다."

　"캐…나다요? 캐나다? 그 단풍국? 오로라 막 거기…? 여기 외국이라구요?"

　여기가 한국이 아닌 건 분명했다. 고개를 드는 곳마다 붉은 단풍이 보였다. 이국의 가을은 이렇게나 붉구나. 바쁘게 눈을 굴리며 크게 숨을 들이마셨다. 공기도 더 맑고 깨끗하다고 느껴졌다. 저 멀리 높게 솟은 웅장하고 아름다운 성을 보자 외국이라는 게 단번에 실감이 났다.

　정신없이 구경하기 바쁜 은탁을 두고 도깨비는 걷기 시작했다. 이 아이는 도깨비 신부가 아니다. 그러나 자신이 살려주었기 때문인지 저와 깊이 연결되어 있는 것만은 분명했다. 어떻게 문을 따라 나올 수 있었을까. 타닥, 타닥 뒤따르는 걸음이 바쁘고 또 경쾌했다. 방금까지 제게 모진 말을 들어서 울먹거렸으면서. 하긴 이렇게 맑은 아이가 아니고서야 그런

환경에서 자라면서 이토록 활짝 웃는 얼굴을 가지긴 힘들었을 것이다.

은탁에게 처음 와보는 이국의 거리는 그저 아름다웠다. 태어나 자란 곳에서의 아픔 같은 건 하나도 물들지 않은 낯선 거리.

"와, 아저씨. 이런 능력도 있었어요?"

"너도 있네. 너 진짜 뭐지?"

"여기가 캐나다고, 아저씨 능력이 이 정도면, 저 결심했어요."

"뭘."

"맘먹었어요, 제가."

아이는 빨간 목도리를 두르고 그 목도리에 턱을 잠시 묻었다. 발그레한 볼이 어이없게도 조금 귀여웠다. 그래서 또 무슨 헛소리를 할지 두렵기도 했다.

"저 시집갈게요. 아저씨한테."

역시. 허를 찌르는 기상천외한 발언이었다. 말도 안 되는 소리 하지 말라고 화를 내려 도깨비가 쑵, 혀를 찼다. 은탁이 빠르게 그의 말을 가로막았다.

"난 암만 생각해도 아저씨가 도깨비 맞는 거 같거든요."

"……."

"사랑해요."

활짝 피어난 메밀꽃 같다. 사랑한다고 고백하는 아이가

그랬다. 사랑한다는 말이 귓가를 울려서 도깨비는 화가 났다. 도깨비 신부가 아니니 현재를 살라고 했는데, 사랑한다고 쉽게도 말하고 있었다. 939년을 살았다. 이제 18년 산 아이 하나 어쩌지 못할 건 없었는데, 사랑해요 하는 목소리가 귓가에 또 한 번 반복되어서 시간이 잠시 멈춘 듯했다. 멍하니 굳어 버린 도깨비를 향해 은탁이 짓궂게 웃었다.

"오, 처음 들은 척하는 거 봐."

"하지 마."

"적극적으로 거절도 안 하는 거 봐."

기가 찬 표정으로 무언가 말하려는 도깨비를 한 번 툭 치고, 은탁은 거리를 향해 달리듯 걸어 나갔다. 어찌나 빠른지 은탁을 잡으려던 그의 팔이 무안해졌다.

은탁으로선 처음 느껴보는 자유였다. 어디에 갇혔다고 생각한 적은 없었는데도 해방감이 스며들었다. 화려하게 반짝이는 것들이 여기저기 곳곳마다 있었고, 그 반짝이는 것들을 보러 이 골목 저 골목을 누볐다. 빙그르르 몸을 돌리며, 은탁이 한층 고조된 목소리로 아저씨, 아저씨 하고 셀 수 없이 불렀다. 신이 난 목소리가 이번에는 단풍잎이 레드카펫처럼 깔린 도로로 들어섰다. 바람이 불 때마다 붉은 단풍잎이 쏟아져 어깨 위에, 또 은탁이 쓴 후드 모자 뒤에도 내려앉았다. 은탁이 손을 뻗어 떨어지는 단풍잎을 잡으려 애썼다. 손이 잘 닿지 않자 발을 굴러 뛰기도 했다. 그래도 잘 되지 않아 포기하려는데, 옆을 보니 이미 도깨비의 손에는 단풍잎이 한 장 들려 있었다.

"잡았어요, 지금? 아니죠! 주웠다고 해요, 얼른!"

도깨비는 왜 그래야 하는지 영문 모르겠다는 표정으로 은탁을 보았다.

"떨어지는 단풍잎을 잡으면 같이 걷던 사람과 사랑이 이루어진단 말이에요! 빨리 버려요."

뺏어서 버리려는 손길에 도깨비가 팔을 올렸다. 장신인 그가 팔을 올리자 은탁으로선 도저히 뺏을 수가 없었다.

"솔직히 말해봐. 방금 지어냈지."

"아니거든요? 떨어지는 벚꽃잎 잡으면 첫사랑이 이루어진다, 몰라요? 그거랑 같은 맥락이거든요?"

한 번 더 뛰어오르며 은탁이 단풍잎을 잡으려고 해보지만, 도깨비 손까지 닿기에는 그 높이가 너무 높았다. 분한 표정으로 씩씩거리는 은탁에 도깨비가 소리 나게 비웃었다.

"사랑한다며."

"아저씨 도깨비예요?"

"아니야."

"그니까요. 내놔요!"

"그럼 넌 왜 잡으려고 했는데?"

"저 오빠랑 같이 걷고 있다고 생각했으니까요!"

오빠? 도깨비의 눈썹 한쪽이 올라갔다. 은탁이 가리키는 곳을 보는 사이 탁, 은탁이 폴짝 뛰어 단풍잎을 가로챘다. 은탁이 가리킨 곳에는 금발의 미남이 서 있었다. 정확히 말하자면 미남인 귀신. 귀신을 본다더니 정말 시도 때도 없이 보는구나 싶었다.

그렇게 투덕거리며 도착한 곳은 멀리서 은탁이 성이라고 생각했던 곳이었다. 알고 보니 호텔이었다. 거리만큼이나 호텔 내부도 좋았다. 당연히 이렇게 좋은 호텔은 처음 와본 은탁이었다. 사실 이곳에서의 모든 장소, 느낌들이 처음이었다. 분주한 호텔 로비에 대기용 소파가 줄지어 있었다. 또 눈을 데구르르 굴리고 있는 은탁을 도깨비가 소파에 앉혔다.

"여기서 기다려."

"어디 가는데요?"

"볼일이 있어."

"무슨 볼일이요? 나도 가면 안 돼요? 누구 만나는데요?"

질문 세례에도 꿋꿋하게 입을 다물고 있는 도깨비는 대답해줄 생각이 전혀 없어 보였다.

"혹시 여자 만나요? 캐나다까지 왔는데 무슨 약조가 있었겠죠. 나보고 도깨비 신부 아니라는 게 다 맥락이 있었겠죠.

알겠어요. 다녀오세요. 저는 뭐 돈도 없고, 여권도 없고, 아는 사람도 없고, 막 호흡도 불안정하지만 혼자 기다려야겠…"

푸념을 늘어놓는 은탁을 두고 도깨비는 대꾸도 없이 호텔을 나가버렸다. 멀어지는 도깨비를 보며 은탁을 입술을 비죽였다.

───

푸르른 평원이 하늘과 닿은 곳이었다. 도깨비는 그 한가운데를 향해 걸었다. 그 중심에 묘비들이 늘어서 있었다. 검은 정장과 손에 든 꽃다발은 그들을 위한 것이었다.

'유금선. 고려에서 태어나 이국땅에서 잠들다.'

"그간 편안하였느냐."

캐나다의 땅에 한자로 적힌 묘비는 무척 이질적이었다.

'유서원, 그대 위의 흙이 가볍기를.'

'유문수, 좋은 벗이자 좋은 스승 여기에 잠들다.'

그는 묘비에 적힌 글자들을 훑었다.

"자네들도 무고한가. 나는 여태 이렇게 살아 있고, 편안하진 못하였네."

쓸쓸하게 선 도깨비 뒤로는 호텔 건물과 퀘백의 도심이 펼쳐져 있었다. 그저 울창한 숲이었던 시절, 이 땅을 처음 밟았다. 세월은 계속 흘렀고, 한국이 변했듯 이곳도 변했다. 변하지 않고 그대로 살아 있는 건 자신뿐이었다. 생의 기억을 고스란히 가진 채로 산다는 건 지옥을 살고 있는 것과 같았다. 지옥의 한가운데였다.

이 길고 지루한 생을 마감하려고 했던 적도 있었다. 가슴에 박힌 검을 빼보려 했던 적이 있었다. 용서해달라고 신에게 빌어도 보았으나 신은 들어주지 않았다. 검은 꼼짝도 하지 않았다. 검을 뽑을 수 있는 건 도깨비 신부뿐이었다. 죽음을 줄 수 있는 이를 그는 기다리고 있었다.

아주 긴 기다림이었다.

은탁은 담담한 표정으로 무수한 묘비들 앞에 앉아 있는 도깨비를 찾아냈다. 호텔에 가만히 앉아 있기 지루해 그를 찾아나선 길이었다. 정말로 찾을 수 있을 줄은 몰랐다. 하지만 저 멀리 그가 보였다. 그냥 또 장난처럼 다가가고 싶었지만 그러기가 힘들었다.

허공을 바라보는 그의 머릿속이 복잡해 보였다. 미운 말 않고 가만히 앉아 바라보니 한 폭의 그림 같았다. 고요해서 슬픈 그림. 머리카락이 휘날릴 때면 은탁의 눈길이 저절로 그를 향했다. 민들레 한 송이를 꺾어 홀씨를 불어본다. 홀씨들이 흩어지며 멀리 떨어진 그의 주변을 감쌌다. 슬프고 아름다운 광경이라고, 은탁은 생각했다. 그래서 가만히 지켜보기로 했다.

곧 밤이 내려앉았다.

한참을 앉아 있다가 정신을 차려보니 해가 없었다. 도깨비는 곧바로 몸을 일으켜 세웠다. 호텔에 은탁을 혼자 남겨두고는 시간을 너무 많이 흘려보냈다. 얼른 돌아가려는데 호텔로 가는 길 방향에 은탁이 딱 서 있었다. 걱정도 잠시, 도깨비는 한숨을 쉬었다.

"얌전히 있으랬지."

"얌전히 있었어요. 나 온 거 몰랐으면서. 볼일이⋯ 여기였어요? 아저씨만 묘비명이 없네요?"

유 씨 성을 가진 묘비들 사이, 흑백의 초상 사진이 끼워진 묘비가 하나 있었다. 도깨비의 묘비였다. 이름도 없이 '~1801'이라는 연도만 새겨진 묘비.

"살던 곳을 이렇게 떠나는 거예요? 몇 번이나요?"

"안 세어봤어."

퉁명스러운 대답조차 쓸쓸하게만 느껴져서 은탁은 괜히 마음이 불편했다. 멈춰 서 묘비 앞에 꾸벅 허리 숙여 인사했다.

"안녕하세요, 지은탁입니다. 대략 한 200년 후에 아저씨 신부될 사람이에요."

"아니야."

"아닌가 봅니다. 그치만 한 200년 후에도 아저씨는 여전히 멋있으세요."

뜻밖의 이야기에 도깨비는 은탁을 바라보았다.

"때때로 좀 못됐긴 한데, 반듯하게 잘 크고 있으니까 너무 걱정 마세요. 그럼 전 이만."

다시 한 번 인사를 한 은탁이 묘비 사진이 아닌, 옆에 있는 도깨비를 보고 맑게 웃고는 먼저 언덕 아래로 내려가기 시작했다. 도깨비는 그 뒷모습에 시선을 빼앗겼다. 자연스레 발걸음이 은탁이 밟은 길을 따라 밟기 시작했다.

"오래 살았어요, 여기?"

"무인 산중의 오두막이 저 호텔이 될 세월만큼 떠났다 다시 돌아오고, 돌아오고 했어. 고향을 떠나 처음 정착한 곳이 여기였거든."

낮은 목소리로 자신의 이야기를 해주어서 은탁은 귀를 기울여 들었다.

"아깝다. 그때 그 오두막을 샀어야 하는 건데! 그럼 지금 저 호텔이 아저씨 건데."

진심으로 안타까워하는 목소리에 도깨비는 피식 웃었다. 의미심장한 웃음소리에 은탁이 고개를 획 들었다.

"설마 저 호텔…!"

"너 안 늦었어?"

"어딜요?"

"학교."

저 거대한 호텔이 이 아저씨의 것인가 싶어 놀라던 은탁이 이번엔 다른 의미로 놀랐다. 열두 시를 알리는 종소리가 울릴 때의 신데렐라 기분을 알 것 같기도 했다. 캐나다랑 한국이랑 시차가 어떻게 되는지 몰라서 도저히 지금이 몇 시일지 감도 잡히지 않았다. 손목에 찬 시계를 느긋하게 확인하며 도깨비가 중얼거렸다. 한국은 지금 오전 열 시였다.

자동차 경적 소리가 시끄럽다. 무언가에 쫓기듯 급히 걸음을 옮기는 사람들. 그 뒤로 익숙한 풍경. 지나치던 건물의 문을 열고 들어서니 이곳이었다. 횡단보도 앞에서 은탁은 텁텁한 도시의 공기를 들이마시더니 웃었다.

"아, 잘 잤다."

그 웃음이 아이답지 않게 서글픈 것 같아 도깨비는 의아해졌다.

"꿈에서 깬 것 같아서요. 저, 살면서 외국여행 같은 거 상상도 못 했는데, 덕분에 외국도 가보고. 감사했습니다."

단풍잎 사이에서도 그랬지만, 도심 한복판에서도 참 멋지다. 은탁은 그를 눈에 한 번 더 담았다. 좋은 추억 하나가 생겨서 그에게 고마웠다. 허리 숙여 인사하자 도깨비는 난감해졌다. 멋대로 은탁이 따라온 것이었고, 저는 해준 것도 없었다. 은탁은 입꼬리를 한껏 올려 웃었다.

"그럼 전 이만. 꿈 깼으니 등교해야죠. 제가 혹시 오늘 민폐를 끼쳤더라도 한 번만 봐주세요! 제가 진짜 너무 신나서 그랬을 거거든요!"

은탁은 도깨비를 뒤로하고 학교를 향해 달렸다. 바람결에 추억이 날아가지 않았으면 좋겠다. 은탁의 생에 몇 없었던 순간이었다. 그래서 더 소중했다. 수군대는 사람도 구박하는 사람도 없이 그저 탁 트여 아름답기만 한 거리. 조금 틱틱 대긴 해도 제 옆에서 걸어주던, 아마도 제 수호신. 되도록 오래오래 남겨두고 싶은 장면들이었다.

눈이 마주치고, 제 사랑한다는 고백에 시간이 멈춘 듯 굴던 어른의 눈은 더더욱.

비록 담임에게 지각했다고 된통 깨졌지만 말이다. 고3이 무슨 정신으로 지각을 했느냐, 교무실에 불려가 잔뜩 혼이 났다. 공부는 곧잘 하지만 가난하고 친구들과 잘 어울리지 못하는 은탁을 담임은 대놓고 못마땅해했다. 누군가 자기를 좋아해주지 않는 게 드문 일은 아니라서 은탁은 그냥 또 한 번 참았다. 기분이 가라앉을 때는 역시 좋아하는 라디오를 듣는 게 좋았다. 잔잔한 연주곡과 목소리가 마음을 달래주었다.

가방에서 책을 꺼내 책장을 넘기자 그 사이에서 단풍잎이 나왔다. 그가 잡은 떨어지던 단풍잎이었다. 빨갛게 잘 물든 단풍잎을 보자 자연스레 그 순간들과 함께 입가에 미소가 떠올랐다. 문을 열고 나가면 다시 캐나다였으면 좋겠다.

"야! 넌 다 저녁이 되도록 어딜 싸돌아다니다 이제 와!"

캐나다는커녕 현관문을 열고 들어서자마자 이모의 날 선 목소리가 은탁을 맞았다. 학교 다녀온 거라 답하자 꼬박꼬박 대꾸라며 난리였다. 어서 저녁이나 하라고. 경미와 경식도 배가 고프다고 성화였다. 손발도 다 달린 사람들이 은탁만 바라보고 있었다. 한숨 한 번 들리지 않게 쉬고, 얼른 소매를 걷어붙였다.

냉장고에 찬거리가 마땅치 않아 김밥을 만들기로 했다. 시금치를 삶아 간을 하고 계란을 부쳤다. 김밥을 말아 가지런히 도마 위에 올리는데 경미가 방에서 무언가 들고 후다닥 나왔다. 흔들리는 종이가 익숙해서 은탁은 비닐장갑을 벗으며 다급하게 부엌 밖으로 나왔다.

"쟤 해외로 튈 준비하나 봐! 여기 캐나다야!"

이모가 팸플릿을 낚아채며 눈알을 부라렸다.

"어, 그래 네년이 이럴 줄 알았어. 보험금 들고 아예 해외로 튀게? 이러면서도 네가 통장이 없어?"

피곤한 표정의 은탁이 이모를 향해 손을 내밀었다. 은탁도 마음 같아서는 정말로 튀고 싶었다. 어디든, 이 지긋지긋한 집구석만 아니면 될 것 같았다.

"주세요. 기념으로 갖고 있었던 거예요."

"이게 왜 기념이야! 뭐가 기념이야? 네가 이런 데를 언제 가봤다고! 너 오늘 잘 걸렸어. 이게 키워준 은혜를 이따구로 갚아?"

손버릇 나쁜 이모의 손이 결국 은탁의 등짝을 후려치기 시작했다. 쓰라림에 은탁이 신음해도 멈추지 않고, 피하려고 해봐도 어깨며 등짝이며 찾아내 후려쳤다. 그래도 끝까지 팸플릿은 포기하지 않는 은탁이었다.

코앞에서 그 난리인 와중에 원인 제공자인 경미는 팔자 좋게 부엌으로 들어가 은탁이 말아놓은 김밥에 손을 댔다. 김밥을 썰려 칼을 들었다가 손가락을 벴다. 으아악, 경미가 호들갑스럽게 피나는 손을 흔들며 제 엄마를 불렀다. 그제야 은탁을 후드려 패던 이모의 손이 멈췄다.

피가 배어나오는 경미를 둘러 싼 이모네 식구들을 힐끗 보고, 은탁은 팸플릿과 함께 가방을 챙겨 집을 나왔다. 싸놓은 김밥 한 줄 겨우 손에 들고 도망쳤다. 은탁도 배가 고팠다. 다 먹고살려고 버티는 일이었다. 인적 드문 골목 벤치에 가방을 끌어안고 입 안에 김밥을 욱여넣었다. 이런 일은 허다하니까 울고 싶지 않은데, 구겨진 팸플릿을 보니 자꾸 눈물이 날 것만 같았다. 좋았던 추억들마저 구겨진 기분이었다.

김밥 한 줄 다 입에 넣고 터덜터덜 거리를 걸었다. 같은 곳만 벌써 네 번째 지났다. 집에서 나왔지만 친구 하나 없으니 갈 곳이 있을 리도 만무했다. 사람들은 다 여럿이서 걷는데 은탁만 혼자였다. 깨달을 때마다 뼈아팠다. 오늘 아침까지만 해도 누군가 제 옆에서 걸었는데….

"어?"

건물 위에서 그 모습을 내려다보던 도깨비가 은탁의 앞에 섰다. 그가 건물 위에서 인간들의 삶을 내려다보는 일은 종종, 자주 있던 일이었다. 오늘은 특별히 은탁을 보고 있었다. 자신에게 사랑한다 고백하던 맹랑한 아이를.

"본 지 얼마나 됐다고 불러내. 것도 이 밤중에."

"저 안 불렀는데요?"

세상에서 가장 무거운 가방을 들고 걷는 사람 같던 은탁의 표정이 조금 풀렸다. 도깨비가 제 앞에 있었다. 분명히 제 수호신은 도깨비가 맞을 거라 은탁은 생각했다. 가방이 조금 가벼워졌다.

"불렀어."

"아닌데, 이번에 진짠데?"

"너 방금 내 생각 했어, 안 했어."

아. 생각했다. 옆에 있어줄 누군가를, 수호신을.

"거봐. 맞지. 내 생각했지. 네가 그렇게 내 생각하고 그러니까 내가 되게 바쁜데 자꾸 이렇게 불려나오는 거 아냐."

"아저씨 생각만 해도 소환되는 거예요?"

"정확하진 않은데 섬세하고 예민한 편이니까 서로 간에 주의하자."

새침하기까지 한 도깨비의 말에 은탁이 순순히 사과했다. 그가 좀 번거로울 것 같긴 했다.

"내 생각 뭐 했는데. 어떤 종류."

"음…. 캐나다 예뻤는데, 거기 살면 행복하겠다, 그래도 잠깐은 행복했네, 생각하다 보니까 아저씨 생각이 당연하게 나서…. 옷도 비싸 보이고 시계는 더 비싸 보이고 호텔도 자기 거 같고 좋은 건 다 가졌는데… 왜 슬퍼 보이지?"

말하면서야 은탁은 제대로 생각했다. 슬퍼 보였다. 묘비 앞의 그는. 그래서 더 밝게 이름 없는 묘비에 인사했었다. 가을 바람에 코트 자락이 날렸기 때문일까? 이 아저씨가 쓸쓸해 보이는 것은? 혹은 자신이 슬프고 쓸쓸할 때 이 아저씨를 만나서 그렇게 보이는 것인지도 모르겠다. 은탁은 괜한 말을 했나 멋쩍은 웃음을 지었다.

도깨비는 잠시 마주쳤던 시선을 피했다. 늘 당황스러운 말을 꺼내는 아이였다.

"뭐 그건 그렇고, 왜 이렇게 뺑글뺑글 돌고 있어. 이 밤중에 수상하게."

"그건 또 어떻게 아세요?"

"나도 내가 뭘 몰랐으면 좋겠다."

울 것 같은데 울지 않아서 결국에는 이렇게 내려왔다. 부르지도 않았는데, 앞에 와 서 있었다. 자신도 모르게 마음이 쓰여서 그랬다.

"이모네 잠드는 거 기다리는 중이요. 한번 곯아떨어지면 업어가도 모르니까. 얼른 자고 아침 일찍 나오게요. 열두 시면 곯아떨어져요."

도깨비는 혀를 찼다. 그렇다고 이렇게 계속 열두 시까지 수상하겠다는 건가. 여자애가 겁도 없었다. 결국 도깨비는 여고생의 수상한 행동에 동참하게 되었다. 같이 거리를 한 바퀴, 두 바퀴 돌아 이 가게 앞을 지난 게 벌써 세 번째다.

은탁은 옆에서 같이 걸어주는 게 고마웠다. 고맙다고 대놓고 말 못하는 건 자꾸만 소화가 안 돼서 산책하는 것뿐이라고 그가 우겨서였다. 10분 전만 해도 울음을 삼키기 급급했는데 이제는 웃음을 참고 있었다.

둘을, 지나던 여고생이 발견했다. 은탁을 괴롭히던 반 아이들 중 한 명인 수진이었다. 30대 중반쯤 되어 보이는 남자와 지은탁이라니. 원조교제 현장이라고 소문내면 제대로 망신을 줄 수 있을 것 같아, 차 뒤에 몸을 숨긴 채 둘의 모습을 찍으려고 휴대전화를 들었다. 버튼을 누르려는 순간 퍽, 차 문이 열렸다. 너무 아파 소리도 낼 수 없었다. 사람이 뒤에 있는데 문을 열면 어떡하냐고 소리 지르려는데 차 안은 깜깜하게 텅 비어 있었다. 도대체 누가 문을 열었는지도 모르겠어서 당황스러움이 가시지도 않았는데 문은 스르륵 닫히고 있었다. 너무 놀란 수진은 그대로 줄행랑치기 시작했다.

사진을 찍으려는 수진을 막은 건 도깨비였다. 은탁이 눈치를 못 채도록 계속 대화하면서도 뒤로는 수진 쪽으로 능력을 썼다. 몇 번 길에서 은탁을 마주쳤을 때, 뒤에서 수군대던 아이들을 그도 보았기에 대번에 은탁을 괴롭히려는 짓이라는 걸 알았다. 수진이 사라지고, 마음 편히 내려다보니 아무것도 모르고 입가에 미소 띤 은탁이 있다. 얘도 참 고단한 인생이구나 싶었다.

"근데 제 알바는 언제."

"내일."

"설마 닭집에 닭으로 붙는 건 아니죠?"

"그러고 싶어?"

"아, 무슨 수호신이. 그럼 이모네는?"

"코 곤다. 들어가."

한참을 함께 걸어주었으면서 도깨비는 뒤도 돌아보지 않

고 성큼 걸어가 버렸다. 어느새 집 앞이었다. 안녕히 가시라 인사를 하려는데 이미 사라져버리고 없었다. 잘도 나타났다 사라지기를 반복하는 인사였다.

기
적

'정말로 오늘 붙는 건가.'

치킨집 앞을 지나는데 아르바이트를 구한다는 전단이 붙어 있어 은탁은 당장 가게 안으로 들어섰다. 테이블이 꽤 있었지만 손님은 한 명도 없었다. 창가 쪽 테이블에 앉은 여자가 뻥튀기를 무료하게, 기계적으로 씹고 있었다. 너무 예뻐서 현실감이 없을 지경이었다. 당차게 문을 열고 들어섰으면서 어버버 하고 있는 은탁을 향해 여자가 포장할 거냐고 물었다.

"아, 저 손님 아니구요, 알바 구하신다고. 사장님 안 계세요?"

"계시네, 여기."

현실감 없이 예쁜 이 여자가 사장이었다. 예쁜데 사장이기

까지 하니까 더 예쁜 것도 같고. 사장이 앉으라고 테이블을
두드려서 은탁은 얼른 자리에 가 앉았다. 가까이서 보니 더
예뻤다.

"고딩?"

"아, 네. 사장님이셨구나. 전 너무 예뻐셔서 손님인 줄 알았
어요."

"그렇지. 손님 예쁜데. 손님 본 지가 언젠 줄 모르겠다."

거침없는 말투가 매력적이었다. 치킨집의 사장, 이름은 써
니였다. 본명은 따로 있지만 써니라는 이름이 맘에 들어 쓰고
있었다. 은탁은 이런 면접은 처음이라 얼떨떨했다. 궁금하신
거 있으면 다 물어보시라고 했지만 별다른 질문을 하지 않아
서, 은탁은 알아서 주절대기로 했다.

"참고로 저는 사장님 조건 다 맞출 수 있어요. 더 이상 물러
날 데가 없거든요. 제 나이 아홉 살에 조실부모하고 사고무탁
하여 혈혈단신…."

"아, 무. 무 맛있는데. 손님이 무 달라고 한 게 언젠 줄 모르
겠네."

손님이 없긴 되게 없나 보다. 은탁은 등 뒤에서 식은땀이
다 나는 것 같다.

"가난하니?"

"그런 편이에요."

"학교는? 안 다녀?"

"다니는데요. 고3이에요."

"좋겠다. 어려서."

대화에 흐름을 잡을 수 없어서 계속 당황하는 은탁인데 어쩐지 기분이 나쁘지는 않았다. 예쁜 사람이라 그런지도 모르겠다.

"이따 약속 있니?"

"아니요?"

"그럼 오늘부터 우리 1일이다. 일해."

그렇게 어이없을 정도로 쉽게 아르바이트 자리가 생겼다. 은탁은 얼른 일어나 감사 인사를 올렸다. 진짜 열심히 일하겠다고 우렁차게 외치는 은탁은 보고 사장은 픽 웃고 말았다. 사장도 어리고 귀엽고 당찬 은탁이 마음에 들었다. 그렇게 써니는 은탁을 뽑고는 볼 일이 있다며 바로 나가버렸다.

정말로 수호신인 모양이었다. 아무래도 자기는 아니라고 하지만, 도깨비도 맞지 않을까. 은탁은 제 이름 석 자 쓰인 명찰을 가슴에 달며 생각했다. 이 소식을 제일 먼저 알리고 싶은 건 역시 그였다. 그가 도와준 거니까. 그래서 계속 생각을 해보지만 가게 안에는 여전히 아무도 없었다. 생각만 해도 오는 것처럼 말하더니. 결국 치킨집 이름이 크게 적힌 성냥을 꺼내 훅 불었다.

"나 드디어 알바 붙었어요! 사장님 완전 미인!"

신나서 자랑하는 은탁의 앞에 역시나 도깨비가 나타났다. 나타나긴 했는데 전과는 조금 다른 모습이었다. 룸 슬리퍼에 파자마 차림이었다. 가운을 걸치고 있어 그나마 다행이었다. 손에는 스테이크 한 덩어리 꽂힌 포크를 들고 있었다.

입에 막 스테이크 넣으려는데 몸이 사라지더니 은탁 앞이었다. 도깨비는 인상을 한껏 찌푸렸다.

"비싼 거 먹네요. 근데 돈 오백을 그렇게 안 해준다."

"휴대전화 걸고 받고 약속하고 만날 생각은 없니? 문명인 답게?"

"전 이대로 괜찮아요."

"내가 안 괜찮아. 내 생각은 안 해?"

"생각했는데 안 오던데."

생각만 해도 온다는 말은 거짓말이었기에 도깨비는 속으로 뜨끔했다. 그래도 계속 무방비상태일 때 불려나올 수는 없는 노릇이었다.

"미래를 약속하고 만날 생각은 있는데…. 사랑해요."

당돌하다 못해 철딱서니 없게 느껴지는 사랑 고백이었다. 아르바이트 붙었다고 은탁은 기분이 어지간히 좋았다. 인상 한 번 찡그리고 도깨비는 사라져버렸지만, 축하한다는 말도 안 해줬지만, 별로 상관없었다. 스테이크 냄새 때문에 배가

고파진 게 더 문제였다.

그렇게 잠옷 차림으로 은탁에게 불려 나간 이후 도깨비에게는 고민이 생겼다. 시도 때도 없이 소환될 수 있다는 건 생각보다 더 피곤한 일이었다. 도깨비는 정신없이 집 안을 왔다 갔다 하다 저승의 방문을 두드렸다. 티격태격하는 사이지만, 인간이 아닌 존재들로서 대화 상대로 서로만큼 좋은 이가 없었다.

저승은 심드렁한 표정으로 도깨비가 부산떠는 걸 봐야만 했다. 시작은 옷이었다. 옷을 여러 벌 갈아입더니 제일 나은 옷이 뭐냐 물어보았다. CD 케이스와 LP 판을 들고 오기도 했다. 클래식부터 케이팝까지 듣는 설정이라며. 저승사자는 어이가 없었다.

"요즘 누가 그런 걸로 음악을 들어?"

저승이 핀잔을 주자 이번엔 그림 액자를 가지고 왔다.

"제발 집중 좀 해! 내가 이 집 떠날 때 입을 옷이다 생각해. 그럼 쉬울 거야."

그 말이 집중력을 끌어올리는 데 도움이 되는가 싶었다. 그것도 잠시, 가지가지 하는 게 도무지 끝날 것 같지 않아 저승은 이불을 머리끝까지 뒤집어쓰고 취침 준비를 했다. 하얀 시트를 머리끝까지 덮은 것이 죽은 사람 보는 같아, 도깨비는 서늘한 기분에 저승의 방에서 슬며시 나갔다.

잇따른 폭우 관측으로 기상청이 일부 지역에 호우주의보를 발령했다는 일기 예보가 텔레비전에서 흘러나왔다. 치킨집 유리창 밖으로도 비가 내리고 있었다. 은탁은 대걸레로 열심히 바닥을 닦다 내리는 비를 바라보았다. 사장인 써니도 테이블에 앉아 창밖을 보고 있었다.

"비 오네…. 좋다."

뻥튀기를 씹으며 말하는 써니 곁으로 은탁이 다가가 섰다.

"뭐가 좋아요. 비 오면 손님도 없는데."

"비 안 와도 손님은 없어. 어차피 안 올 거 비라도 오니까 좋잖아."

진짜 신기한 사장님이다. 예쁜 사장님이 좋다고 하니 은탁도 같이 좋아하고 싶었지만, 우산이 없어 걱정이었다.

"내 거 많아. 하나 가져가. 귀찮아서 맨날 안 가져갔어. 귀찮으니까 절대 다시 가져오지 말고."

"예? 진짜요?"

구석에 놓인 우산꽂이에 써니의 말대로 우산이 여러 개 꽂혀 있었다. 은탁은 그중 가장 평범해 보이는 우산 하나를 집어 들었다.

"우와, 저 우산 생겼어요. 감사합니다."

우산 처음 보는 것도 아닐 텐데 무척이나 좋아하는 은탁을 두고, 써니는 대수롭지 않게 한 움큼 뻥튀기를 집어 입에 넣었다. 은탁에게 우산이 어떤 의미인지 모르니 의아한 게 당연했다.

이모네 식구들은 두 개 있는 우산 중 하나도 은탁에게 주지 않았다. 써니가 선뜻 내준 작은 우산 하나도 은탁으로선 무척 큰 친절이었다. 아르바이트 자리도, 우산도. 조금쯤 인생이 나아지는 기분이었다. 역시 수호신을 만난 덕분인 건가? 은탁은 우산을 펴 돌려보았다. 부슬부슬 내리는 비도 오늘은 그렇게 밉지 않았다.

정성스럽게 코팅한 단풍잎을 빙그르르 손에서 돌렸다. 아, 예쁘다. 제가 만든 단풍잎 책갈피가 무척 마음에 들어서 은탁은 웃었다. 인적 드문 밤이었다. 도서관 뒤편의 계단에서 은탁은 쪼그리고 앉아 성냥을 들었다. 괜히 머리도 한 번 넘기고, 헛기침 하며 숨도 고른 뒤 성냥불을 붙여 후 불었다. 눈앞에 도깨비가 나타날 차례니까.

"아저씨, 나 아저씨 선물⋯!"

은탁은 말을 마치지 못하고 입을 벌린 채 굳어버렸다. 앞에 나타난 건 도깨비가 아니라 저승사자였다. 본 적 있었다. 저를 이승인지 저승인지로 데려가려고 했던. 은탁은 눈을 질끈 감았다 뜨고는 얼른 고개를 돌렸다.

"목도리, 목도리 놓고 왔다."

괜히 목 부근을 더듬으며 돌아서는데 저승이 어느새 코앞에 이동해 있었다.

"역시 넌 내가 보이는구나. 10년 전에도 지금도. 멘트도 똑같고. 보이는 거 다 알아. 이젠 널 지켜줄 이도 없고."

역시 도망가는 건 어려울 것 같았다. 은탁은 주먹을 꼭 쥔 채 저승을 보았다. 심장이 크게 요동쳤다.

"나도 들킨 거 다 알거든요?"

"이사 갔더라? 덕분에 10년 째 찾던 중인데 이렇게 보네?"

"그럼 찾지 말던가! 이 정도면 이승에선 스토커라고 불러요. 아세요? 고소할 거야. 명부에 내 이름도 없잖아요."

"기타누락자엔 올라가 있어. 19년치 증빙 서류가 골치긴 하지만."

이승에서는 명부에 올랐던 망자가 다시 살아나는 일을 기적이라 한다면, 저승사자에게 그 기적이란 기타누락자가 발생했다는 의미일 뿐이었다. 누락되었으니 서류를 준비해 다시 명부에 올려야 할 인간 말이다.

"그럼 저 이제 어떻게 되는데요? 저 죽어요? 저 이제 겨우 열아홉 살인데?"

"아홉 살에도 죽고, 열 살에도 죽어. 그게 죽음이야."

냉정한 저승사자의 말에 사고가 멈췄다. 무섭다. 죽을 만큼 힘들었어도 죽고 싶었던 적은 없었다. 언젠가 자신에게도 희망이라는 것이 생길 수 있으니까. 그렇게 참고 기다렸더니 드디어 제 소원을 이루어줄 누군가가 생긴 것 같았는데. 이제와 죽을 순 없었다.

숨을 멈춘 은탁의 뒤로 검은 그림자가 졌다. 그림자의 존재를 발견한 저승의 미간이 좁아졌다.

"이번엔 대체 누구랑 있는 거야, 넌 또."

돌아보자 도깨비가 서 있었다. 도깨비를 발견한 은탁이 놀라서 달려가 까치발을 들고 손바닥으로 도깨비의 눈앞을 가렸다.

"눈 감으세요. 눈 마주치면 안 돼요. 저 사람 저승사자예요."

은탁의 손바닥으로 앞이 막힌 도깨비는 눈을 아래로 떠 은탁을 보았다. 은탁은 떨고 있었다. 목소리도 손도 떨렸다. 그러면서도 굳게 저승을 경계하고 있었다. 마치 자신을 저승에게로부터 보호하기라도 하겠다는 듯. 제 한 몸 지키지 못해 잔뜩 굳어 있었으면서도.

근래 도심에 이상스럽게도 비가 많이 내린 건 도깨비의 기분 탓이었다. 그의 기분에 따라 날은 변덕스럽게도 바뀌었다. 늘 완벽한 모습으로 만날 준비를 마치고 있어도 은탁은 부르지 않았다. 그래서 초조했다. 왜 초조했는지는 정확히 모르겠지만.

그리고 드디어 불러서 왔는데, 저승의 앞이었다. 정말 이상한 아이였다. 언제 어느 때고 이상한 기분이 들게 했다. 여태껏 겪은 적 없었던 기분들. 매번 다른 종류로, 항상 이상했다. 눈앞을 가린 은탁의 손을 꼭 잡고 내렸다. 그리고 은탁을 보며 말했다.

"괜찮아. 우리 구면이야."

도깨비는 이번엔 저승을 바라보며 말했다.

"넌 일하는 중인가 봐?"

그 말에 은탁이 멈췄던 숨을 몰아쉬었다. 그래도 여전히 경계를 풀지 않고 저승을 노려보았다. 그 눈빛을 받고 있는 저승이야말로 묻고 싶었다. 둘이 아는 사이라는 게 의아했다.

"난 그러는 중인데 넌 뭐하는 중인지 모르겠네?"

"난 인간의 생사에 관여하는 중이지."

"그러니까 말이야. 크게 실수하는 것 같아서. 이 아인 이미 19년 전에…."

저승이 말을 끝마치기 전, 마른하늘에 번개가 치더니 어두운 하늘이 크게 번쩍였다. 도깨비의 인상이 매서워졌다. 저승은 마른침을 삼켰다. 도깨비에게서 전언이 들려왔다.

'도깨비가 진지할 땐 흘려듣지 말라고 안 배웠어? 조심해. 그대의 생사에도 관여하고 싶어질지 모르니.'

대체 무슨 사이인지 감도 잡히지 않았다. 대체 누구이기에 도깨비가 아이의 생사에 관여하고 있는 걸까. 저승도 화가 난 도깨비의 심사를 거스르고 싶진 않았다. 둘 사이의 긴장감을 이기지 못하고 은탁이 도망가자 도깨비가 팔을 잡아끌었다.

"괜찮아. 그냥 있어. 너 못 데려가니까."

"좀 전에 날 10년째 찾고 있었다고…"

"그래도. 널 100년째 찾고 있었어도, 그래도. 그 어떤 사자도 도깨비에게 시집오겠다는 애를 데려갈 순 없어. 그것도 도깨비 눈앞에서."

도깨비의 낮은 목소리에 은탁의 눈이 커졌다. 앰뷸런스 소리가 멀리서 요란하게 울렸다. 저승은 머리에 눌러 쓴 모자를 고쳐 썼다. 오늘 이곳에 온 건 은탁이 아니라 병원에서 일하던 의사의 숨을 거두기 위해서였다. 자세한 이야기는 집에서 하면 될 일이었다.

"우린 또 보자. 오늘처럼 우연도 좋고, 나랑 선약을 잡아도 좋고."

죽음이 하는 말이나 다름없어서 은탁은 본능적으로 몸을 뒤로 물렀다. 저승은 유유히 앰뷸런스가 지나간 방향으로 향했다.

도서관 앞에는 둘만 남았다. 머릿속이 한없이 복잡해졌다. 은탁은 뚫어져라 굳은 얼굴의 도깨비를 바라보았다.

"말해. 할 말 되게 많은 얼굴인데."

"거봐요. 도깨비 맞잖아요. 그럴 줄 알았어. 근데 왜 도깨비 아니라고 거짓말했어요?"

따져 묻고 싶었는데 너무 어두운 얼굴이라 목소리가 불안하게 떨려 나왔다. 은탁은 주머니 안의 단풍잎을 떠올렸다. 예상대로 그는 도깨비였다. 그런데 그동안 자신은 도깨비가 아니라고 해왔다. 은탁은 그게 또 속상함으로 다가왔다. 그가 나보고 도깨비 신부가 아니라고 부정한 것이…. 그가 도깨비이길 바라면서도 동시에 아니길 바랐던 건, 그가 은탁보고 도깨비 신부가 아니라고 말했기 때문이었다.

"처음엔 널 다시 볼 줄 몰랐으니까. 네가 들어올 줄 알았나. 한 번도 누군가가 따라 들어온 적 없는 내 문 안으로."

"그 다음에는요? 내가 다음에도 여러 번 물었잖아요."

"그 다음엔 정정할 필요가 없었으니까. 처음부터 지금까지, 아마 앞으로도 넌, 도깨비 신부가 아니니까."

"그럼 난 뭔데요? 귀신들이 맨날 그놈의 도깨비거리면서

와서 말 걸고, 안 보면 안 본다고 괴롭히고, 보면 본다고 들러붙고, 이렇게 살아 있는데 저승사자는 살아 있음 안 된다 그러고, 이런 난 뭐냐구요."

"말했잖아. 네가 감수해야 하는 거라고. 나한테 따질 건 아닌 것 같은데."

자신이 도깨비가 아니기 때문에, 그래서 은탁에게 도깨비 신부 아니라고 하는 건 그래도 괜찮았다. 근데 역시나 도깨비였다. 그가 도깨비인 게 다 밝혀졌는데도 여전히 자기보고는 도깨비 신부가 아니라고 하고 있다. 치사했다. 정말로 치사하게 느껴졌다. 갑자기 저승사자를 만나 놀랐던 마음이 겨우 풀어졌는데, 지켜줘서 고마웠는데, 그랬는데.

결국 울음이 터졌다. 도깨비라는 존재는 은탁에게는 물에 떠내려가기 전 잡으려던 지푸라기였고, 하늘에서 내려오길 바라던 동아줄이었다. 은탁의 세상에 단 하나뿐인 기대였고 희망이었다. 남들과는 다르고, 고되기만 한 이 삶 속에서 자신의 존재 이유를 찾을…. 그런데 정말 쉽게도 아니라고 하고 있다. 다 가졌으면서, 아무것도 가지지 않은 여고생에게 너무 가혹했다.

"내가 뭐 도깨비 만나면 진짜 시집가려고 그랬겠어요? 솔직히 말해봐요. 다른 이유죠? 혹시 내가 안 예뻐서 도깨비 아니라고 한 거 아니에요? 아저씨 이상형이랑 너무 동떨어져서?"

도깨비는 아연해졌다. 울면서도 황당한 이야기를 하는 이 아이와 함께 울 수도 그렇다고 웃을 수도 없었다.

"너 예뻐."

아니라더니, 도깨비 아니라고 하더니 예쁘다고는 해준다. 울던 은탁의 심장이 쿵 내려앉았다. 가라앉은 검은 눈 안에 자신이 있었다. 별 볼 일 없는 고등학생 지은탁이 울상을 하고 서 있었다.

"나는 900년을 넘게 살았어. 나는 예쁜 사람을 찾고 있는 게 아니야. 나에게서 무언가를 발견해줄 사람을 찾고 있는 거지. 그렇기 때문에 아무것도 발견하지 못하는 너는 도깨비 신부가 아닌 거고. 단지 그뿐이야. 네가 효용가치 없다는 건 그런 뜻이거든."

너는 아니라는 말을 깔끔하게 정리까지 해서 말해주니 더 상처였다.

"상처받을 거 없어. 외려 다행으로 여겨. 네가 나에게서 무언가를 발견했다면, 넌 나를 아주 많이 원망했을 거야."

무슨 말인지 모르겠다. 원망은 지금도 하고 있으니까. 은탁은 그럴 거면 끝까지 도깨비 아니라고 하지 왜 이제 와서 밝히는 거냐고 따졌다.

"아니라고 한 이유와 같은 이유로. 괜한 헛된 희망으로 나를 불러내지 말라고. 난 이제 곧 여길 떠나거든."

"…어디로요?"

깊은 눈이 그저 저를 본다. 겨우 멈춘 울음인데 또 가슴 부근에서 울컥하는 감정이 치밀었다. 헛된 희망 생기지 않게 하려면 누군가와 함께 걷는 느낌이 무엇인지 알려주지 말았어야지. 아주 나쁜 도깨비다.

"됐어요. 대답하지 마세요. 누가 아저씨 신부 한대요? 꽃다운 열아홉에 미쳤어요, 내가? 다신 안 불러낼 테니까 맘 편히 사세요. 나도 아저씨 필요 없거든요."

될 수 있는 한 당당하게 보이고 싶은데 아마 안 됐을 것이다. 은탁은 서러운 마음을 가득 안고 돌아섰다. 떠난다는 사람 붙잡아 말해봐야 소용없을 것 같았다. 어차피 자신은 필요 없는 것이다. 도깨비에게도, 저 아저씨에게도.

~

두꺼운 암막 커튼 사이로 창밖이 보였다. 며칠 째 어두컴컴한 하늘이었다. 창 앞 소파에 도깨비가 앉아 있었고, 그의 주변으로 구름이 가득했다. 아이는 상처받았다고 했다. 그리고 울었다. 자신이 울린 것이나 다름없었다.

"소문엔 신부가 나타나면 죽는다던데."

저승이 미간을 찌푸리며 도깨비의 곁으로 다가왔다. 공기가 너무 습해 집 안에서 숨 쉬기도 힘들었다.

"애석하게도 못 죽어. 걔가 검을 못 봐."

"아직 못 보는 걸 수도 있잖아. 애가 아직 어리던데."

"아직 어리니까 얼씬도 하지 마."

도깨비가 눈을 치켜떠서 저승은 한 발 물러섰다.

"왜 보호하는데? 검도 못 본다며."

그러니까. 은탁은 아무것도 못 보는 눈치였다. 도깨비 신부라면 응당 자신의 가슴에 꽂힌 검을 봐야 했다. 그러니 아무것도 못 보는 은탁은 도깨비 신부가 아닐 테고, 아니어서 아니라고 한 것뿐인데. 결과적으로 울려버려서 미안했다. 아이가 원하는 걸 하나도 못 들어준 기분이었다. 아르바이트도 해결됐고, 이모네 식구도 곧 해결해줄 생각이었는데. 자신이 살린 아이라 이런 책임감이 드는 것일지도 모르겠다.

점점 더 심해지는 습기에 견디다 못한 덕화가 방에서 튀어나와 제습기를 돌리기 시작했다. 제습기 옆에서 도깨비는 한숨을 쉬었다. 한숨 한 번에 주변의 구름이 더 커졌다. 덕화가 질렸다는 듯 소리쳤다.

"삼촌! 비는 안 돼! 누가 치워 그걸!"

열아홉 살짜리 여자애 때문에 이런다고 빈정거리는 저승의 말과, 대박이라 말하며 꼬치꼬치 캐묻는 덕화로 인해 피곤이 엄습한 도깨비다. 은탁을 생각하던 게 아니라고 해도 저승은 다 안다는 듯 고개를 저었다.

"아니 근데요, 상처를 줬으면 '상처 줬다 미안하다' 남자답게 빡 사과하면 되잖아요."

뭐 알지도 못하는 덕화의 말에 괜히 찔리는 듯했다. 그가 사과해야 할 이유는 당연히 없었다.

———

영업이 끝난 치킨집은 어두웠다. 으슬으슬 한기에 챙겨온 담요로 몸을 둘러싸고 의자를 붙여 침대 비슷하게 만들었다. 그 위에 누워 있으려니 별별 안 좋은 생각들이 눈앞을 왔다 갔다 했다.

저승에게 또 존재를 들켜버렸기에 은탁은 저승을 피해 잠시 거처를 집에서 치킨집으로 바꾸기로 했다. 거처를 옮긴 은탁 덕분에 저승도 도깨비도 헛걸음을 했다.

아이에게 상처준 것 같았지만 도깨비는 사과할 생각은 없었다. 그렇지만 걱정이 됐다. 자신은 939년 산 어른 중에 어른이고, 은탁은 열아홉 살 어린아이니까. 아직 이름 붙이지 못한 알 수 없는 책임감으로 은탁을 다시 찾은 길이었다. 저승을 피해 이사 가라고 말하려 했다. 이미 그 집에는 아무도 없었지만.

천장을 보고 누운 은탁은 천천히 눈을 깜박였다. 사장님한 테 들키면 잘릴 수도 있었다. 그러나 당장이 급했다. 이 추위에 밖에서 노숙을 할 수도 없고, 미성년자 신분으로 갈 수 있는 곳은 정말로 마땅치 않았다. 집이라 봐야 은탁의 '우리 집'도 아니었다. 그냥 잠자리일 뿐. 가게보다 등 안 배기는 것 외엔 마음은 더 불편한 집이었다.

자신은 도깨비의 신부가 될 운명이라 했고, 그 아저씨는 도깨비였다. 운명. 로맨틱한 단어였다. 로맨틱? 말이 좋아 로맨틱이지 팔려갈 뻔한 거나 다름없다. 그러니까 은탁도 도깨비 나타난다고 해서 덮어놓고 신부가 되려고 한 건 아니었는데, 도깨비가 나서서 아니란다. 어찌나 미운 말만 골라서 잘하는지 상이라도 줄 뻔했다.

"빗자루 주제에!"

도깨비는 본래 빗자루 같은 사물을 본체로 한다고 동화책에 써 있었다. 별 볼 일 없는 빗자루 주제에. 씩씩거리며, 은탁이 자리를 박차고 벌떡 일어섰다. 억울해서 이대로는 안 될 것 같았다.

귀신들을 먼저 찾아 나선 건 처음인 것 같았다. 은탁을 쫓아다니던 처녀귀신부터 할매귀신까지 귀신 넷이 은탁 앞에 옹기종기 모여 앉았다. 은탁이 귀신과 떠들면 지나가는 사람

들 보기에는 미쳐서 혼잣말하는 것 같을 거라, 부러 인적 드
문 골목으로 들어왔다.

"나한테 도깨비 신부라고 그랬잖아요. 왜 그랬어요?"

은탁은 따져 물었다. 소문의 진원지는 사고 나던 날을 목격
한 할매귀신이었다. 할매가 눈을 가늘게 뜨며 자신이 본 것을
들려주었다.

"내 보니까 딱 얼굴 보고 살려준 기야. 느이 엄마가 인물이
좋았잖아. 네 엄마 꼴딱꼴딱 넘어가던 숨이 순식간에 훅 돌아
오는데, 한겨울에 벚꽃은 후두두둑 떨어지지, 어찌나 신기하
던지."

화난 표정으로 묻던 은탁의 얼굴이 점점 흐려졌다. 엄마가
그런 큰 사고를 당하고 살아났다는 것도 놀라운데, 죽어가던
엄마와 배 속의 자신을 살려준 이가 도깨비, 바로 그 아저씨
라는 것이다.

"모르긴 몰라두 너랑 느이 엄마는 아마 그날 죽을 운명이었
을 기야. 조금 있다가 저승사자가 그 자리에 찾아왔드라고.
허탕치고 갔지."

"자기 신부를 살린 거네!"

처녀귀신이 로맨틱하다고 호들갑을 떨었다. 정말로 로맨
틱한 운명이었다. 그런데 하나도 안 기쁘고, 서글펐다.

"아저씨 말이 다 맞았어요. 저는 애초에 미워할 자격이 없

었던 거네요. 도깨비 아니었음 태어나지도 못했을 거고…. 그럼 울 엄마랑 아홉 살 때까지 산 기억도 없었을 거고….”

제 생은 정말로 덤이었다. 고마워해도 모자란데 화를 냈네. 미안하다가도 또 퍼뜩 화가 나기도 했다. 그러게 처음부터 친절히 말해줬으면 은탁도 그렇게 화가 나지는 않았을 것이다. 오해하지도 않고. 고맙습니다, 하고 밝게 인사했을 거였다. 힘들었지만 그래도 덕분에 엄마를 만날 수 있었다고.

우
울
의
증
거

    치킨집에서 숙식을 해결하던 것을 결국 사장인 써니에게
걸렸다. 집 나간 은탁을 찾아 이모가 다녀갔노라고 했다. 이
모가 또 얼마나 폐를 끼치고 갔을지 눈에 선해서 은탁은 써니
에게 죄송스러웠다. 우산도 선뜻 내주는 고마운 사장님인데,
저야말로 폐만 끼쳤다. 쫓겨날 거라는 각오와 달리 사장님은
또 생긴 대로 쿨하게 넘어가주었다. 은탁의 사정을 잘 이해한
다는 듯, 요청하지도 않았는데 월급도 주급으로 바꾸어주었
다. 은탁은 언젠가 꼭 은혜를 갚으리라 다짐했다.

    학교를 마치고 교문을 막 나서는데 휴대전화가 울렸다. 3만
원만 빌려달라는 경미의 메시지였다. 철딱서니가 이렇게나

없었다. 사채 빚을 끌어다 쓴 제 엄마 때문에 때때로 시달리면서도 돈 빌려달라는 말이 이렇게 쉽게 나오나 싶어 무시하고 휴대전화를 다시 주머니에 넣었다. 순간 봉고차 한 대가 은탁의 옆에 서더니 차 문이 확 열리며 험상궂게 생긴 남자둘이 내렸다. 눈이 마주쳐서 불길한 기운에 얼른 피하려는데 시선을 피하기도 전에 거구의 남자가 은탁의 팔을 낚아챘다.

"누구세요?"

"학생이 집을 나오면 어떡하나. 위험하게. 이모가 걱정하잖아. 타, 빨리!"

"싫어요. 여기요! 도와주…!"

거구는 소리치는 은탁의 입을 턱 막고 열린 봉고차 문으로 잡아끌었다. 버둥버둥 빠져나오려고 애써보지만 힘에 부쳤다. 두 남자에 의해 속수무책으로 끌려가 차에 태워졌다. 거구가 은탁을 붙잡은 사이, 날랜 남자가 운전대를 잡았다. 입을 막힌 채로 은탁은 겁에 질려 벌벌 떨 수밖에 없었다. 너무 겁이 나니 눈물도 나오지 않았다.

어지러울 정도로 화려한 무늬의 셔츠를 입은 남자들은 한눈에 봐도 사채업자들이었다. 이모가 은탁을 팔아넘긴 게 분명했다. 입만 열면 은탁에게 보험금 타령을 해온 이모였다. 그래도 그렇지. 그래도 어떻게. 아무리 가족이 아니라고 생각해왔어도 이건 너무했다. 피 안 섞인 남이래도 이래서는 안 되는 거였다. 사람으로서도 할 짓이 아니었다. 구박이야 참았지만 이렇게 목숨까지 위협받게 될 줄은 몰랐다.

차는 빠르게 달렸다. 한참을 달리니 비포장도로가 나왔다. 지나가는 차도 드물었다. 해가 짧아 벌써 주변이 어두웠다. 은탁은 내내 떨면서도 정신을 잃지 않기 위해 애썼다. 빠져나오려 발버둥쳐봤지만 소용없다는 걸 알고 기회를 노리는 중이었다. 노려봐야 결박된 손으로 딱히 할 수 있는 건 없을 것 같았지만. 머릿속이 새하앴다 새카맣다 하기를 수도 없이 반복했다.

거구가 은탁의 가방을 뒤지기 시작했다. 지퍼를 열고 뒤집어 탈탈 털자 책이며 필기구가 와르르 떨어졌다. 은탁의 가방 안주머니에 손을 넣어 통장을 찾지만 나오지 않자 거구가 인상을 쓰며 욕을 했다. 운전대를 잡은 남자가 룸미러를 보며 잘 찾아보라고 답답하다는 듯이 소리쳤다. 덮어놓고 납치를 하긴 했는데 은탁이 가지고 있을 거라는 여자의 말과는 달리 아무것도 없는 눈치였다. 타는 속을 다스리려 남자가 담배를 꺼내 물고 운전대를 잡지 않은 손으로 라이터를 켰다.

불 켜진 라이터를 보자 은탁은 정신이 번쩍 들었다. 라이터의 불을 끄려 앞으로 확 몸을 향하는 순간, 가방 뒤지느라 정신이 팔려 있는 줄 알았던 거구에게 먼저 잡혀버렸다.

"가만히 있어!"

남자가 윽박을 지르며 은탁의 머리를 때렸다.

"아씨, 깜짝이야."

갑작스런 소동에 놀란 운전석의 남자가 라이터를 떨어뜨렸다. 뒤통수를 세게 맞은 것보다 땅바닥에 떨어진 라이터 때문에 눈물이 새어 나왔다.

'아저씨…'

절망이었다. 덤으로 사는 인생도 이게 끝인가 보다. 그래도 자신을 구해줄 누군가를 떠올리기라도 할 수 있다는 게 다행이었다. 도깨비를 만나기 전이었다면, 떠올릴 사람조차 없었을 것이다. 서러운 눈물 한 방울을 떨어뜨리며 은탁은 고개를 숙였다. 그래도 살고 싶었다, 아직.

"학생, 우리 성격 급해. 여학생이 이런 으슥한 데 오면 어떻게 되는지 알 거 아냐? 어디에 숨겼어 통장!"

거구가 은탁의 멱살을 쥔 채 흔들었다. 겁에 질려 아예 이성을 잃은 은탁이 외치듯 말했다.

"저, 정말 몰라요. 이모가 진 빚을 왜 저한테 그래요. 내려주세요! 안 내려주시면 신고할 거예요!"

"신고? 신고는 이년아 내가 하게 생겼다. 확!"

주먹을 쥔 남자가 은탁의 얼굴을 가격하려는데 끽, 귀를 찢는 소음을 내며 차가 급정거했다. 거구의 사내와 은탁이 순간적으로 좌석에서 떨어질 뻔했다. 거구가 운전 똑바로 안 하느냐고 고함을 치려고 보니, 운전석의 남자가 벌벌 떨고 있었다.

"뭐야?"

"저기…!"

주위가 방금 전보다 훨씬 어두워졌다. 자욱한 안개가 도로 위로 내려 앉아 한 치 앞도 구분하기 힘들었다. 가로등 불빛 아래만 겨우 보이는 정도였다. 저 멀리 가로등 불빛이 번개라도 맞은 듯 퍽! 커다란 소리를 내며 터졌다. 차에 타고 있던 이들 모두 넋이 나간 듯 앞을 바라보다 놀라 어깨를 떨었다. 순간, 가로등이 멀리서부터 차례로 빠르게 퍽, 퍽, 퍽! 터져 가까운 가로등 불까지 다 꺼져버렸다. 완벽한 어둠. 차의 헤드라이트만이 아스라이 앞을 비추고 있었다. 저 멀리서 기다란 인영人影이 다가오고 있었다.

검고 흐릿한 인영이 점점 선명해졌다. 대체 뭐냐고 남자 둘이서 정신 나간 사람처럼 소리치며 떠는 와중에 은탁의 눈은 크게 뜨였다. 익숙한 얼굴이 보이는 듯했다. 넓은 보폭으로 두 인영이 걸어오고 있었다.

도깨비와 저승사자였다.

"뭐야, 저 새끼들! 미친놈들 아냐?"

차도를 가로질러 다가오는 둘을 향해 거구가 욕지기를 뱉었다. 순간, 둘이 눈앞에서 사라졌다. 어둠 뿐 아무것도 없다. 분명히 보았는데 착각이었을까? 차 안의 사내가 당황을 감추지 못했다. 무언가 불길했다.

"야, 뭐해! 그냥 가! 빨리. 밟아 빨리!"

뒷좌석의 거구의 재촉에 겨우 정신을 차린 운전석의 남자가 액셀을 밟자 차가 덜컹거리며 속력을 내기 시작했다. 그때 차체에서 우지끈, 하며 무언가 부서지는 묵직한 소리가 났다.

차 앞으로 나타난 도깨비, 손에 검을 들었다. 사람들에게는 보이지 않을 물의 검이다. 강하게 검을 휘둘러 차체를 세로로 가른다. 도깨비의 검이 지난 차체가 쿵, 소리를 내며 깨끗하게 반으로 나뉘어 양쪽으로 갈라졌다. 찬 바깥 공기가 훅 하고 들어왔다. 아아아아악― 하는 사내들의 비명이 멀어지고 은탁은 숨도 못 쉬고 조수석만 생명줄처럼 붙들었다. 우당탕 거친 파열음과 함께 사채업자들이 탄 반쪽은 도로 아래로 굴러 떨어지고 있었다.

겨우 고개를 들자 저승이 차 옆 부분을 가볍게 잡고 서 있었다. 은탁은 그저 저승을 바라보았다. 차를 갈라버린 도깨비가 다가와 은탁의 곁에 섰다.

"내려야지."

홀린 듯 은탁이 고개를 끄덕였다. 은탁은 생각보다 더 놀라 있었다. 맘에 들지 않는다는 듯 도깨비의 미간이 미세하게 찌푸려졌다.

"네 물건들 챙기고."

은탁은 차 시트 아래 떨어진 휴대전화며 책들을 떨리는 손으로 가방 안에 집어넣었다. 그저 수동적인 반응일 뿐이었다. 은탁이 가방을 다 챙기자 도깨비가 손을 내밀었다. 커다란 손이었다. 그 손을 잡고 겨우 차에서 내리던 은탁이, 어찌나 긴장했던지 다리가 풀려 무릎이 꺾였다. 휘청이는 은탁을 도깨비가 안아 잡아 세웠다.

"다쳤어? 어디."

은탁이 차에서 무사히 내려 조금 떨어지자 저승은 잡고 있던 차체를 놓았다. 쿵! 반쪽짜리 차가 땅에 처박혔다. 은탁이 흠칫 놀라 떨며, 도깨비의 품으로 몸을 바싹 붙였다. 도깨비의 넉넉한 품이 은탁을 감싸 안았다. 무언가 말하고 싶어도 목소리가 잘 나오지 않았다. 답답함에 작은 주먹으로 가슴을 두드렸다.

"뭐?"

"…다쳤냐고, 그렇게 묻기 있어요? 차를 저렇게 갈라놓고?"

그것도 저승사자와 함께 와서는. 살고 싶었는데 저승사자를 데리고 오다니.

"아니, 그… 저렇게 하기 전에 저자들이 다치게 하지 않았나 뭐 그런 물음이지."

머쓱한 표정으로 도깨비가 은탁을 살폈다. 은탁은 어딘가로 떠났던 넋을 겨우 되찾는 중이었다. 핏기 없던 얼굴이 좀 나아진 것 같아서 도깨비는 잠시 은탁을 멀리 세워두고 사채 업자들이 박혀 있을 도로 아래로 향했다. 악인은 죄를 받아야 했다.

남들은 인생에 한 번 겪기도 힘들 일이었을 것이다. 납치며, 반으로 갈라진 차에서 살아남은 일이며. 죽을 고비들이 생 위에 누더기처럼 덧대어져 있는 기분이었다. 떡볶이 앞에 앉아 있는 도깨비도 평범한 존재는 아니었다. 끓고 있는 떡볶이 국물을 국자로 휘휘 젓고 은탁은 물을 따라 마셨다. 물을 마시니 한결 속이 나은 것 같았다.

"왜 아직 안 떠났어요? 떠난다면서요."

야무지게 라면 사리까지 넣어 떡볶이를 끓이는 은탁을 바라보며 도깨비는 조만간 떠날 거라고 했다. 많이 놀랐던 것 같은데 또 금방 평소처럼 재잘대고 있었다.

저를 처다보는 시선을 느끼고 은탁은 가만히 컵을 내려놓았다. 라이터가 바닥에 떨어졌을 때, 정말로 끝인가 싶었고, 끝이 아니었으면 싶었다. 한 가지 생각밖에 못 했다. 와 줬으면 좋겠다고. 라이터도 못 불었는데 어떻게 왔느냐고 묻자 도깨비가 피식 웃었다.

"생각을 크게 하는 편인가 보지."

"안 올 수도 있었잖아요."

"안 올 이유가 없었어."

빗자루다, 이 아저씨는 그냥 빗자루야.

자기 필요 없다고 한 도깨비를 미워하고 싶었는데 은탁이야말로 그를 미워할 이유가 없었다. 오히려 고맙고, 어쩐지 미안했다. 저를 보는 그의 눈빛이 씁쓸했다.

"죄송하네요. 이렇게 신부도 아닌 저를 바쁜 와중에 구하러 와주시고."

단단히 삐친 모양이었다. 풀어줄 방법이 없어 도깨비는 조금 찡그렸다.

"저한테 덤으로 산다고 하신 거요. 맞더라고요. 19년 전에 저랑 울 엄마 살려주셨다면서요. 그래서 이제 아저씨 미워 안 하려고요."

"…미워하는 것 같은데. 것도 잔뜩."

눈을 흘기는 은탁에게 도깨비가 말하자 은탁은 아니라고 우겼다. 떡볶이가 끓고 있는 가스불을 끄며 은탁은 다 쫄겠다. 쫄면 짠데 중얼거렸다. 굳이 정정하자면, 이건 미워하는 게 아니라…. 그래, 서운한 거였다. 도깨비 신부가 정말로 되려고 했던 건 아니지만, 그래도 의논도 없이, 가타부타 자세한 이야기도 없이, 아니라고만 하니까.

"아니고요. 앞으로 소환도 안 하고, 생각도 안 하고, 아무것도 안 할 테니까 맘 푹 놓고 잘 떠나시고요. 가내 두루 평안하시고요. 꼭 좋은 분 만나셨으면 좋겠어요. 진정한 자기 자신을 발견해주는 그런 막, 예쁜 그런 분."

서운한 마음 가득 담아 다다다 하고 싶은 말을 쏟아 붓고 은탁은 자리에서 일어섰다. 자기 구해주고 또 구해준, 두 번이나 구해줘서 미워하기는커녕 고맙기만 한, 그런데 떠난다는 사람을 두고 떡볶이나 먹고 싶은 기분은 아니었다. 다 끓었으니 맘껏 드시라고 인사까지 하고 나가려는 은탁을 도깨비가 붙잡았다.

"저 돈 없어요."

"돈은 내가 낼 테니까 넌 시간 내. 먹고 가."

"지금 저 저녁 먹이시는 거예요?"

그러게. 밥 먹여가며 납치했을 리는 없을 테고, 은탁이 배고플 게 걱정됐다. 걱정이, 됐다. 도깨비가 순순히 인정했다. 조금 놀란 은탁이지만 이내 고개를 젓는다.

"싫어요. 아저씨랑 같이 먹기 싫어요. 정 그러면 싸주세요."

"미워하는 거 맞네."

너무 솔직해서, 다 드러나서 귀여울 지경이었다. 도깨비가 웃자 민망해진 은탁은 결국 자리에 앉아 떡볶이를 먹기 시작했다.

도깨비는 덕화를 통해, 딱한 사정이 잔뜩 있는 것 같은 눈앞의 여고생, 은탁의 삶을 알아본 터였다. 스치는 인연의 짧은 미래나 길흉화복을 볼 수 있는 도깨비라도, 아주 자세한 내막까지 알기는 어려웠다. 덕화가 알아온 은탁에 관한 내용은 퍽 예상 가능한 수준이었다. 은탁의 엄마가 남긴 보험금이 1억 5천. 은탁의 이모는 아직 미성년인 은탁의 보호자 노릇을 하며 멋대로 구는 모양이었다. 예상보다 더, 동네에 소문이 날 정도로 힘들게 살았던 것 같고.

사채업자 둘은 서로 미워하고, 물어뜯으며 괴롭게 살게 될 것이다. 이모네 식구는 금을 훔친 사기꾼으로 몰릴 것이고, 감옥에서 썩게 되겠지. 재물에 눈이 멀어 혈육을 박대한 자의 최후는 그래야 마땅했다. 그가 그렇게 만들 것이다.

鉤

쉬는 시간, 은탁은 잠시 엎드려 창밖을 보고 있었다. 창밖에는 노란 은행잎들이 날아다녔다. 단풍잎을 보면 자연스럽게 캐나다가 떠올랐다. 말도 안 되는 사랑 고백에 당황하던 얼굴, 옆에서 대답해주던 부드러운 목소리, 묘비 앞에 서 있던 뒷모습.

"몰라, 떠나든지 말든지."

학교를 마치고 가게로 향하는 길이 갑작스럽게 낯설었다. 길거리에 널린 게 도깨비였다. 깨비 분식, 도깨비 책방, 도깨비 연극 포스터, 밤도깨비 여행 전단까지. 온통 아저씨를 떠올리게 하는 것들이었다. 은탁은 제 머리를 마구 헝클어뜨렸다. 아무리 생각하지 않으려고 해도 도깨비는 그 긴 다리로 휘적휘적 은탁의 머릿속을 걸어 다니고 있었다.

결국 은탁은 동네의 작은 서점으로 향해 버리고 온 단풍잎을 되찾았다. 원래는 도깨비에게 단풍잎을 전해주려고 코팅까지 했지만, 주지 못한 단풍잎을 다음 날, 서점 아동 코너의 도깨비 동화책 속에 끼워 넣고 돌아왔다. 그게 벌써 며칠 전이라 혹시 책이 팔려 찾지 못할까 마음을 졸였다. 다행이 책은 그대로 있었다. 다만, 자신을 재벌 3세라고 주장하는 젊은 남자, 덕화가 책을 사려던 찰나였다. 제 것이라 주장해도 믿지 않는 덕화를 겨우 겨우 설득해 무사히 코팅된 단풍잎을 받아왔다.

단풍잎은 다시 주머니 속에 들어왔지만, 여전히 마음은 싱숭생숭했다. 언제 떠나는 걸까. 조만간이라고 했으니 내일? 설마 오늘 이미 떠난 건 아니겠지? 치킨집 주방에서 가스불에 오징어를 구우며 은탁은 생각했다. 검으로 차를 단번에 베어버리던 그. 무표정한 얼굴이 매서웠다. 저에게 짓던 무서운 표정은 하나도 무섭지 않은 것이었다. 그래도 초를 켜 불면 오지 않을까? 어디로 떠났든.

딴생각들이 줄줄 이어졌다. 그렇게 넋을 놓고 있다가 오징어에 불이 붙는 줄도 몰랐다. 손가락에 닿는 열기에 은탁이 놀라며 소리를 질렀다. 후, 후 행여 가게에 불이라도 날까 오징어에 붙은 불을 최선을 다해 끄다가 보니, 역시나다.

가게 안에 도깨비가 서 있었다. 책을 들고 사색에 빠진 듯 턱을 괴고 서 있는 모습이 멋들어졌다. 무슨 광고 같았다. 은탁은 한숨을 쉬었다.

"책 보고 계셨나 봐요?"

"늘 책을 가까이하고 음악과 그림에 조예가 깊은 분이야."

"죄송하네요. 독서하시는데 방해해서."

"그니까 왜 방해해. 안 부른다더니."

도깨비가 책을 덮으며 물었다. 실수였다, 완전히 실수, 오징어 굽다가 그렇게 된 거다, 왜 안 가고 아직도 여기 있느냐, 하는 아이의 말에 도깨비는 어쩐지 빈정이 상했다.

떠나는 준비를 하는 중이었다. 짐을 싸고 있었다. 그러다가도 문득 은탁을 떠올렸다. 저승사자와 만난 날 제 눈을 가려주던 은탁. 자신을 보호하려고 했다. 은탁을 구했기 때문에, 은탁이 자신을 구하려고 한 건 아니었다. 그렇지만 서로가 서로를 구하고 싶은 사이 정도는 된 것 같았다. 그때 연기가 피어오르며 몸이 사라졌다. 은탁이 자신을 부르고 있어서 조금 웃음이 났던 것도 같다.

"그럼 난 이만. 짐 마저 싸야 해서."

"저기."

"너는 꼭 가려고 하면 말 걸더라?"

"아저씨가 맨날 말 걸려고 하면 가는 거거든요? 궁금한 게
있는데요."

"오백 안 해줄 거야."

단호한 말에 은탁이 깜짝 놀라는 표정을 지었다.

"고백 안 해줄 거야로 들었어. 아저씨가 넘겨짚고 엉뚱한
대답 하니까 그렇잖아요!"

자기가 잘못 들어놓고 남 탓을 해오니 어이가 없었다.

"어디서부터 내 탓인 거니."

"거기서부터요. 제가 뭘 봐야 한다는 거기."

확실히 하고 싶었다. 확실히 하고, 도깨비의 이상형이 아니
라 신부가 아니게 되든, 어린 자신이 나이 든 아저씨가 맘에
들지 않아 아니게 되든 말이다. 조금 덜 서럽고, 서운하고 싶
었다.

"그러니까 제가 정확히 뭘 봐야 하는데요? 아저씨한테 효
용가치 생기려면?"

"알려주면 보인다고 하게?"

"아뇨. 보여도 안 보인다고 하려고요."

계속되는 예상치 못한 질문과 답변에 도깨비는 당황했다. 은탁은 덜 서운하려고 묻기 시작한 건데 물을수록 더 서운해지고 있었다.

"그거 보여서 아저씨가 막 잘해주면 어떡해요. 오백 딱 해주고, 괜히 고기 먹자 그러고, 갖고 싶은 거 없냐 그러고. 그럼 제가 피곤하잖아요. 난 아저씨 되게 별론데."

제대로 허를 찔렸다. 무언가에 '찔리는' 것 되게 싫어하는 그였는데 은탁이 그렇게 만들었다. 별로라는 말에 발끈해서 성화를 부렸다.

"뭐 특이한 거 안 보여? 되게 아파 보이는 뭐 그런 거?"

도깨비의 말에 은탁의 머릿속을 스치는 것이 있었다. 찰나의 찰나였다.

"보여?"

재차 묻는 도깨비에 은탁은 관심 껐다는 듯 굴었다.

"난 또 뭐라고. 안녕히 가세요. 전 바빠서 이만."

보이는 건가? 도깨비는 눈을 크게 뜬 채 은탁을 붙잡았다.

"고기 먹을래? 뭐 갖고 싶은 거 없어?"

"오백이요. 안 되면 고기요."

대낮의 고깃집에서 결국 도깨비는 쉴 새 없이 소고기를 굽고 있었다. 지글지글 불판 위에 구워진 고기가 벌써 몇 판째인지 몰랐다. 은탁의 감정들은 눈에 훤할 정도로 솔직한 것들이었는데, 이 문제에 있어서만큼은 도깨비도 감이 잘 오지 않았다. 괜한 눈치를 보며 조심스럽게 정말 보이느냐고만 재차 묻고 있었다.

은탁은 확실히 대답해주지는 않았다. 보이는 것도 같고, 안 보이는 것도 같았다. 자신의 가슴에 꽂힌 커다란 검이.

도깨비는 애가 탔다. 애가 타는 이유가, 은탁이 자신이 그토록 찾던 도깨비 신부였으면 좋겠어서인지, 생각대로 은탁이 도깨비 신부가 아니길 바라서인지는 구분되지 않은 채였다.

실컷 고기로 배를 채운 뒤에 은탁은 카페에 가 생과일주스까지 주문했다. 카페에서 도깨비는 잠시 수호신이 되었다. 서로 이름도 모르던 남녀를 이루어주었다. 전생에 선한 일을 많이 한 사람들이었다. 아주 깊이 얽힌 둘이라서 도깨비는 그들을 위해 기꺼이 마법 같은 순간을 만들어주었다. 종종 하는 일이었다.

"정말로 수호신이구나."

은탁은 턱을 괴고 오늘따라 더 잘생긴 것 같은 가을 햇살 속 도깨비를 보았다. 그 모습을 지켜보며 자신의 전생도 궁금해졌다.

"아저씨, 제 인생이 이따위인 건 제가 전생에 죄를 지었기 때문인가요? 도깨비 신부로 태어난 건 그 벌인가요?"

도깨비 역시 햇살 속에 선 은탁을 내려다보고 있었다. 아스라한 눈빛이다. 명랑하고도 맹랑한 질문이었다.

"전생이 어땠는진 모르겠고, 현생을 논하기에 열아홉은 아직 이르고, 넌 도깨비 신부가 아니고."

"오, 안 속네. 다사다난하긴 하지만 저도 뭐, 제 인생 좋아요. 엄마한테 벅차게 사랑받았고 내 우산도 생겼고 아저씨 만난 것도 좋고. 아니 좋았고."

"……."

"과거형이에요."

은탁이 재빨리 덧붙여 도깨비는 차라리 웃는다. 열아홉 은탁이 우습고 씩씩해서.

"뒤끝도 있고, 보이는지 안 보이는지 아직 대답 안 했고. 보여 안 보여?"

"울 엄마가 그랬어요. 사람은 누울 자리를 보고 다리를 뻗고, 갈 때를 알고 떠나야 한다고. 내 말 무슨 뜻인지 알죠."

"모르겠는데."

"우린 여기까지란 뜻이죠. 전 이쪽. 안녕히 가세요."

갈림길이었다. 은탁은 오른쪽 길을 향해 걸었다. 뒤돌아보지 말자, 다짐하면서. 뒤돌아서면 어차피 그는 순식간에 사라져 있을 거고, 자신은 상처받을 거다. 왜 상처받느냐면, 좋았기 때문이었다. 잠시라도 곁에 누군가 있었다는 게, 부를 사람이, 구해줄 사람이 있었다는 게 말이다. 혼자가 아니던 순간들, 그 순간들이 저 아저씨와 함께여서 더 좋았던 것도 같다. 그런데 그는 떠날 사람이었다. 돌아보면, 그새 떠나버리는 사람.

굳게 마음먹었어도 결국 돌아보게 되었다. 열아홉 은탁은 여전히 기대라는 걸 했다. 행복해질 기대. 당연히 빈자리일 거라 생각했던 곳에 도깨비가 여전히 서 있었다. 시선이 엉켜들었다. 무언가 할 말이 있는 사람들처럼, 쉽사리 말을 꺼내지 못하는 사람들처럼, 한참을 서 있었다. 결국 아무 말도 못하는 사람들처럼.

외출 준비를 마친 저승에 도깨비가 따라붙었다. 귀찮을 정도로 제 뒤를 쫓아오는 도깨비에 저승은 짜증이 났다. 세탁소에 들렀다 마트에서 장을 보는 평범한 스케줄이었는데 마트까지 따라왔다. 도깨비는 저승이 은탁을 데리고 갈 기회를 노리고 있다고 생각했다. 기타누락자는 데리고 가야 하는 게 맞지만, 19년 치 서류 준비도 만만찮았다. 아직 귀찮아서 미루고 있는데 도깨비가 이런 식이면 하루라도 빨리 데려가야 하나 싶고, 그런 심경이었다. 저승이 쇼핑 카트를 밀며 말했다.

"나 걔 안 데려갈 거거든? 엄청 응원하고 있거든 지금?"

"네가 걜 왜 응원해."

"나 진짜 개랑 한패야. 신부가 검 뽑으면 죽는다며. 해외로 떠나는 게 아니라 영원히 떠나는 게 더 좋지 않겠어? 당장은 검을 못 봐도 볼 수 있는 날이 올지도 모른다는 기적 같은 걸 믿어보려고. 난 그날에 승부수 걸었어."

투덜대듯 말하는 저승에 잠시 욱한 도깨비지만 이내 화내기를 그만두었다. 저승이 카트에 담긴 식료품들을 차례대로 계산대 위에 올렸다.

도깨비가 전생이며 지금 살아가는 생의 모든 순간들이 잊히지 않아 괴롭다면, 저승은 그 반대였다. 모든 순간의 기억이 없었다. 대체로 전생에 씻지 못할 큰 죄가 있는 이들이 죽어 승천하지 못하고, 그렇다고 지옥불에 떨어지지도 않은 채 저승사자가 되었다. 저승사자가 되어 망자를 인도하는 고단한 일을 하며 죄를 덜어내는 것이다. 두 괴로움은 전혀 다른 것이면서도 비슷한 구석이 있었다. 다른 평범한 사람들은 감당하지 못할 괴로움.

그조차 신의 뜻이었을 수도 있겠지만, 어쩌다 보니 한 집에 살게 되었다. 소심하고 어수룩해 보이기까지 하는 저승과 많이도 투덕거렸다. 그래도 얼마간 함께였다고 정이 쌓였다. 도깨비의 표정이 전과 달리 사뭇 진지해졌다.

"좋아. 약속 하나만 해."

"갑자기 뭔 약속."

"내가 떠나면… 그 아이 안 건드린다고."

안 그래도 튀어나올 듯 큰 저승의 눈이 더 커졌다. 그간 떠난다고 해왔고, 저승도 도깨비의 집을 제 집으로 확정짓기 위해 떠나라고 매일 등 떠밀어왔다. 그래도 갑작스러운 기분이었다.

"단, 걔 데려가려고 폼 잡는 순간 난 언제 어디서든 곧바로 돌아온다. 그 집으로. 그니까 걔 그냥 내버려둬."

신부도 아니라더니, 그런 부탁을 하는 건 자신이 살린 생명에 대한 책임감 때문일까. 저승은 눈을 가늘게 떴다.

"언제 가는데."

"모레. 좋냐?"

저승은 딱히 대답 없이 봉투에 계산한 것들을 담았다. 정이 정말로 든 모양이었다. 둘의 얼굴 위로 그림자가 졌다.

계산을 마치고 마트에서 빠져나오기 위해 도깨비는 마트 문을 열었다. 한 발 들어서자 어느 집 작은 마당이었다. 은탁의 집이었다. 손에는 마트 봉지가 들려 있고, 뒤돌아도 저승은 보이지 않았다. 도깨비 문을 따라 들어올 수 있는 건 아무도 없다. 아니, 없었다. 은탁은 잘도 따라 들어왔으니까. 문은 그가 생각하는 곳으로 그를 인도했다.

황망히 서 있는데, 조심스럽게 대문이 열리며 누군가 빼꼼 고개를 내밀었다. 도깨비와 시선이 마주쳐 무척 놀란 은탁이 었다. 심장이 다 떨어지는 줄 알았다. 다시 볼 일 없을 줄 알았 다. 얼른 그를 잡아끌고 대문 밖으로 나왔다.

"집에까지 오면 어떡해요. 이모 알면 나 죽어요. 안 들켰어 요? 우리 이모네 자요?"

"몰라."

"아, 놀라라. 우리 집엔 어쩐 일이세요? 나 보러 왔어요?"

"내가 네 생각을 했나 봐. 잠깐."

잠시 시선이 무겁게 내려앉았다. 이내 은탁은 헛기침을 하 며 떨어진 심장을 다잡는다.

"왜요? 내가 뭐 신부기를 해, 예쁘기를 해, 맨날 목숨이나 구해줘야 되고 민폐나 끼치는데 왜 보러 와요?"

그새 정신 차리고 따져 묻는 은탁을 보며 도깨비의 입가가 가벼워졌다. 저승에게 널 데려가지 말라 경고한 건 잘한 일인 것 같다. 조금 더 오래 살며 이렇게 내내 싱그럽게 자라면 좋 겠다.

"이런 게 보고 싶어 왔나 보다. 봤으니 갈게. 이모네 사라졌 어. 집 비었으니까 들어가."

은탁은 솔직한 도깨비의 말에 놀라다가 이모네 사라졌다

는 얘기에 더 화들짝 놀랐다. 설마 도깨비가 제 소원을 이루어준답시고 죽인 건 아닐까 하는 의심마저 하고 있었다.

"그걸 원한다면 그것까지 하고."

"아니요, 농담인데!"

"나도 농담이야. 그럼, 간다."

진지한 것 같으면서도 아니었다. 은탁은 눈을 가늘게 떴다. 메밀꽃을 가져가려고 가게 대신 집에 들른 차였다. 집 나온 주제에 책상 위에 올려두고 온 메밀꽃이 그렇게 마음에 걸렸다. 이제 다 바스라졌을지도 모르는데. 그래도 떠나기 전에 얼굴 한 번 더 봤으니 그걸로 된 것도 같았다. 골목에 혼자 선 은탁은 생각했다.

기내용 캐리어보다 더 작은 가죽 가방에 도깨비는 이삼십 년 치 짐을 챙겼다. 옷가지 몇 개, 여권, 책, 오래된 편지들, 아주 낡은 노트가 전부였다. 노트는 그의 일기장이었고, 기도문들이 적혀 있었다. 죽음을 바라는 기도. 말하자면 유언장이었다. 그리고 작은 상자를 응시했다. 조심스럽게 상자를 열자 곱게 싸인 족자가 담겨 있다. 흠이라도 날까 숨까지 죽여가며 낡은 족자를 펼쳤다. 여인의 초상화였다. 저에게 왕 앞으로 나아가라던 어린 누이의 초상화였다. 왕이 마지막으로 남긴 그림이기도 했다. 곱고, 또 고왔다.

도깨비의 눈이 슬픔으로 축축해졌다. 주변 공기도 함께 습해졌다. 짐을 모두 정리하고 거실로 나간 그는 냉장고에서 맥주 캔을 꺼내 땄다. 덕화에게는 신용카드 하나면 충분할 것이다. 소중한 초상화는 유 회장에게 건넬 예정이었다. 누구보다 잘 간직해줄 사람이었다. 이 집은 계약서대로 저승사자에게 남기고 가면 된다. 다시 돌아왔을 때, 이곳은 또 어떻게 변해 있을까.

시원하고도 씁쓸한 맥주를 목으로 넘겼다. 두 캔 정도 마시자, 어디론가 가고 싶어졌다. 도깨비는 자리에서 일어나 현관문을 열고 나갔다. 눈을 뜨면, …아니다. 다시 집으로 돌아와 다시 문을 열고 나가본다. 또, 아니다.

도깨비가 계속해서 들락날락거리는 통에 정신이 사나웠다. 그 꼴을 보고 있는 저승사자가 그랬다. 눈살을 찌푸리며 대체 뭘 하는 거냐고 물어도 도깨비는 말없이 문으로 사라졌다 나오기만을 반복하고 있었다. 짧은 순간들, 어디를 그렇게 다녀오는 것인지 모르겠다.

"뭐하냐? 맥주 두 캔에 그렇게 되는 거야?"

도깨비의 눈이 조금 풀려 있었다. 술도 어지간히 약했다.

"어디 있는지 모르겠어."

"누가?"

"날 안 불러. 부르지 않으니까 찾을 수가 없어. 전지전능까지는 아니더라도 못 할 게 없었는데, 그 아이 하날 못 찾겠어. 내가 가진 게 다 아무짝에도 쓸모가 없어."

"사실 그렇지. 놀고먹는 데나 좋지. 그럼 그전엔 어떻게 했는데."

찾았다. 매번, 이렇게.

손잡이를 한 번 더 돌리고 나간다. 문밖이 환해졌다가 어두워진다. 다시 문이 열린다. 어깨가 축 처진 도깨비가 들어온다. 도깨비의 행동을 지켜보고 있던 저승은 절레절레 고개를 저었다. 바깥에 비가 떨어지기 시작했다. 한 방울, 두 방울. 도깨비는 신발장 옆에 검정색 장우산 하나를 집어 들었다. 거기에도 없으면, 아마 못 보고 떠나게 될 듯싶었다.

그리고, 찾아냈다.

그 바닷가였다. 방파제로 오늘도 파도가 다가와 부딪히고 물러나기를 반복하고 있었다. 그리고 자신이 구한 작은 소녀, 언제나 저렇게 홀로인 소녀를 도깨비는 물끄러미 바라보았다.

은탁은 바다에 주저앉아 바다인지 하늘인지 모를 수평선에 대고 하소연 중이었다. 이모네 식구가 나갔다더니 전세금

홀랑 빼서 사라진 거였다. 연락두절이라 어디로 갔는지 전혀 알 수도 없었다. 집주인 아주머니에게 물어보아도 돌아오는 건 대답이 아니라 네 짐이나 어서 챙기라는 얘기였다. 얼마 없는 옷가지들과 말라가는 메밀꽃만 겨우 챙겼다. 정말로 집도 절도 없는 신세가 돼버렸다. 내일은 더 나아질 거야, 생각하기 무섭게 더 나빠졌다. 더 나빠질 수 있는지도 몰랐다. 이미 바닥인 줄 알았는데.

지하철 짐 보관함에 짐을 대충 넣어놓고 학교에 갔는데, 학교에서는 담임선생님이 또 은탁을 쥐 잡듯 잡았다. 가방에서 우르르 쏟아진 성냥과 라이터 덕에 담배를 피운다는 모함을 받은 것이다. 선생님에게 오해라고, 그런 게 아니라고 설명할 길이 없었다. 이미 선생님은 은탁이 담배를 피운다고 확신하고 있는 상태였다. 지금 그게 문제가 아니라요, 제가 정말 이름뿐이었던 집도 없고 보호자도 잃어서 힘들어요. 그런 말을 하고 싶었지만 종일 입도 벙긋하지 못했다.

바다에 말해야 할까, 하늘에 말해야 할까. 은탁은 고민하다 하늘을 바라봤다. 아마 예쁘고 착했던 엄마는 천국에 갔을 것이다.

"엄마… 잘 지내? 엄마 천국 갔어? 천국은 어때? 여기보단 나아? 엄마 나는….."

엄마가 꼭 하고 다니라고 했던 목도리에 턱을 묻었다. 말이 잘 나오지 않았다. 계속 같은 말만 반복했다.

"엄마, 나느은–"

코끝이 시렸다.

"엄마, 나는 잘 못 지내."

귀를 기울여보지만 적막뿐이었다. 은탁은 숨을 삼켰다.

"아무도 내 안부를 묻지 않아."

눈물이 툭 여린 볼 위로 떨어졌다. 동시에 하늘에서도 빗방
울이 떨어지기 시작했다. 정수리 위로 툭, 발끝으로 툭, 떨어
지는 물방울들. 눈물도 비도, 지긋지긋한 제 삶의 상징 같았
다. 비가 왔고, 더 울고 싶어졌다.

"또야? 지겹다, 진짜. 비 오는 인생."

무릎을 모으고 그 사이로 고개를 묻었다. 등 위로 비가 내
렸다. 그러다 이내 잠잠해졌다. 은탁 인생에 비가 이렇게 금
세 멈출 리가 없는데. 이상함에 고개를 들었다. 우산을 든 도
깨비가 조용히 저를 보고 있었다.

"내가 우울해서 그래."

도깨비의 낮은 목소리에 은탁은 느릿하게 눈을 깜박였다.
티끌 하나 없는 검은 눈동자가 도깨비에게 닿았다.

"비, 곧 그칠 거야."

"아저씨가 우울하면 비가 와요?"

웃자고 한 말인 줄 알고 되물은 건데 도깨비가 퍽 진지하게

그렇다고 대답했다. 은탁은 웃어버렸다. 울다 웃으면 안 되는데, 이건 반칙이었다. 낭떠러지에 선 것처럼 아슬아슬할 때 이렇게 우산이 되어줘 버리면 그건 좋은 사람이 아니라 나쁜 사람이었다. 떠날 사람이니까, 자신은 효용가치도 없다고 하는 사람이니까. 어차피 사람 아니라 도깨비지만.

"그럼 태풍 땐 얼마나 우울한 거야?"

"그건 나 아니야. 지구의 우울. 잘 지냈어?"

잘 못 지냈다고 방금 전에 말했었다. 아무도 안부를 묻지 않는다고. 그런데 이렇게 물어준다, 안부를. 우산 위로 타닥타닥 쏟아지던 비가 잦아들었다. 정말로 비가 멎고 있었다. 의아한 눈으로 바라보자 도깨비가 희미하게 미소 지었다.

"방금 기분이 나아졌거든."

정말이지 이상하고 신비로운 도깨비 나라에 와 있는 기분이었다. 은탁은 손등으로 슥 눈물 자국을 훔쳤다. 정말로 우울하면 비가 오나 보네. 우울했구나, 이 아저씨도.

"나 아저씨 안 불렀는데…."

"안 부르더라. 뭐 나도 바빴어. 여기저기, 일이 많았어, 계속."

"큰일 났다!"

"왜?"

"이제 비 올 때마다 아저씨 우울한가 보다 싶을 거니까요. 사고무탁하기도 벅찬데 아저씨 걱정까지 늘어서."

웃는 것도 우는 것도 아닌 표정으로 은탁이 입꼬리를 올렸다. 그 표정이 환했다. 가슴에까지 은탁의 빛이 닿았다. 도깨비가 시선을 내리깔았다. 자신이 구한 아이는 확실히 잘 자랐다. 다만 조금 덜 슬펐으면 좋겠다. 얇게 입은 외투가 신경 쓰였다.

"안 추워? 왜 이러고 있어."

"불행해서요. 이제 그냥 감기 같아요. 불행들이. 잊을 만하면 찾아오고 때 되면 걸리거든요. 뭐. 찔리라고 한 소린 아니에요."

"…너 뭐 알고 하는 소리는 아니지?"

"뭐 찔리는 게 있긴 한가 보네요."

"그 말 하지 마. 내가 제일 싫어하는 말이 찔린다야."

별거 아닌 말에 질색하는 도깨비를 보며 은탁은 실실 웃었다. 그와의 대화가 즐거웠다. 혼자 울던 일과는 비교도 할 수 없을 만큼. 우산을 든 도깨비는 은탁에게 이야기를 더 들어주겠다고 말했다. 허공에 대고 하던 이야기를 은탁은 이제 그에게 했다.

"혹시 그 얘기 알아요? 인간에겐 네 번의 생이 있대요. 씨 뿌리는 생, 뿌린 씨에 물을 주는 생, 물 준 씨를 수확하는 생, 수확한 것을 쓰는 생."

"그걸 네가 어떻게 알아. 그건 사자가 망자들한테만 해주는 말인데."

"도깨비 신부 노릇 19년 차거든요? 귀신들이 하는 얘기 들었죠. 그래서 너무 억울해요. 난 뭔 놈의 인생이 1 다시 1, 1 다시 2야. 2로 안 넘어가."

정말로 억울하다는 듯 눈썹을 내리며 은탁이 도깨비를 빤히 보았다. 힘든 이야기 다 들어줄 것처럼 굴었으니 듣고는 있지만, 막상 어떻게 해줘야 할지는 도깨비도 모르겠다. 소원을 들어주는 게 차라리 쉬울 것 같았다. 그런 도깨비의 어려움을 아는지 은탁이 먼저 말했다.

"많잖아요. 어깨 토닥, 머리 쓰담, 오백 턱."

위로해주는 방법들. 무엇이 필요한지 명확했다. 은탁의 친절한 설명에도 돌아오는 것은 없었다. 칫, 은탁은 입술을 비죽이고는 이내 가방에서 주섬주섬 무언가를 꺼냈다. 코팅된 단풍잎이 떠오른 탓이었다. 이번엔 정말로 줄 수 있을 것 같았다.

"선물. 예쁘죠."

"…예쁘네."

손에 쥔 단풍잎은 무척 얇았다. 캐나다의 추억이 고스란히 담겨 있었다. 은탁에게는 정말로 소중했을 추억이었다. 붉은 단풍잎이 예뻤다. 그 단풍잎에 담긴 추억도 마음도, 모두 너무 예쁘게 느껴져서 도깨비는 도리어 쓸쓸해졌다. 손을 들어

슥, 스치듯 은탁의 머리를 쓰다듬었다. 머리카락 위를 지난 온기가 따듯했다.

"뭐, 하신 거예요?"

"머리 쓰담. …잘 지내라는 인사. 나 내일 떠나거든."

그러니까. 떠나기만 하는 존재였다. 찾아와주기도 하는 이지만. 애써 마음을 다잡았다. 좋은 추억도 하나 정도 쌓였고, 위로도 한 번 잘 받았다. 그러니까 그만해야지. 무얼 그만해야 하는지도 모르고 은탁은 그저 그만해야 한다고 자신을 타일렀다. 다시 우산 위로 비가 내리기 시작했다. 불규칙한 박자로 내리는 빗소리가 심장 뛰는 소리처럼 크게 울렸다.

떠나기 전 마지막 밤이 흘러가고 있었다. 거실에 앉은 도깨비와 저승의 표정이 어두웠다. 티격태격 다투기 바빴으나 저승은 도깨비가 떠나는 것이 정말로 아쉬웠다. 이 집이 자신만의 것이 되니 마음껏 기뻐해도 좋으련만 생각보다 기쁘지 않았다. 신과 가까운 존재들의 우정이란 것이 싹튼 까닭이었다.

가라앉은 정적을 깨트리며 경쾌한 초인종 소리가 울렸다. 멍하니 허공을 바라보던 둘이 놀라 서로를 보았다. 초인종 소리라니. 이 집은 초인종 같은 것은 누를 필요 없는 이들만 드나드는 곳이었다. 벽과 벽 사이를 아무렇지 않게 드나드는 존재와 그를 모시는 인간만이 이 집을 찾았다. 60년을 그랬다.

둘이 벌떡 일어섰다.

문이 집 안에서 반쯤 열렸다. 60년 만에 처음으로 초인종을 누른 건 은탁이었다. 아무런 기척이 들리지 않아 아무도 없나 보려 집으로 한 발짝 들어서며 고개를 내미는데 머리 위로 그림자가 드리워졌다. 도깨비일 거라고만 생각했는데 뜻밖에 저승사자의 얼굴을 본 은탁은 놀라 빠르게 뒷걸음질 쳤다.

"여기… 도깨비 씨 댁 아닌가요?"

"여기 내 집인데? 날 찾아온 거야? 제 발로?"

"아, 아뇨. 제가 잘못 알았…."

계속 뒤로 물러나는 은탁의 등이 턱, 무언가에 부딪혔다. 돌아보니 도깨비가 서 있었다. 그의 갑작스러운 등장이 언제나 놀랍고, 반가웠다. 저승의 앞이라 더욱.

이 아이, 제가 여는 문을 따라 들어오더니 이젠 집 초인종까지 눌렀다. 있는 줄 몰랐겠지만, 겁도 없이 저승사자가 있는 곳까지 찾아왔다. 도깨비는 저승에게 집 안으로 들어가 보라고 휘휘 손을 저었다. 떠났다가 다시 한국으로 돌아올 때면, 은탁의 생은 끝나 있을지도 모르겠다고 생각했다. 인간의 수명은 그렇게 짧았다. 그래서 지난번 본 것을 마지막 만남이라 여겼는데, 은탁은 또 제 눈앞에 있었다.

"너 뭐야. 너 여기 어떻게 알고 왔어."

"귀신들한테 물어서요. 도깨비 집 어디냐고. 근데 왜 저승사자가 이 집에 있어요? 둘이 같이 살아요?"

"오늘까진. 넌 왜 왔는데."

도깨비 신부 아니라더니, 집까지 찾아온 걸 보면 은탁이 정말 신부인 것은 아닐까. 부부문제 잘 해결하라 비꼬며 저승은 벽을 통과해 다시 집으로 슥 들어갔다.

"…못 한 얘기가 있어서요. 나한테 뭐 보이냐고 묻는 거요, 그게 보이면 어떻게 되는 거예요?"

"왜 물어. 어차피 안 보이는데."

"누가 안 보인대."

"뭐?"

"일, 그게 보이면 당장 결혼해야 되는 거예요? 이, 그게 보이면 오백 해주는 거예요? 삼, 그게 보이면… 안 떠날 거예요?"

대체 은탁이 뭐라 말하는지, 이해가 되면서도 이해가 되지 않았다. 메아리처럼 마지막 질문만이 남았다. '안 떠날 거예요?' 하는.

"가지 마세요. 그냥 여기 있어요, 한국에. 안 돼요?"

"너 정말 보여?"

보일 리가 없었다. 안 보인다고 했었다. 그래놓고 이제 와서 다짜고짜 보인다는데 도깨비가 그 말을 곧이곧대로 믿을 일은 아니었다. 증명해보라고 요구하는 도깨비에 은탁도 도리어 고개를 저었다. 세 가지 질문에 대한 대답부터 듣고 싶었다.

"너, 안 보여."

"보여요. 진짜요. 진짜 보이는데."

은탁이 잔뜩 억울한 표정으로 손가락을 탁 펴 가리킨다. 손끝이 그의 가슴 가운데를 정확히 향했다. 설마, 하는 마음에 도깨비의 눈빛이 떨리기 시작했다. 정확히 가슴 가운데를 지목하고 은탁이 말했다.

"이 검."

검이 꽂히던 순간의 기억이 떠올랐다. 손가락이 가슴을 찌르는 듯했다. 도깨비에게 가해진 충격과 동시에 번개가 하늘을 가르며 떨어졌다. 콰쾅, 하고 떨어지는 번개 소리에 은탁은 조금 놀랐다. 그럼에도 여전히 손끝은 정확히 검을 가리키고 있었다. 오직 도깨비 신부만이 뽑을 수 있는 검이었다.

누구의 죽음도 잊지 못한 채로 지옥 같은 세월, 무료하고도 긴 세월을 견뎌온 그가 드디어 무로 돌아가 평안을 얻을 수 있게 된 것이다.

"처음 봤을 때부터 보였어요, 이 검. 그럼 이제 나 뭐예요? 나 아직도 도깨비 신부 아니에요?"

도깨비 신부였다. 간절히 바라던 죽음이 도깨비의 눈앞에 있었다.

"…맞는 것 같다."

천천히 입 밖으로 나온 도깨비의 말에 은탁이 그제야 안심했다는 듯 웃었다.

"진짜요? 그럼 나 효용가치 그거 생긴 건가? 아저씨 이제 안 가는 거예요?"

"일단은. 더 멀리 떠날 준비를 해야 할지도 몰라서."

무슨 뜻인지 모르겠어서 눈을 크게 뜨고 올려다보지만 더이상 친절한 설명은 돌아오지 않았다. 어쨌든 자신이 도깨비 신부가 맞다고 하니 다행이었다. 다행인데, 도깨비의 표정이 어두워 눈치가 보였다. 도깨비는 여전히 제가 신부인 게 안 믿기는 건지, 혹은 제가 신부여서 싫은 건지 그 어디쯤인 것 같아 은탁은 조금 가라앉았다. 물론 보이지 않는 깊은 곳까지 가라앉은 건 도깨비였다.

"처음부터 보였는데 왜 안 보이는 척했어, 그동안."

"처음엔 예의로, 그 다음엔 무서워서요."

"자세히."

처음 그를 본 순간, 길거리에서 눈이 마주치던 순간부터 보였다. 귀신들은 생전의 멀쩡한 모습으로 은탁을 찾아오곤 했지만, 가끔 피 흘리거나 불에 타 있거나 하는 등 죽음의 순간의 모습을 보여주기도 했다. 맨눈으로 보기에 무척 끔찍한 모습들이었다.

그의 검도 그런 모습 중 하나라고 생각했다. 그의 가슴에 아주 거대한 검이 박혀 있는 것을 처음 보았을 때 말이다. 검에 찔려 죽었구나, 보기만 해도 아파 보이는데 그 죽음의 순간에는 얼마나 아팠을까, 절로 눈이 찌푸려졌다. 그래서 더 모른 체했다.

"생판 초면에 남 아픈 거 묻는 건 예의가 아닌 것 같아서 말 안 한 거고요, 그다음엔 보인다고 하면 무슨 일이 생길지 몰라서 말 안 했구요. 당장 결혼하자 그러는 거 아니야? 그럼 대학은 어떡하지? 혹시 나도 도깨비가 되는 건가? 무엇보다, 돈은 좀 있나…? 뭐 그런…."

이후에 뭐가 보여야 한다고 하기에 혹시 그 검을 말하는 건가 싶었지만, 이대로 말해서 도깨비 신부가 되고 나면, 그다음 일도 걱정됐다. 그래서 조금 더 이 도깨비가 어떤 도깨비인지 알고 싶었던 건데 마음이 상했다.

처음에는 자기가 도깨비가 아니라고 했다. 그다음엔 조금 망설였더니 저보고 도깨비 신부가 아니라면서 효용가치 없다느니 생이 덤이라느니 해서, 화가 났던 것 같다. 자신을 살려준 고마운 존재라는 걸 알게 된 이후에도 말하지 못했다. 은탁이 도깨비 신부가 아니라고 확신하며 떠날 준비를 하는 그를 굳이 붙잡기가 좀, 그랬다.

"이제 나 뭐하면 되는데요? 신부로서?"

긴장과 기대로 상기된 표정을 한 은탁이 물었다. 도깨비는 깊이 숨을 삼켰다.

"신부로서 네가 첫 번째로 할 일은, 일단 여기서 기다려."

은탁을 밖에 세워두고 혼자 집 안으로 들어간 도깨비는 저 승사자의 방문을 벌컥 열었다. 자려고 막 누웠던 저승이 신경 질적으로 몸을 일으켰다.

"검을 봐. 검을 정확히 가리켰어!"

"그래. 도깨비 신부라며. 알았으니까 나가줘."

저승이 아무렇지 않아 하자 도깨비의 얼굴색이 흐려지더 니 울컥하며 소리쳤다.

"쟤가 검을 본다고! 쟤가 내 신부라니까? 나 이제 죽는다 니까?"

"그럼 잘된 거 아냐? 죽기 위해 신부 찾고 있었던 거 아니 었어?"

그랬다. 다시 살아난 이후로 평생의 삶이 그러했다. 인간과 만나 기쁠 때도 있었고, 인간이 곁을 떠나 슬플 때도 있었으 나 대부분의 시간 죽음을 기다려왔다. 저승은 의아하다는 표 정으로 물었다. 그럼 뭐가 문제냐고. 그러게, 문제는 없었다. 내내 기다리던 그 시간이 제 발로 찾아온 것이다. 도깨비에게 도 죽음은 불현듯 왔다.

"…이제 이 지겨운 불멸을 끝낼 수 있구나 다행이다 싶기도 하고, 뭐 맨날 지겹진 않았는데? 아직 더 살아보자 싶기도 하고….”

결국 정말 죽음의 때가 오니 아쉬워진 것일까? 지옥 같다고만 생각했던 이 삶이.

정말로 이상한 일이었다. 미련 없다고 생각했다.

말만 하면 은탁을 데려가겠노라 저승이 능치듯 말했다. 도깨비는 그런 저승의 제안을 금세라도 받아들일 것처럼 굴었다. 저승 역시도 도깨비의 죽음을 그렇게 원하는 건 아니었다. 도깨비는 그런 저승의 마음을 알 것 같기도 했다. 가볍게 오가는 농담이었으나, 정말 우정이라도 생긴 듯하여 지금 서로의 모습이 우습다 생각하는 두 사람이었다.

우스운 것도 잠시. 초인종 소리가 다시 울렸다. 이번엔 밖에서 기다리고 있던 은탁이 분명했다.

“죽음이 날 부르고 있어…!”

“초인종 누를 정도면 친절한 죽음이야. 침착해. 평소에 원한 살 만한 모진 말 같은 건 안 했지?”

모진 말. 열 번도 만나지 않았는데 아홉 번 정도는 한 것 같아 도깨비는 가슴이 철렁했다. 아무래도 그냥 죽어야 될 것 같았다. 그게 맞는 것 같았다.

둘은 함께 방을 나섰다. 도깨비의 죽음에게로 간다.

"잠깐 기다리라니까 그 잠깐을 못 기다려? 너 참을성이 없구나."

어차피 무로 돌아가기 전이라 막가기로 한 것처럼 도깨비는 인상을 찌푸리며 말했다.

"죄송하지만, 더는 못 기다려요. 제가 도깨비 신부라는 걸 알게 된 후로 내내 아저씨만 기다렸거든요. 아주 오래요."

사실 아주 도깨비만 기다린 건 아니지만. '신부'라는 말이 나쁘지만은 않았던 나날이었다. 결혼할 존재가 있다는 거고, 그럼 가족이 생기는 건가? 그것이 어둠만 있는 삶에 빛처럼 다가와 은탁을 비추었다. 그 정도로도 충분히 힘들 때는 위로 비슷한 게 되었다.

내일이면 떠난다는 도깨비를 보며 생각했었다. 그가 원하지 않는 것 같으니 굳이 붙잡지 말자고. 은탁은 정말로 보내주려고 했었다. 그러나 어쩌겠는가, 현실이 녹록치 않았다. 도깨비 마음까지 배려해주기가 어려워졌다. 현재로서 그는, 정말로 은탁이 기대볼 수 있는 유일한 언덕이었다.

"이모네가 집을 나갔어요. 근데 보증금까지 빼서 나갔어요. 고로 전 이제 집도 절도 없단 얘기죠. 그래서 말인데요, 저 이 집에서 좀 클게요. 선인장처럼 클게요. 혼자 잘 자랄게요."

939살의 도깨비는 열아홉 살 은탁이 이런 말도 꿋꿋하게 하는 게 안타까웠다. 그게 아이가 견뎌야 할 생이라 해도 너무 무거웠다. 죽음 앞에 정신이 없는 와중에도 은탁이 안타까워서 그의 손이 움찔거렸다. 선인장처럼 자라고 싶다는 작은 머리통을 쓰다듬어주고 싶었다. 조금, 따끔하겠지만.

"저로 말씀드릴 것 같으면 대한민국의 평범한 고3 수험생, 이고 싶었으나 제 나이 아홉 살에 조실부모하고 사고무탁하여, 엄마 없는 하늘 아래 이모와 남매들에게 구박을 받으며 산지 어언 10년. 온갖 불행 소스를 다 때려 넣은 잡탕 같은 이 인생이 어이가 없는 와중에, 아저씨를 만난 거죠. 운명처럼!"

이 집에서 살게 해달라고, 저를 좀 가엾게 여겨달라고, 뻔뻔하게도 늘어놓았다. 옆에 선 저승조차 딱하다고 고개를 끄덕일 정도로.

"그러니까 살려주세요."

'살려주세요.'

누군가 살려달라 애원하는 목소리를 이전에도 들은 적 있었다. 도깨비 그 자신도 인간이었을 때는 그렇게 빌었던 적이 있었다. 삶을 달라는 그 말은 삶이 다 죽어갈 때 하는 말이었다. 모른 척하기에 도깨비는 마음 약한 신이었다. 벌써 여러 번 은탁 때문에 마음 약한 신이 되고 있었다.

"살려달라는 애가 이 집에 누가 사는지 보고도 들여보내 달래?"

"어차피 저, 이 집 아니면 최소 객사 내지 아사예요. 이래 죽

으나 저래 죽으나. 그냥 이 집에서 아름답게 죽을래요. 등잔
밑이 어둡다잖아요. 아저씨가 제 등잔해주세요."

단단히 마음먹고 왔는지 거침이 없었다. 기가 차 하면서도
도깨비는 결국 은탁에게, 제 죽음에게 문을 열어주었다.

도깨비의 집 안으로 발을 들이는 데 성공한 은탁은 끊임없
이 주변을 관찰했다. 멀리서 봤을 때부터 으리으리한 모습에
놀라운 곳이라는 생각은 했다. 안은 더 했다. 방이 몇 개인지
제대로 다 구경하기도 힘들었다. 거실 천장에 달린 샹들리에
가 눈길을 사로잡았다. 모두 고급스러워 보였고 낡은 것들과
새 것들이 조화롭게 어우러져 있었다. 부자인 줄은 알았지만
이 정도였을 줄은 몰랐다. 다른 세계였다. 자신이 살던 세계
와는 아예 차원이 다른 세계. 다시 한 번 마음을 굳혔다. 저 아
저씨랑 여기서 살겠다고.

소파에 앉아 그런 다짐을 하는 은탁의 마음이 훤히 보여서
도깨비가 핀잔을 놓았다.

"너 나 별로라며. 나 되게 별로라며."

"제가 별소릴 다 했네요. 아저씨 되게 잘생기셨어요. 원빈
닮았어요, 진짜."

어이없어 하는 도깨비를 두고 은탁은 자신의 진실된 마음
이 보였으면 좋겠다고 너스레를 떨었다.

"보여, 네 마음."

"아, 원빈이 뭔 죄냐는 생각은 취소요. 제가 자꾸 속으로 생각을 너무 크게 하죠."

"뻥인데."

"뻥…이라뇨? 그때 내 생각 다 들린다면서요."

"거기서부터 뻥인데."

"그럼 그때 나 납치됐을 땐 어떻게 알고 온 건데요?"

"그냥 느껴졌어. 정확힌 모르겠는데, 네 목에 있는 그 점 때문인 거 같다."

"와, 사기꾼. 난 진짜 내 생각 들릴까 봐 아저씨 생각도 되게 작게 하고, 막 쪼개서 하고, 중간 중간 노래 부르면서 하고, 단풍잎 보면서도 이건 아저씨 생각이 아니라 단풍잎 생각하는 거야 핑계 막 대고, 막 내가 내 생각하는데도 눈치 보고 그랬는데!"

씩씩하고, 똑 부러지는가 싶다가도 아직 어려 어수룩하고, 쓸데없이 솔직했다. 은탁이 하는 행동이나 말들이 천 년 가까이 산 도깨비에게도 처음인 것들이 많았다. 누군가 도깨비에게 하지 않았던, 그런 것들. 당황을 감추려 벌떡 자리에서 일어났다.

평범한 열아홉 여고생이 갈 일이 없어 보이는 곳, 바로 호텔이었다. 호텔 방문은 그러니 두 번째였다. 그나마도 첫 번째는 캐나다에서 거대한 호텔의 외관과 로비 구경이 다였다. 이번엔 한국의 호텔이지만, 두 번째 방문만에 최상층 스위트룸에 오게 될 줄은 몰랐다. 널따란 스위트룸을 빙빙 돌다 양팔을 뻗은 채 은탁은 침대로 뛰어들었다. 누워본 곳 중 가장 폭신했다. 천국에 누우면 이럴까 싶을 정도였다.

사실 그 집에서 자게 될 줄 알았다. 도깨비 신부도 맞다면서, 도깨비는 기어코 은탁을 이곳으로 보냈다. 덕분에 도깨비를 보필한다는 유 씨 가문 사람들도 만날 수 있었다. 유 회장이 은탁에게 정중하게 인사했다. 그냥 평범한 할아버지인 줄 알고 인사하다 건네받은 명함을 보고 손이 다 떨렸다. 진짜 재벌을 만나게 될 줄이야. 필요한 것 있으면 손자에게 다 말하라며 유 회장은 덕화를 소개했다. 은탁과 덕화의 눈이 휘둥그레졌다. 서점에서 만난 재벌 3세 어쩌고 하던 젊은 남자는 정말로 재벌 3세였다. 신기한 인연이었다.

"스위트룸… 좋다…. 좋은 스위트룸에 혼자 있네….."

아예 내쫓은 건 아니었다. '일단' 여기서 기다리라고 했다. 이렇게 좋은 스위트룸에서 혼자. 너무 넓어서 조금 무섭기도 했다. 베개를 끌어안았다. 모로 누워 은탁은 앞으로의 일들을 그려보았다. 언제나 그랬지만 생은 한 치 앞도 알 수가 없다.

학교 갈 채비를 마치고 은탁은 호텔 정문을 나서는데 아침 인데도 불구하고 구름에 가려 해 머리끝 하나 보이지 않았다. 꼭대기 층에서 바라본 하늘이 흐리더니 아니나 다를까 비가 내리고 있었다. 손바닥을 내밀어 빗방울을 느껴보았다. 톡, 톡 손가락 위로 떨어지는 빗방울이 찼다. 가방에서 우산을 꺼 내 펼치다 퍼뜩 화가 치밀어 은탁은 심기 불편한 표정으로 하 늘을 노려보았다.

"되게 웃기네, 싫으면 싫다고 말을 하지. 사람 여럿 불편하 게 등굣길에 비가 웬 말이야."

도깨비가 우울하면 비가 온다고 했다. 그 아저씨 지금 되게 우울한가 보다. 지난 밤 서글프려 했던 마음이 아예 똬리를 틀었다. 울컥해서 아랫입술을 깨물고 있는데 은탁의 앞으로 차가 다가와 섰다. 클랙슨 소리가 울려 쳐다보자 잘 빠진 스 포츠카에서 덕화가 눈을 찡긋했다. 덕화가 손짓으로 인사해 서 은탁도 일단 꾸벅 인사를 했다.

유 회장이 잘 모셔야 한다고, 아주 중요한 분이라고 덕화에 게 신신당부를 한 터였다. 얼마나 중요하냐면, 덕화의 신용카드가 걸려 있었다. 분부대로 은탁을 학교까지 잘 모셔다주어야 했다. 요란하게 스포츠카를 몰고 학교 운동장 안까지 딱! 문까지 열어주었다. 은탁은 창피하다며 고개를 들지도 못하고 있었지만.

학생들이 의아하게 바라보며 부러워 수군대는 게 덕화의 귀에도 들렸다. 그런데 덕화가 예상했던 분위기는 아니었다. 부러워하기보단 시기랄까, 원조교제 어쩌고 비꼬는 말이 많이 들려와서 은탁의 학교생활을 대충 짐작할 수 있었다. 일전에 도깨비 삼촌이 시켜 조사했던 불쌍한 '지은탁', 신데렐라도 아닌데 이모와 사촌들의 구박 아래 자라면서 학교에서도 귀신 보는 애로 소문나 따돌림 당하는 개가 얘구나, 다시금 확신했다.

덕화가 저택에 도착했을 때, 기다란 식탁 끝과 끝에 도깨비와 저승이 앉아 늦은 아침을 먹는 중이었다. 둘을 보는 것만으로도 춥고, 축축한 기분이었다. 도깨비는 어제부터 무척 이상한 상태였다. 원래도 변덕스러워 자주 기분이 오락가락하곤 했지만, 어제부터는 신경쇠약에라도 걸린 사람처럼 굴었다. 외국으로 떠나려다가 갑자기 도깨비 신부라는 애가 나타나는 바람에 발목 잡혀 저러는 거라 덕화는 대충 짐작했다. 덕화에게는 그저 아침드라마 마냥 신기했다. 자신이 오는지 가는지 거들떠도 안 보는 삼촌 대신, 그 앞의 상태가 조금이

나마 나아 보이는 저승에게 물었다.

"걔가 진짜 우리 삼촌 신부예요? 걔가 왜 우리 삼촌 신부예요?"

"글쎄, 신의 장난으로?"

"아, 그래서 삼촌이 우울하구나. 자기 스타일이 아니구나. 장난이 심했구나, 신이."

처음 계약할 땐 숨긴다고 숨겼지만, 도깨비와 나누는 대화를 1분만 들어도 알 수 있었다. 이 얼굴 허연 끝방삼촌이 저승사자란 걸. 도깨비를 어린 시절부터 삼촌으로 모셔온지라, 아마 먼 미래에는 제 자식으로 여기고 모셔야 하는지라 덕화는 저승을 앞에 두고도 태연했다.

도깨비만큼이나 저승의 기분도 엉망이었다. 길 가다 만난 여자를 보고 울었다고 했다. 대체 처음 만난 여자를 보자마자 눈물을 흘릴 일이 무엇이 있단 말인가. 그런데, 아무튼 이미 울어버린 저승사자였다. 그 여인과 서로 자기 것이네 하며 옥신각신하던 가판대 위의 반지는 이미 뒷전이 되어버렸다. 반지, 참 예뻤는데. 스치기만 해도 눈물 나게 하는 그 여인을 떠올리자 또 눈물이 날 것만 같았다. 믿을 수 없게도 가슴이 아팠다.

저승이 우울한 탓에 주변 공기가 차가워졌다. 샐러드가 담긴 접시가 얼고 있었다. 이 집 존재들이란 참 기분 따라 한 명은 비를 내리고, 한 명은 주변을 얼려버리니 덕화는 살기가 좀 팍팍했다.

"잘 생각해봐요. 처음 아닌 거 아니에요? 남자가 그러는 거 아니에요. 책임지자. 삼촌은 그날을 기억 못 해도 그 여잔 뭔 가 기억하고 있을지도 몰라요."

덕화가 뭘 몰라서 하는 말이었다. 과거에 만난 적 있다기엔 여자는 무척 해맑았다. 써니예요, 하며 머리카락을 한쪽으로 쓸어 넘겼다. 자기 휴대전화 번호를 메모지에 적더니 입술을 찍어 립스틱 자국까지 남겨 주었다. 아른거렸다. 접시가 얼다 못해 금이 가기 시작했다.

덕화는 속으로 혀를 찼다.

'그거 도깨비 삼촌이 루이 14세 때 직접 산 거라고 아끼는 접시인데…'

저승은 써니라는 여자를 다시 만나러 그녀를 처음 만났던 육교에 가봤지만 허탕이었다. 다시 집에 돌아오자 며칠이나 혼자 머릿속에서 생과 사를 백 번도 더 넘나들던 도깨비가 슈 트 차림을 하고 거실에 있었다. 흰 셔츠에 검은 넥타이. 단정 한 맵시가 저승사자가 보기에도 그럴싸했다.

누군가의 생과 사가 갈리는 길목에서야 도깨비는 정신을 차리고 자신의 일에서 조금 벗어날 수 있었다.

"옷 뭐냐. 예식이야, 장례식이야. 이래서 결혼은 무덤이라고 하는 건가?"

"나 지금 경건하니까. 묻는 말에 정직하게 대답해주길 바랄게."

정색을 하고 물어오는 도깨비에 저승은 더 딴죽 걸려던 걸 멈추었다. 손목시계를 잠시 본 도깨비의 눈이 조금 먹먹했다. 도깨비는 망자가 이승으로 가기 위해 잠시 들르는 저승사자의 찻집에서 이국에서 죽을 망자도 만날 수 있느냐고 물었다. 한때 수호신이 되어주었던 인간의 생명이 꺼져가고 있음을 도깨비는 느끼고 있었다. 선연히.

이제는 노인이 되어 생명의 불씨가 꺼져가는 남자도 소년이던 시절이 있었다. 그가 소년일 때 도깨비는 그를 만났다. 이국땅을 걷던 중이었다. 집 밖으로 뛰쳐나오던 소년과 부딪혔다. 소년의 인생이 스치듯 읽혔다. 양아버지의 폭력을 이기지 못하고 소년은 가출 중이었다. 힘들었을 것이다. 그러나 집을 나가면 더 못한 삶이 기다리고 있었다. 지금 조금 참는 것이 그래도 나았다.

도깨비는 소년에게 충고해주었다. 입양했으면 당신도 내 아버지인 거라고 당당히 말하라고, 그리고 시험 잘 보라고.

그리고는 소년의 뒤를 쫓던 그의 양아버지가 더는 폭력을 휘두르지 못하게 넘어뜨려 갈비뼈를 부러뜨렸다. 우당탕 소리를 내며 넘어지는 양아버지를 보고, 도깨비를 다시 한 번 보고 소년은 놀란 눈을 했었다.

"그런 일을 하고 다녔단 말야?"

저승사자는 왜 도깨비가 그런 일을 하는지 조금 의문이 들었다. 기본적으로 도깨비란 종족이 사람을 좋아했던 것 같기도 했다.

소년은 우연히 한 번 만난 신사를 일평생 기억 속에 간직했다. 자신의 인생을 뒤바꾼 사람이었다. 그가 건넨 따뜻한 샌드위치를 내내 기억하며, 아주 바르고 베풀 줄 아는 좋은 사람이 되었다. 도깨비는 마지막으로 그를 한 번 보고 싶었다.

"나는 수천의 사람들에게 샌드위치를 건넸다. 허나 그 소년처럼 나아가는 이는 드물지. 보통의 사람은 그 기적의 순간에 멈춰 서서 한 번 더 도와달라고 하거든. 마치 기적을 맡겨놓은 것처럼. 그런데 그는 삶을 스스로 바꿨다. 그래서 항상 그의 삶을 응원했지."

인간의 삶에는 잘 관여하지 않았지만, 그렇게 종종 도깨비는 누군가의 수호신이 되어주었다.

은탁은 호텔 스위트룸의 테이블에 앉아 열심히 문제집을 풀었다. 수능이 얼마 남지 않았으니까, 고3 학생이니까, 학생답게 공부를 하면서 은탁은 기다렸다. 널따란 공간이 쓸쓸해질 때도 기다렸다.

그러다 날이 너무 어둡고 태풍이라도 칠 것처럼 궂기에 도깨비 저택에 찾아가 문을 두드렸었다. 도대체 얼마나 기분이 안 좋은 거야. 그런 개연성에 의해 은탁의 기분도 바닥을 쳤다. 문 열라고, 자길 왜 피하느냐고, 초로 불러내긴 자존심 상해서 안 부르고 있는데 초를 불어버릴 거라고 협박도 해보았다. 그런데도 저택 안은 고요했다. 도깨비 신부 찾는다더니, 찾아놓고 방치하는 건 무슨 심보인가 싶었다.

그 다음 날이 되어도 도깨비는 감감 무소식이었다. 은탁은 결국 진열장 위에 초를 잔뜩 세워놓고 불을 붙였다. 초를 불어서 도깨비를 부르고, 사라지면 또 부르고, 사라지면 또 부를 것이다. 은탁은 입술을 꼬옥 오므렸다. 후— 울고 싶은 심정으로 초를 불었다.

깜박. 눈을 뜨자 도깨비가 은탁의 앞에 서 있다. 이렇게 쉽게 부를 수 있는데, 올 수 있는데 그는 오지 않았었다. 조금 피곤한 얼굴이었다. 검은 슈트가 기가 막히게 잘 어울려서 괜스

164

레 더 미웠다.

"어디 있었어요? 왜 피해요?"

은탁이 도깨비를 보자마자 따져 물었다.

"집에 왔었어? 피한 게 아니라 바빴어."

"저 피하느라 바쁜 거잖아요. 보니까 직업도 없는 거 같더만. 저 혹시 그건가요?"

분하다는 듯 은탁이 잠시 숨을 고르더니 묻는다.

"소박?"

"뭐?"

"그럼 뭔데요. 도깨비라고 피하고, 아니라고 피하고, 검 못 본다고 피하고, 봐도 피하고. 치사해. 진짜 어른이 치사해! 도망가기만 해봐요. 나 이거 다 불 거야!"

안 그래도 오려고 했다. 은탁은 모르겠지만, 그로서는 은탁을 다시 만나는 데 용기가 필요했다. 죽을 날만 기다려왔다 생각했으나 미련이 많았고, 미련은 시간이 길수록 덜어지기는커녕 점점 더해지고 있었다. 소년으로 만났던 이가 늙어 천국을 향한 계단을 밟는 것을 지켜보았다. 그러고 나니, 또 저는 잊히지 않을 죽음만 남았다는 게 새삼 실감이 났다. 이럴때는 또 죽는 게 낫겠다, 이 생을 마치고 죽음을 쌓는 일을 그만두어야겠다 싶어져서, 이 죽음을 받아들이리라 고개를 끄덕이게 되었다.

울먹이며 외치는 은탁의 뒤로 촛불들이 일렁였다. 정말로 많았다. 따뜻하고 아름다운 불빛들이었다.

"…엄청 예쁘네."

"나 지금 진지하거든요!"

"나도."

조용한 한마디에 은탁도 잠잠해졌다. 둘의 시선이 교차했다. 도깨비의 눈이 어쩐지 슬펐다. 원래 이렇게 슬픈 눈이었던가? 조금 쓸쓸했던 것 같긴 했다. 그래도 지금 그의 눈이 이렇게 슬픈 건 다 저 때문인 것 같아서, 은탁은 자신이야말로 슬퍼졌다.

"저 그냥 아저씨 집에서 살면 안 돼요? 빈 방도 많더만."

"네가 방이 비었는지 차 있는지 어떻게 알아."

"유덕화 오빠가."

도깨비가 허, 헛웃음을 내뱉어도 은탁은 물러나지 않았다. 물러날 곳도 없었다.

"일단 기다리라면서요. 일단이란 건 보통 한 시간에서 최대 반나절이죠. 며칠째예요 이게. 그 사이에 막 비도 오던데, 우울했어요? 나 땜에?"

"…아니야."

아니라고 해줘서 그나마 다행이지만, 은탁의 마음은 상한 지 오래였다. 서글퍼서 도깨비 신부 못 할 것 같았다.

"괜찮아요. 얘기하셔도 돼요. 저도 요 며칠 마음의 준비를 했거든요. 무슨 말을 해도 받아들일 각오가 됐어요, 전."

"각오를 왜 네가 해. 각오는 내가 해야 되는 상황인데."

조금 허무한 웃음을 지으며 도깨비는 저벅저벅 룸 안의 냉장고로 향했다. 무슨 말이냐고 물끄러미 쳐다보는 눈을 회피하며. 은탁은 몰라도 될 이야기였다. 알아서 좋을 일 하나 없는. 냉장고의 맥주 캔을 따 들이켰다.

은탁은 가만히 서 있었다. 저 때문에 우울한 건 아니라고 하면서도 대답은 제대로 해주지 않는 도깨비의 마음을, 하나도 모르겠어서.

"저녁은 먹었어?"

"검이 보인다니까 아저씨는 계속 안 보이네요. 이러라고 말한 거 아닌데."

시원한 맥주가 식도를 타고 흘러들어와 목 아래에서 따끔따끔했다.

"무슨 각오를 어떻게 해야 되는데요? 혼자 하지 마시고 같이 합시다."

"스테이크 먹을래? 룸서비스 시켜줘?"

"…말 돌리니까 봐준다, 내가."

한숨을 쉰 은탁이 코트를 껴입었다. 생각해보면 자신이 도깨비를 만난 순간부터 어떻게 해야 할지 고민했던 것처럼 이 도깨비도 갑자기 나타난 신부에 대해 여러 생각할 것들이 많을 수도 있겠지. 은탁이 기분 좋을 방향의 생각은 아닌 것 같지만. 어쨌든 어른스러운 자신이 이 어른을 이해해보기로 했다. 오늘은 소 느낌 아니라고, 딴 거 먹자고 말하며 은탁은 일부러 더 개구지게 웃었다.

또 다시 맥주 한 모금. 도깨비는 은탁의 그 웃음이 또 따끔했다.

오
시
의

햇
빛

두 사람은 호텔 근처의 편의점을 찾았다. 어두운 밤, 불 밝힌 편의점에서 삼각김밥이며 컵라면을 골라 맛있게도 먹었다. 도깨비는 그 옆에서 맥주를 한 캔 더 따 마셨다. 그렇게 맥주 두 캔 주량이 채워져 버린 그는 은탁이 손 쓸 새도 없이 쉽게 취했다. 편의점 매대에 달라붙어서는 여기부터 저기까지, 여기 있는 거 다 사주겠다는 도깨비를 말리느라 애를 먹었다.

"어떻게 맥주 두 캔에 이렇게 되냐?"

비틀비틀 걷는 도깨비 들으란 듯이 은탁이 중얼거렸다. 은탁의 품 안에는 과자가 한가득 든 봉지가 안겨 있었다. 호텔로 다시 돌아가는 길, 호숫가 옆을 걸었다. 은탁이 바나나우

유에 빨대를 꽂았다. 달짝지근한 우유가 입 안을 녹였다.

한밤중이라 산책로에는 둘뿐이었다. 한낱 평범한 취객이 되어버린 도깨비에 은탁이 가라고 틱틱거렸다. 데려다주겠다고 우기는 건 오히려 도깨비였다. 안 하던 말을 하고 있었다. 은탁은 바나나우유를 다 마시고도 괜히 빨대를 계속 입에 물었다. 도깨비는 술에 취하니 솔직해진 것 같았다. 앞서 걸어가던 그가 가로등 아래 기대섰다.

"내가 진짜 아저씨 신부긴 신분 거예요? 일단이고 뭐고?"

은탁에겐 확신이 필요했다. 재차 묻는 은탁의 절박함을 모르는 것처럼 구는 도깨비가 치사하게 느껴졌다. 도깨비가 풀어져 웃으며 어, 하고 답했다. 고민 없이 답하는 모습이 퍽 마음에 들었다. 은탁의 표정도 한결 편안해졌다.

"그럼 나, 딴 남자 못 만나요?"

맹랑한 질문에 도깨비는 잠시 머리가 아픈 것도 같았다.

"뭐 엄청 추천하고 싶진 않네?"

"그럼 내 세 번째 소원은 어떻게 할 건데요? 알바, 이모네, 남친!"

"이번 생에 그런 일은 일어나지 않아. 기대하지 마."

"왜요?"

"내가 싫으니까."

그가 맨 정신이었으면 하지 않을 말들이 오가고 있었다. 은탁은 가로등만큼이나 높아 보이는 도깨비를 올려다보았다.

"그런 게 어디 있어요. 아저씨 나 좋아해요?"

"아니야."

"아저씨의 아니야는 아닌 게 아닌데."

가로등 불빛 아래 서 있는 도깨비의 얼굴에 그늘이 졌다. 아, 또 쓸쓸해 보인다. 도깨비는 자주 쓸쓸해 보여서 은탁의 마음을 쓰이게 했다. 은탁에 비하면 하나도 모자랄 것 없는 도깨비인데, 사람도 아니라 영물인데. 보잘 것 없는 여고생도 걱정하게 만드는 얼굴을 했다. 자꾸 자신과 겹쳐졌다. 같이 있어도 혼자인 것처럼 보이는 게.

"…그동안 어떻게 살았어요? 뭐하면서?"

"너 기다리면서 살았지."

심장이 잠시 쿵 떨어졌다. '나'를 기다렸다고. 자신만 누군가를 기다린 것이 아니라, 누군가도 자신을 기다렸다고 한다. 도깨비도, 아니 도깨비야말로 도깨비 신부를 기다리면서 살아왔다. 괜히 민망해진 은탁이 핀잔을 놓았다.

"시끄럽고요."

"작게 말했어."

붉적이는 은탁이 귀엽게 느껴져 도깨비의 입꼬리가 부드럽게 올라갔다.

"나 몇 번째 신부예요?"

171

아무것도 모르는 아이는 궁금한 게 많은 모양이었다. 날 수도 있고, 우울할 땐 비를, 기분 좋을 땐 꽃을 피우는 도깨비는 대답해줄 수 있는 한 최대한을 대답해주었다. 도깨비는 어두운 밤 아래에서도 말갛게 핀 은탁을 보고 있었다. 하얀 얼굴이 메밀꽃 한 송이였다.

"처음이자 마지막."

"처음은 그렇다 쳐요. 마지막인진 어떻게 아는데요?"

"내가 그렇게 정했으니까."

심장이 또 한 번 떨어져서 은탁은 심장이 발아래까지 떨어질까 두려웠다.

"…만약에 내가 신부 안 하겠다고 하면 어떻게 되는데요?"

"검을 못 뽑아. 그건 너밖에 못 하거든."

"검?"

"이 검을 뽑아야지 내가… 내가 예뻐져. 지금은 안 예쁘잖아."

아, 은탁은 도깨비가 왜 도깨비 신부를 기다렸는지 이해했다. 동화 속에 자주 등장하는 이야기였구나. 개구리 왕자의 개구리는 왕자로, 미녀와 야수의 야수도 왕자로, 진정한 사랑을 만나면 원래 모습으로 돌아가는 거였다.

그렇다면 도깨비는 빗자루에서 진정한 도깨비가 되는 건가? 빗자루가 필요한 순간에 빼줘야겠다, 하고 은탁이 히히거리며 웃었다. 빗자루 얘기에 도깨비의 웃음이 터졌다. 자신이 구한 아이는 볼수록 사람 기분 좋게, 명랑하게 잘 자랐다. 잘 구했다, 싶게. 제 검도 뽑아줄 수 있는 신부까지 되어서.

"네가 몰라서 그러는데 내가 지금 이 상황에 웃으면 미친놈인 거거든? …그래. 다음에 빼자. 오늘은 말고. 오늘은 그냥 너랑 웃고."

웃다가도 쓸쓸해지는 도깨비 표정에 얼른 은탁이 제안했다.

"첫눈 오면?"

"첫눈?"

"빗자루 필요하니까."

첫눈 오면…. 도깨비가 중얼거린다. 풀어진 눈이 잠시 감겼다 떠졌다. 밤하늘 아래 둘이 있었다.

다음 날 아침, 담장 위로 앙상한 11월의 나뭇가지에 벚꽃이 만개했다. 지나가는 사람들마다 초겨울에 피어난 꽃을 보며 술렁였다. 기분 좋은 술렁임이었다. 은탁도 꽃을 보았다. 은탁의 얼굴에도 미소가 피어올랐다.

아침나절, 꽃이 피었다는 소식을 전해 듣고 웃을 수 없는 건 도깨비뿐인 듯했다. 점심이 지나도록 도깨비는 숙취로 아픈 머리를 붙잡고 있었다. 기억도 가물가물했다. 바나나우유를 먹던 은탁, 이것저것 물으며 웃던 은탁, 첫눈 오는 날에 뽑아요 하고 해맑게 답하는 은탁. 밤사이 기억들이 움직일 때마다 하나씩 떠올라 도깨비는 더 머리가 아파졌다.

아픈 머리로 차를 몰아 그는 은탁의 학교 앞을 찾았다. 하교 중이던 은탁이 도깨비를 발견했다. 선글라스를 끼고 차에 기대선 그는 너무나도 눈에 띄었다. 코트 자락 휘날릴 때면 드러나는 잘 뻗은 다리며 잘생긴 얼굴, 이제 몇 번이나 봐서 적응했다 싶은데 이렇게 보니 또 새삼 잘났다. 은탁은 얼른 도깨비의 곁으로 달려갔다.

"…내가 어제 뭐 실수한 거 없지?"

핸들을 잡은 도깨비가 보조석의 은탁을 힐끔 보며 물었다.

"기억이 잘 안 나세요?"

"다 나서 곤란한 얼굴론 안 보이냐?"

은탁은 어젯밤 도깨비를 떠올리며 속으로 킥킥댔다. 맥주 두 캔에 취해서는 헤실거리던 그 얼굴.

"해장은 하셨어요?"

"너는 왜 나만 보면 그 얘길 묻는지? 나 만나기 전에 좀 먹고 나오면 안 될까."

"같이 먹고 싶어서 그러는 거잖아요."

이 아이, 마음을 조금만 보여줘도 다 보여줄 것처럼 솔직하게 굴었다. 도깨비는 픽 웃었다.

"같이 뭐 먹고 싶은데. 소?"

"소요? 생각지도 못했는데 진짜 좋은 생각인 것 같아요."

신나 하는 은탁을 데리고 도깨비는 한적한 길가에 차를 세웠다. 먼저 차문을 열고 내리더니 조수석의 문을 열어주었다. 텅 빈 거리인데, 다 왔다며 차문을 열어주는 도깨비가 어색했다. 쭈뼛거리며 은탁이 차에서 내리자 시야가 확 트인 하늘이었다.

"어…!"

놀란 은탁의 입에서 탄성이 절로 나왔다. 차에서 내려 선 곳은 캐나다의 한적한 도로였다. 방금 전까지 있던 한국이 아니었다. 확 바뀐 시야는 캐나다가 분명했다.

"단풍잎 선물해준 답례."

"대박. 대박. 단풍잎을 단풍국으로 갚다니. 이거 혹시 진짜 신혼여행인가요?"

헛소리는 듣지 않겠다는 듯, 다시 차에 타라는 듯 조수석 문을 열어 보이는 도깨비를 은탁은 모른 체하며 얼른 앞장서 나갔다. 틀린 방향으로. 그쪽 아니고 이쪽이라고 말하며 도깨비 성큼 반대 방향으로 걸었다. 은탁은 쪼르르 그 뒤로 방향을 틀었다. 언제나 뒤쫓게 되는 그의 뒷모습이 평소보다 덜 쓸쓸해 보였다. 멋대로 생각하고 있는 걸지도 모르만, 적어도 은탁의 눈에는 그래 보여서 발걸음이 들떴다.

　고풍스러운 그림이 걸려 있는 레스토랑은 한눈에도 전통
있어 보였다. 테이블 위에는 단아한 꽃 한 송이가 유리병에
꽂혀 있고, 테이블에 앉은 사람들은 제각기 행복한 표정으로
음식을 먹고 있었다. 은탁까지 행복해지는 기분이었다. 둘이
마주 앉은 테이블에도 곧 스테이크가 나왔다.

　"잘 먹겠습니다. 오, 검 많다. 검."

　장난스럽게 나이프를 획획 허공에 휘두르는 은탁에 도깨
비가 기겁하며 뒤로 물러났다. 은탁이 웃었다.

　물 한 모금 넘긴 도깨비가 짐짓 목소리를 깔며 말했다.

　"먹어. 배고프다며. 먹으면서 내가 하는 말 오해하지 말고
들어. 진짜 궁금해서 그래 진짜."

　스테이크를 잘라 입에 넣고 우물거리며 은탁이 고개를 끄
덕였다. 뭐가 궁금한지 은탁도 궁금했다. 주로 궁금한 건 제
몫이었으니까.

　"이 검… 손잡이가 무슨 모양일까…?"

　"설마 저 지금 의심하시는 거예요?"

　이 아저씨가, 진짜. 욱 화가 치민 은탁이 나이프로 스테이
크를 콱 찔렀다. 도깨비는 눈치를 보며 이런 일일수록 신중해
야 하지 않겠냐고 설득했다. 그게 의심이 아니면 뭐겠는가.
설명을 들을수록 은탁의 기분만 상했다. 처음 본 날부터 보였

다. 가슴을 관통한 백호가 양각된 커다란 검.

"근데요. 제가 아저씨, 그러니까 도깨비에 대해 좀 알아봤
거든요? 근데 암만 찾아도 그 얘긴 없던데. 그 검 꽂힌 얘기.
왜 꽂힌 거예요? 본인이? 남이?"

"…절대 그럴 리 없다고 생각한 사람이."

"역시. 되게 아픈 얘기구나. 그럼 됐어요. 나이는요? 정확히
몇 살이에요?"

"939살."

"아… 더 아픈 얘기구나. 미안해요. 그래도 오래 살면 좋겠
다. 늙지도 않고, 돈도 많고, 이렇게 신부도 만났고."

웃는 은탁인데 도깨비의 표정은 불편했다.

"넌 오래 살고 싶어? 너만 멈춰 있고 다 흘러가 버려도?"

나이프를 내려놓으며 은탁이 도깨비의 눈을 가만히 보았
다. 그게, 슬펐구나. 그래서 쓸쓸하구나 싶었다.

"아저씨 있잖아요."

세상에 저만 남아 있고 엄마가 흘러가 버려서 은탁도 그러
한 감정을 조금쯤은 알았다.

"아저씨 계속 있을 거니까, 전 오래 살아도 좋을 거 같은데."

도깨비의 시선이 조금 흔들렸다. 은탁을 바라보는 그의 눈
빛이 깊어졌다.

"근데 아저씨는 엄청난 과거사에 비해 되게 밝네요?"

이따금 슬퍼 보이지만 그래도 대체로는 말도 잘하고. 너무 잘해서 얄미울 정도로.

둘은 레스토랑을 나와 분수대 근처를 걸었다. 분수대의 물방울들이 빛 아래 흩어졌다. 흩어진 것들이 공기 중에 반짝였다. 덕분에 주변 모든 순간들이 반짝이고 있었다.

"거의 천 년이야. 난 뭐 천 년이나 슬퍼? 난 지금 겸허히 운명을 받아들이고 씩씩하게 사는 당찬 도깨비야."

그 말에 은탁이 웃었다. 씩씩하다 하며, 알아서 잘 자라겠다고 했던 자신의 모습을 다시 보는 것 같았다. 닮은 모습들에 거리가 점점 좁혀졌다. 분수대로 다가가는 두 걸음이 제법 가벼웠다.

"천년만년 가는 슬픔이 어디 있겠어. 천년만년 가는 사랑이 어디 있고."

"난 있다에 한 표!"

"어디에 한 푠데. 슬픔이야, 사랑이야."

"슬픈 사랑?"

별 생각 없이 한 말일 텐데 도깨비는 조금 놀랐다. 슬픈, 사랑. 단어의 조합만으로도 가슴 어딘가가 아린 기분이었다. 939년을 살면서도 슬픔과 사랑을 함께한 적도 없는 그인데, 가슴에 콱 박혔다. 그 말이.

"못 믿겠음 내기할래요?"

은탁의 도발에 도깨비가 혀를 찼다. 도깨비가 내기를 좋아하는 건 어떻게 알았을까. 도깨비에 대해 조사했다더니 어디까지 얼마나 알게 된 건지.

"오랫동안 혼자 지내다 보니 외로움을 잘 타고, 변덕이 심하고, 괴팍하고, 어둡고 습한 곳을 좋아하며…."

"안 좋은 얘기 위주로 조사했니?"

"인간에게 복도 주고, 화도 주고… 가족을 이루지 않는다."

한껏 웃고 있던 은탁의 표정에 그늘이 잠시 스쳤다.

"그래서 내가 호텔에 방치된 건가 싶기도 하고요."

"방치가 아니라 조치야. 너도 생각을 좀 해보라고."

"무슨 생각이요?"

"하기 싫으면 안 해도 돼. 꼭 할 필요 없어, 도깨비 신부."

"와. 듣자 듣자 하니까 내가 하기 싫어하는 걸 바라는 눈친데 계속? 이제 와서 그 얘기 왜 하는데요? 아, 내가 신부인 게 싫다? 아님 다른 여자가 있다? 다른 여자 없어도 너는 싫으니까 하지 마라? 검을 본다, 그 검을 뽑는다였죠, 순서가? 일루 와봐요. 내가 신분지 아닌지 검 빼서 증명해볼라니까! 어디 예뻐지나 봅시다."

성큼 다가서는 은탁에 도깨비가 한 걸음 물러섰다. 은탁은 저를 거부하는 듯한 그가 얄미웠다. 어젯밤엔 마냥 싫은 것도 아닌 것처럼 굴었으면서. '너'를 기다렸다고 했으면서. 기다린 건 도깨비 신부일 뿐, 자신은 아니었던 걸까. 은탁은 여전히 불안했고, 여전히 무엇이 그의 진심인지 파악하기 어려웠다. 도깨비의 변덕이 죽 끓듯 한 것처럼 느껴졌다.

갑자기 나타난 도깨비 신부, 운명이라고 해서 곧바로 좋아하게 될 수는 없겠지만, 그래도…. 그래도 덮어놓고 거부하는 것도 아니었으면 좋겠다. 적어도 은탁은 그렇게 생각했다. 고약한 운명에 엮였다고 하더라도 타인인 그와, 운명으로 엮인 이 순간이 싫지만은 않았다.

"거기서 얘기해, 거기서."

진짜 은탁이 검이라도 뽑을까 다가올 때마다 물러서며 도깨비가 소리쳤다. 아니, 좋았다.

"금 나와라 뚝딱 해주면. 도깨비 방망이로 이만―큼."

"내가 왜? 방망이 없어."

"방망이 없어요? 왜요? 무슨 도깨비가 방망이가 없어?"

은탁의 무시에 도깨비가 분수대의 물을 움직여 손에 검을 만들어 보였다. 물로 만든 검을 휘두르자 은탁에게 물이 튀었다. 은탁도 분수대의 물을 손으로 퍼 도깨비를 향해 뿌렸다. 그러나 빠르게 사라졌다 나타나기를 반복하며 능력을 쓰는 도깨비에 제대로 공격을 가하기란 여간 어려운 일이 아니었다. 은탁이 씩씩거리며 따라가 보지만 그는 쉽사리 잡혀주지 않았다.

"좋겠네, 고딩 이겨서. 아니, 고딩 이기자고 그 능력을 써요?"

"쓰면 안 돼?"

"난 뭐 능력 없어요? 아저씨는 이것저것 다 할 수 있는데, 도깨비 신부는 귀신 보는 게 다예요?"

가장 큰 능력이 있었다. 도깨비의 검을 뽑을 수 있는 유일한 존재니까. 하지만 그건 반대로 말하면 도깨비의 검을 뽑는 도구로서만 존재하는 것을 의미하기도 했다. 은탁은 여전히 모르는 게 많았고, 도깨비는 말해줄 수 없는 게 많았다. 그는 물방울이 튄 은탁의 얼굴을 가만히 바라보다 시선을 돌렸다. 찰나마다 씁쓸함이 배었다.

실컷 분수대에서 물싸움을 하던 은탁은 잠시 들를 데가 있다 했다. 캐나다에 갈 곳이 어디 있나 싶었으나 은탁은 잠깐만 기다리라며, 책이라도 읽으며 기다리라며 책가방에서 시집을 꺼내 건네고는 홀연히 사라졌다. 볕이 무척 좋은 날이었다. 분수대 근처 벤치에 앉아 도깨비는 은탁이 주고 간 시집의 책장을 한 장, 한 장 천천히 넘겼다. 중간 중간 은탁이 따라 적은 구절들도 있었다. 도깨비의 입가에 미소가 떠올랐다.

〈사랑의 물리학〉이라는 시에 도깨비의 눈이 오래 머물렀다.

'질량의 크기는 부피와 비례하지 않는다'

첫 구절부터 읽어 내려갔다. 그때 멀리서 '아저씨' 하고 저를 부르는 기분 좋은 목소리가 들려왔다. 도깨비는 시선을 들어 건너편을 보았다. 횡단보도 건너편에서 은탁이 저를 향해 손을 흔들었다. 자동차들 사이로 은탁의 모습이 가려졌다 나타나기를 반복했다.

신호등이 초록불로 바뀌자 은탁이 뛰듯이 걸어왔다. 한 발, 한 발, 은탁의 발걸음이 내디뎌지면 횡단보도의 흰 선이 빨간 선으로 바뀌었다. 잠시 놀란 눈을 하다 은탁은 이내 걸음을 계속했다. 레드카펫 같았다. 도깨비 신부에게 어울리는. 마법 같은 순간을 은탁은 건너고 있었다.

질량의 크기는 부피와 비례하지 않는다

제비꽃같이 조그마한 그 계집애가
꽃잎같이 하늘거리는 그 계집애가
지구보다 더 큰 질량으로 나를 끌어당긴다.

시는 계속해 이어졌다. 도깨비는 가만히 앉은 채 점점 가까워지는 은탁에게서 눈을 떼지 못했다. 시의 구절들과 은탁의 걸음이 겹쳐졌다. 은탁은 마법을 부려주는 도깨비를 보며 활짝, 아주 활짝 웃었다.

순간, 나는
뉴턴의 사과처럼
사정없이 그녀에게로 굴러 떨어졌다
쿵 소리를 내며, 쿵쿵 소리를 내며

심장이
하늘에서 땅까지
아찔한 진자운동을 계속하였다
첫사랑이었다.

다가오는 은탁이 너무 환해서, 보내온 하루 중 가장 화창했
던 오시의 햇빛이 떠오른다. 절로 도깨비의 표정이 굳어졌다.
그의 시간이 아주 느려지다 멈추었다. 세상이 멈추었다. 분수
대의 물방울들도 점점이 허공에 박혔다. 눈이 부시도록 환한
아이도 멈추었다. 도깨비의 숨이 내쉬어졌다. 다시, 시간이
흐르기 시작했다.

레드카펫을 만들어준 도깨비를 향해 신나 달려왔던 은탁
은 굳은 표정의 도깨비를 보고 의아해졌다.

"아저씨?"

그에게선 아무런 대답이 없었다. 눈만 깜박이는 도깨비는
저를 보고 있으나, 저를 보고 있지 않은 듯했다.

"아저씨 화났어요?"

그의 곁에 얼굴을 가까이 해보아도 알 수가 없었다. 잠시 호텔에 다녀왔을 뿐인데 도깨비는 무서운 얼굴을 하고 있었다. 은탁은 답답해졌다.

그 순간, 도깨비는 죽음을 결심하고 있었다. 다시 한 번. 매번 바라고 염원하다, 막상 다가오니 피하고 싶었던 그 죽음을 결심했다. 이 아이가 더 환해지기 전에, 더 소중해지기 전에 죽어야겠다고 그는 생각했다.

결심했다. 사라져야겠다. 예쁘게 웃는 너를 위해 내가 해야 하는 선택이다. 이 생을 끝내는 것은.

그
의

이
름

화가 난 사람처럼 차가운 얼굴로 은탁을 머무는 호텔로 보
내고, 집으로 돌아와 도깨비는 방문에 몸을 기댔다. 심장이
요동치는 듯한 고통이 시작되고 있었다. 은탁이 저에게 여전
히 달려오고 있는 것처럼 느껴졌다. 은탁의 걸음이 제 심장소
리가 된 듯 컸다. 쿵, 쿵 심장박동 소리가 귓가를 울렸다. 자신
이 살아 있음이 선연했다. 살아지는 것과 살고 싶은 것은 너
무나 달라, 살고 싶어 하는 저를 비난하듯 가슴이 아파왔다.
검에 다시 한 번 찔린 것처럼. 그는 가슴을 부여잡고 무너져
내렸다. 숨이 막혔다.

숨 막히는 고통을 견뎌내며, 도깨비는 계속해서 결심하고,

또 결심했다. 사라져야겠다고. 이 생을 끝내야겠다고. 더 살고 싶어지거나 더 행복해지기 전에.

기다란 식탁에 도깨비와 저승사자는 특별히 나란히 앉아 맥주를 마셨다. 그들은 각각의 이유로 자신의 존재가 원망스러운 이들이었다.

저승사자는 오늘에서야 써니를 다시 만나는 일에 성공했다. 첫 만남엔 눈물을 흘렸고, 두 번째 만남인 오늘은 아무런 말도 할 수가 없었다. 써니가 이름을 물었기 때문이었다. 저승사자에게는 이름이 없었다. 그는 그저 신의 사자, 심부름꾼일 뿐이었다. 그는 '김 차사'였고, 그의 동료도, 또 그의 다른 동료도 모두 '김 차사'라고 불렸다. 그건 이름이 아니었다. 죽기 전 이름은 지워졌다. 그는 아무것도 기억하지 못했다. 이름만 대답 못 했으면 다행이었을 것이다. 써니가 안부도 물었지만, 살아 있지도 않은 제게 안부 같은 게 있을 리 없었다.

저승사자는 가슴이 휑했다. 써니의 얼굴은 계속해서 아른거리는데 만나기 쉽지 않았다. 만나고자 하면 언제든 만날 수 있었으나 두려웠다. 분명 오늘처럼 아무 대답도 할 수 없을 터였다.

그리고 그의 옆에 앉은 도깨비는 죽음을 결심한 상태였다.

"진짜 죽게?"

음울한 눈빛으로 맥주를 홀짝이는 도깨비에게 저승사자가 물었다. 도깨비는 허옇게 얼어붙은 저승사자를 보았다. 어서 떠나기를 바라며 티를 팍팍 내던 주제에, 이제는 정말 죽을까 걱정이라도 하는 것 같은 저승사자가 그에게 조금은 위안이 되었다.

"음… 첫눈이 오기 전에."

그 전에 검을 뽑아야겠다.

결심도, 침묵도 무거웠다. 써니에게서 도망쳤듯, 옆에 앉은 이의 죽음에도 저승사자가 할 수 있는 일이라고는 그저 고개를 끄덕이는 일뿐이었다.

자리에서 일어선 도깨비가 문밖을 나섰다. 도착한 곳은 은탁이 머무는 스위트룸 앞이었다. 문을 열고 들어가자 은탁이 초에 불을 붙이고 있었다. 여러 개의 초 중 마지막 초에 불을 붙이는 중이었다.

문소리에 은탁은 움찔했다. 냉장고며 룸에 비치되어 있던 것들을 다 비운 것에 대해 따지려고 찾아온 덕화인 줄 알았다.

"나 부르려고 준비 많이 했네?"

"아, 깜짝이야!"

"들어간다. 왜 부르려고 했는데."

"아저씬 왜 왔는데요? 덕화 오빠가 다 얘기했어요?"

전혀 영문 모르는 표정이었다. 괜히 찔린 은탁이 먼저 술술 상황을 설명했다.

"그게… 사실은 저 혼났거든요. 덕화 오빠한테."

"걔가 누굴 혼낼 만큼 떳떳한 애가 아닐 텐데."

"냉장고에 있는 걸 제가 싹 다 비웠거든요. 이거 계산 좀 어떻게…. 알바비 받으면 틈틈이 갚을게요."

고시 준비하다 죽은 여자 귀신 하나가 은탁의 곁에 붙어 있었다. 딸 장례식 마치고 엄마가 고시원에 짐 정리하러 왔다가 텅 빈 냉장고를 보면 슬퍼할 거라고. 냉장고 좀 채워달라고 했다. 그 사연을 듣고도 모른 척하기가 힘들었다. 가진 돈이 없어 우선은 호텔에 있는 음식들을 죄 끌어 고시원 냉장고를 채워놓았다. 아르바이트해서 틈틈이 갚겠다고 말해도 도깨비는 별 대답이 없었다.

"안 될까요…? 사실 술은 아저씨가 마셨잖아요. 딴 건 제가 좋은 데 좀 썼어요. 모른 척하시면 이거 다 불어서 꺼버릴 거예요! 오늘 하루 종일 왔다 갔다 하게 만들 수도 있어요!"

부산스럽게 은탁이 설명하는데 도깨비가 가만히 손을 들어 움직였다. 움직임 한 번에 촛불들이 한꺼번에 꺼져버렸다. 사방이 어두워졌고, 연기가 피어올랐다.

"이제 소환하지 마."

정적이 흘렀다. 그가 화가 난 건가 싶어 은탁은 겁이 덜컥

났다. 소환하지 말라 말하는 도깨비의 목소리가 낮았고 또 무감했다. 그가 두려운 존재처럼 느껴졌다.

"그럴 필요 없어. 계속 옆에 있을 테니까. 집에 가자."

"…어떤 집이요?"

"내가 사는 집. 넌 도깨비 신부니까."

듣고 싶었던 말이었다. 넌 도깨비 신부다, 옆에 계속 있겠다, 집에 가자. 정말 다 듣고 싶었던 말인데 은탁은 영 미심쩍었다. 가족은 만들지 않는다던 도깨비가, 자신의 존재를 부인하기만 하던 그가 갑자기 이렇게 나오니 불안했다.

그렇게 염원하던 집, 누군가의 신부가 되고 가족이 생기는 일, 다 좋았다. 그는? 여태 은탁을 밀어내기만 하던 도깨비였다. 단지 검을 뽑고 싶어서 은탁을 신부로 인정하는 듯했다. 다른 이유가 필요한 건 아니었지만, 그래도. 은탁은 입 안을 잘게 씹었다. 은탁의 눈빛이 바람 앞에 등불처럼 흔들렸다.

"아저씨 저 사랑해요…?"

"그게 필요하면 그것까지 하고."

고저 없는 말투는 차갑기까지 했다. 은탁은 떨리는 시선으로 도깨비를 올려다보았다. 더 멀게 느껴졌다.

"사랑해."

저를 사랑한다고 말하고 있는데, 오히려 그 어느 때보다 멀었다.

그 순간 창밖으로 벼락이 쳤다. 벼락 소리가 어깨를 움츠러
들게 할 만큼 컸다. 비가 창을 부술 듯 내리기 시작했다. 이렇
게까지 슬퍼하고 있으면서 사랑한다니. 은탁의 마음에도 비
가 내렸다. 어둠 속의 두 사람이 불안하게 젖어들어 갔다.

"내가 그렇게 싫어요?"

모르고 싶어도 모를 수가 없게 이렇게 비가 왔다.

"뭐가 어떻게 싫으면 이렇게 슬플 수가 있어요? 비가 아주
주룩주룩 오네 뭐. 됐어요. 아저씨가 싫어도, 슬퍼도 나는 아
저씨 집 가서 살 거니까."

마음 상한 아이를 달래주고 싶어도 그럴 수가 없었다. 도깨
비는 은탁의 말을 가만히 듣고만 있었다.

"지금 전 찬 도깨비 더운 도깨비 가릴 처지가 아니라서요.
아무튼 제가 검만 빼주면 되는 거잖아요."

"…그래. 그러면 돼."

울컥 은탁이 치미는 감정을 삼키며 뒤돌아섰다.

"기다리세요. 짐 챙겨 나올게요."

돌아가는 차창 밖으로도 비는 여전했다. 은탁은 도깨비가
이 비를 대체 언제쯤 멈출 생각인 건지, 묻고 싶다가도 자존
심이 상해 물을 수가 없었다. 그래도 이만큼 상했으면 됐지,
어디까지 더 상하게 할 생각인 걸까. 차 안의 적막도 밖의 빗

소리도 싫어 은탁은 물었다.

"아저씨는 이름이 뭐예요?"

운전하는 도깨비에게선 답이 없었다.

"뭐, 되게 궁금해서 물어보는 건 아니고요. 아무리 우리가 혼인보다 먼 동거보다는 가까운 애매한 관계여도 명색이 신분데 신랑 될 도깨비 이름 정도는 알아야 될 거 같아서요."

검 보이는 거 말고, 그래서 검을 빼줄 수 있는 거 말고, 조금이라도 도깨비 신부라서 가질 수 있는 특별함이 있었으면 좋겠다. 자기를 집에 데려가면서 이 비를 내리는 도깨비니까 은탁도 뭐 그렇게까지 특별하고 싶은 건 아닌데. 그래도, 그냥 마음이 심란했다. 섭섭하지 말자 싶으면서도 섭섭했다.

"우린 아직 우리도 아니구나."

그런데 그 작은 특별함도 바라서 안 된다고 하면 어쩔 수 없는 노릇이었다. 은탁은 포기했다. 애초에 뭘 많이 갖고 태어난 게 아니었다. 가지고 싶다고 다 가질 수 없다는 것도 잘 알았다. 손에 쥘 수 있는 게 원래 적어서 포기하는 건 잘하는 편이었다. 다시 창밖을 보는 은탁인데 묵묵히 운전만 하던 도깨비가 드디어 입을 열었다.

"네가 태어나기 전부터 시작된 거 같은데."

신호가 빨간불로 바뀌며 차가 멈춰 섰다. 도깨비가 말을 이었다.

"우리."

은탁은 눈을 깜박이다 혼자가 아닌 '우리'가 되고 싶어서 기다렸다, 그를. 우리가 되어주면 좋겠다고 생각했고, 은탁과 우리가 된다는 게 많이 슬프지 않으면 좋겠다, 그가.

"언제는 유정신, 또 언젠가는 유재신, 현재는 유신재. 진짜 이름은."

은탁은 숨을 죽이고 다음 말을 기다렸다.

"김신."

소리 없이 입모양으로 그 이름을 따라 불러본다. 김신.

신호가 바뀌었다. 은탁이 은은하게 미소 지으며 초록불을 알렸다. 차가 다시 촉촉하게 젖은 길을 달리기 시작했다.

───

도깨비의 집에 은탁이 살게 됐다. 그 말은 은탁이 저승과도 한 지붕 아래 살게 됐다는 뜻이었다. 괜찮겠느냐는 저승의 뼈 있는 물음에 은탁은 등잔 밑이 더 어두운 법이라며 당차게 대답했다. 도깨비가 등잔이 되어주면 되지 않겠느냐고 덧붙였다. 저승은 그런 은탁이 밉지 않았다. 19년 전, 그리고 9년 전에도 기타누락자를 데려가지 못한 데는 정말 다 뜻이 있었던 것 같기도 했다.

갑작스럽게 결정한 일이라 은탁이 쓸 방이 제대로 준비되어 있지 않았다. 방을 어떤 식으로 꾸밀지 도깨비와 저승의 의견이 분분했다. 침대 하나 제대로 없어서 은탁은 우선 도깨비의 방에서 하룻밤을 보내기로 했다. 그 덕에 도깨비와 한방에서 자게 된 저승의 불만이 만만치 않았지만 그래도 별 수 있나. 실질적인 집 주인은 아직 도깨비였다.

저승의 옆에 누운 도깨비는 천장을 보며 생각에 빠졌다. 길고 길었던 생을 마감하려 하자 생각이 깊어졌다. 수렁 같았다.

"넌 신을 본 적 있어?"

하얀 시트를 머리끝까지 끌어올리고 차려 자세로 누운 저승사자가 아무런 대답이 없자 도깨비가 다시 한 번 질문했다.

"혹시 지금… 신을 보고 있는 거야?"

휙 시트를 걷으며 저승사자가 인상을 찌푸렸다. 옆에 누가 있는 것도 신경 쓰이는데 잘 시간에 말까지 거니 영 심기가 불편했다.

"말 걸지 말랬지. 나 같은 말단이 신을 어떻게 봐."

"난 봤는데."

"어떻게 생겼는데?"

검 위에 내려앉던 나비. 도깨비는 아주 오래된 기억을 꺼내온다.

"그냥… 나비였어."

"꼭 그런 식이지. 지나가는 나비 한 마리도 함부로 못 하게. 얼굴이라도 보여주면 원망이라도 구체적으로 할 텐데."

잠시 둘은 말이 없었다. 사람이 아닌 존재로 이 세상에 오래 머무는 일은 그것대로 무척 고단했다. 도깨비가 먼저 침묵을 깼다.

"신이 정말 견딜 수 있는 만큼의 시련만 주는 거라면 날 너무 과대평가한 건 아닐까 싶다."

"…힘들어?"

"걱정 마. 안겨서 울진 않을 거야."

이 와중에도 농담을 던지는 도깨비에 저승은 어이가 없어 웃었다. 하긴, 웃지 않으면 울 일밖에 남지 않았다.

"인간들은 그렇게 잘도 보는 신을 우린 어떻게 한 번을 못 본다."

저승의 원망 어린 말이 공기 중에 흩어졌다.

도깨비의 방으로 들어온 은탁은 그저 신기해하며 방 안을 둘러보았다. 이곳저곳 그의 흔적들이 배어 있었다. 언제부터 내려온 것인지 모를 오래된 장식품들이 곳곳에 있었고, 옷걸이에 걸린 옷가지들 중에 기다란 코트도 보였다.

"어, 이거 나랑 처음 만났을 때 입었던 거."

반가운 마음이 들었다. 그때 나타나주어서 고마웠으니까.

도깨비의 방은 그를 닮았다. 오래되고, 고아하고, 멋스러운 것으로 가득 차 있다. 은탁은 책장의 책들을 쓸어보다가 책상으로 가 의자에 앉았다. 책상에 앉자 낯익은 시집이 보였다.

"어, 내 책! 내가 보고 있으랬지 갖고 있으랬나."

괜히 투덜거려본다. 그래도 제가 준 것이 가지런히 놓여 있어 나쁘지 않은 기분이었다. 시집 옆에는 노트가 있었다. 딱 보아도 중요한 노트 같아 조심스럽게 손끝으로 한 장씩 넘겼다. 그것은 도깨비가 적어둔 유언들이었으나, 한자로 적혀 있어 은탁으로선 이해할 수 없는 내용들이었다. 해석하려고 해도 모르는 한자가 문장마다 걸렸다. 뚫어져라 한자들을 눈에 새기며 언젠가 뜻을 알아내고 싶다고 생각했다. 책장을 여러 장 넘기자 중간쯤 코팅된 단풍잎이 나왔다.

"안 버렸네. 소중히 간직하기는."

조금 전까지도 미울 만큼 서운했었는데, 어느덧 마음이 다 풀려버렸다. 은탁은 다시 단풍잎을 노트 안에 끼워 넣었다.

아침 일찍 일어나려면 어서 자야 했다. 아침밥이라도 할 생각이었다. 집 없어 찾아온 저를 위해 도깨비가 방을 내어주었으니 그 정도는 해야겠지. 이모네서 살던 것과 크게 다르지 않을 것이다. 용돈도, 밥도, 빨래도 뭐든 다 알아서 하고. 명색이 도깨비 신부이니 뭐라도 할 수 있는 게 있다면 하고 싶었다.

막상 일어나 보니 요리는 둘이 알아서 잘하고 있고, 치우는 일도 그릇들이 허공을 날아 싱크대에 들어가 버려 은탁이 할 일은 없었지만 말이다.

등교하기 전, 은탁은 아침부터 투덕대는 도깨비와 저승을 불러 모았다. 앞으로의 이 집 생활을 생각하며 밤늦게 적어둔 것이 있었다.

"호, 소, 문."

경청해주시면 좋겠다는 은탁의 말에 무슨 말을 할까 싶었던 둘이, 호소문이라는 말에 더욱 어리둥절한 표정이 되었다.

"일, 비가 자주 안 내렸으면 좋겠습니다. 시민들 불편하니 제가 이 집에 사는 동안은 부디 행복해주세요."

종이에 적힌 글자를 읽어 내려가며 은탁이 도깨비를 바라보았다. 그는 은탁이 하고자 하는 이야기가 무엇인지 단번에 읽혔다. 도깨비에게 무척 예쁘고 귀한 형태의 말이었다. 그래서 좀 더 안타까워졌다. 은탁을 데려오며 슬펐던 건, 은탁 때문이되 은탁 때문이 아니었다. 입 안이 썼다.

"이, 불만이 있으시면 말로 해주십시오."

이번엔 은탁의 눈이 저승에게로 향했다. 저승은 손가락으로 자신을 가리키며 의아한 표정을 했다.

"저를 데려간다거나, 데려가겠다거나, 혹은 데려가려는 일이 없었으면 좋겠습니다."

그제야 은탁의 말이 이해가 됐다. 끄덕일 순 없었지만.

"삼, 급한 일이 있으면 연락주세요. 갑자기 눈앞에 나타나지 마시고요. 지은탁 010-1234-1234. 참고로 수업 중엔 안 돼요. 알바 중에도 싫어요. 도서관에선 꺼놔요. 이상입니다."

야무지게 그 '호소문'이란 것을 다 읽은 은탁이 종이를 자석으로 냉장고에 탁 붙였다. 그렇게 제 할 말만 마치고는 다녀오겠다며 인사하더니 학교로 사라져버렸다.

도깨비와 저승이 덩그러니 남아 냉장고에 붙은 종이를 봤다. 누구와 연락할 일 없는 둘에게 휴대전화 같은 게 있을 리가 없었다. 휴대전화 없는 거 알고 무시하는 거 아닐까, 저승이 멋대로 추측했다. 그런 저승의 투덜거림에 도깨비는 그 길로 휴대전화를 사러 가기로 맘먹었다.

＊

점심시간에 누구랑 같이 밥 먹고 그러는 거 촌스러우니까. 은탁은 애써 그렇게 생각했다. 혼자 먹는 점심은 익숙해질 법도 한데 삼삼오오 모여 수다를 떠는 아이들 사이에 있을 때면 또, 점심을 혼자 먹는 게 처음인 것처럼 어색할 때가 있었다. 은탁은 빠르게 도시락을 해치우고 컴퓨터실로 향했다. 막 점심이 한창일 시간이라 컴퓨터실은 한산한 편이었다. 구석에 자리를 잡고 인터넷 창을 열었다.

김신. 도깨비가 알려준 이름을 검색창에 입력했다. 도깨비
가 될 정도의 사연이라면 대단한 인물이었을 게 분명했다. 검
색해서 안 나오는 것도 없는 세상이니까. 그리고 정말로 검색
창에 여러 인물들이 떴다. 국회의원 김신, 연극배우 김신을
지나자 고려시대 무신 김신이 있었다.

"무신이면… 장군님! 오, 나랏일. 오, 안정적."

1082년에 태어나고, 무신이었다는 것 외엔 알아낼 수 있는
게 없었다. 그냥 고려시대에 존재하는 수많은 무신 중 하나였
을까. 은탁은 턱을 괴고 마우스를 움직였다. 존재를 아는 데
도 시간이 꽤 걸렸다. 도깨비인 것과 이제 겨우 알게 된 이름
하나. 그게 은탁이 그에 대해 아는 전부였다. 아, 가슴에 아주
아파 보이는 검이 꽂혀 있다는 것도 분명히 알았다. 그래도
더 알고 싶었다. 더 알아가고 싶었다. 도깨비가 행복했으면
좋겠다는 건 은탁의 진심이었다. 저만큼, 아니 저보다 더 쓸
쓸해 보이는 그가 행복했으면. 은탁은 진심으로 바랐다.

학교를 마치고 집으로 돌아왔을 때, 도깨비는 거실 소파에
다리를 꼬고 여유롭게 앉아 있었다. 도깨비는 그새 은탁의 방
정리를 마친 상태였다. 은탁이 타다닥, 발걸음 요란하게 계단
을 올랐다. 도깨비는 대충 살 만큼만 해놓았다고 했는데, 문

을 열어 보니 그 정도 수준이 아니었다. 우와, 하는 감탄사가 은탁의 입 밖으로 저절로 흘러나왔다.

벽에 걸린 시계, 잘 짜인 책장과 책상, 그 위에 놓인 작고 귀여운 선인장, 벽에 걸린 그림까지. 은탁의 눈을 빼앗지 않는 것이 없었다. 은탁의 입이 귀에 걸렸다. 처음으로 가져보는 온전한 자신만의 방이었다. 어린 시절엔 엄마와 방 한 칸짜리 집에서 살았다. 물론 그때는 제 방이 필요하지도 않았다. 이모네 살면서는 그저 방 한구석이 은탁의 자리였다. 경미가 쓰는 공간을 뺀 곳이 은탁의 공간이었다. 그런데 이 넓고 쾌적한 방이 온전히 은탁의 방이라고 했다.

"이곳은 천국인가요? 이걸 다 직접 하신 거예요?"

뒤따라 들어온 도깨비를 향해 은탁이 물었다. 은탁이 신이 나 어쩔 줄 몰라 하며 물어서 도깨비의 기분도 퍽 좋아졌다. 아무것도 아니라는 듯 도깨비가 어깨를 으쓱했다.

"이걸 다 직접 하는 마음으로 부탁했어."

"아아."

다 준비해주고도 퉁명스럽게 답하는 게 도깨비다워서 은탁은 피식 웃었다.

"그럼 쉬어. 벽에 못 박지 말고, 아래층이 내 방이니까 뒤꿈치 들고 걷고."

말이 끝나기가 무섭게 은탁이 뒤꿈치를 들었다. 알았다고,

대답도 괜히 속삭여가며 했다. 그렇게 기분이 좋았다.

기분 좋은 건 은탁만이 아니었다. 방으로 돌아온 도깨비는 침대에 누워 위층에서 들려오는 은탁의 소리를 들었다. 나름 대로 소리 죽여 걷는다고 하는데도 도깨비에겐 다 들렸다. 귀 기울이고 있으니까. 도깨비는 은탁이 움직이는 소리에 귀 기 울이며 눈을 감았다. 눈을 감으니 더 잘 들렸다.

"화분을 옮기는군. 남향에 두어야 하는데."

무엇이 그리 분주한지 은탁은 계속해서 움직였다.

"침대를 좋아하는군."

은탁이 침대를 뒹굴거리며 이불 속에 파묻혀 웃음소리를 죽이는 것도 들렸다.

"방을 나오는군."

흐뭇한 미소가 도깨비의 입가에 걸렸다. 무척 간지러운 기 분이었다. 사람들 뒤에서 수호신 역할을 하면서 느끼던 것과 는 조금 다른 흐뭇함이었다. 은탁은 마음껏 그에게 고마워하 고 있었다. 도깨비도 그래서 마음껏 기쁠 수 있었다. 환한 미 소가 저를 쳐다보아서, 도깨비는 이 생을 끝내기로 한 것도 잠시 잊고 환해졌다. 가슴이 환했다.

문제집을 풀고 있는데, 조심스러운 노크 소리가 들렸다. 똑, 똑, 똑. 은탁이 방문을 열고 빼꼼 고개를 내밀었다. 저승사자가 문 앞에 우두커니 서 있었다. 저승이 은탁을 데려갈 일은 전혀 없을 거라고 도깨비가 호언장담하기도 했고, 이 집에 온 이후로 저승과 생각보다 잘 지내고는 있었다. 그래도 은탁은 여전히 그가 부르면 조금 두려웠다. 세 번 문을 두드린 게, 저승에 갈 때 저승사자가 세 번 이름을 부른다는 속설과 연결된 것은 아닐까 뭐 그런 의심이 고개를 들었다.

사뭇 심각한 표정으로 은탁을 찾아온 저승의 용무는 전혀 그런 종류가 아니었다. 이름을 지어야겠는데, 도저히 어떻게 지어야 할지 모르겠기에 은탁을 찾은 것이다. 이름이 필요했다. 여자들이 좋아할 만한 이름. 써니가 이름을 물었을 때 대답할 이름. 이름이 없어 써니를 다시 만나러 가지 못하고 있었다. 휴대전화가 생겼는데 연락도 하지 못했다.

"이름이 없어, 내가. 그래서 좀 참고하려고. 여자들이 좋아하는 남자 이름 뭐냐고."

"아저씨는 이름 없어요? 도깨비 아저씨는 이름 있던데."

"…뭔데."

"김신. 되게 예쁘죠."

은탁이 싱글거리며 자랑하듯 말했다. 저승은 불통해졌다.

"생각하신 이름 있으세요?"

생각한 이름이 몇 개 있었는지 더듬더듬 이름들을 나열하는 저승사자를 보고 은탁은 웃음을 흘렸다. 무서워만 했는데,

지내보니 생각만큼 무섭지 않은 건 확실했다. 여자 문제로 속이 시끄러운 모양이었다. 무슨 저승사자가 여자 때문에 이렇게 고민을 하지. 되게 웃긴데 저승사자는 세상 누구보다 진지했다. 은탁은 특별히 저를 저승으로 데려가지 않는 이 저승사자를 도와주기로 했다.

"여자들이 좋아하는 이름이라 하면 대표적으로 이 세 명이 있죠. 현빈, 원빈, 김우빈."

손가락을 펼쳐 보이며 은탁이 제시한 이름은 모두 '빈' 자 돌림이었다. 골똘히 그 이름들을 중얼대던 저승이 결국 하나를 골랐다. 김우빈. 저승의 이름은 이제 김우빈이 되었다. 써니에게 소개할 이름이 생겼으니 드디어 만나러 갈 수 있다.

수험생이라는 게 무척 바쁘고 고단한 업이라는 것을 도깨비는 새삼 깨닫는 중이었다. 새벽같이 학교에 갔다가, 학교를 마치면 도서관에 가고, 심지어 아르바이트까지 하고 밤늦어서야 은탁은 집으로 돌아왔다. 집으로 돌아온 은탁에게 말이라도 걸어볼라치면 방문 앞에 '공부 중'이라는 팻말이 떡하니 걸려 있어 문 열어보기도 쉽지 않았다.

어서 검을 뽑고 싶었다. 무로 돌아가기로 한 결심이 무뎌지기 전에, 하루라도 빨리. 동시에 이미 결심은 희미해지고 있었다. 정말 뽑고 싶다면, 당장이라도 문을 열고 어서 뽑으라고 은탁을 재촉할 수 있었다. 그러나 도깨비는 은탁의 책상 위에, 냉장고에, 은탁이 찾을 만한 곳에 메모를 남겨두는 것으로 재촉을 대신했다. 시간 날 때 검 좀 뽑아달라는 메모가 은탁의 주변에 쌓여갔다.

은탁은 메모를 발견할 때마다 피식 웃었다. 메모지 위의 글씨는 휘갈겨 쓴 것 치고도 무척 정갈했다. 세월이 느껴질 만큼 길쭉한 어른의 필체였는데, 내용은 어쩐지 귀엽게까지 느껴졌다. 어서 예뻐지고 싶은 모양이었다. 그러나 은탁으로선 하루라도 더 늦추고 싶었다. 그냥, 그랬다. 하루라도 더 도깨비에게 굉장한 효용가치 있는 존재로 존재하고 싶었다.

혼자 늦은 저녁을 먹고 은탁은 접시를 깨끗하게 씻어 물기를 탁, 탁 털어 싱크대에 올려놓았다. 수건에 손을 닦으며 돌아서는데 아무도 없던 식탁에 도깨비가 앉아 있어 깜짝 놀랐다. 같은 집에 살면서도 은탁이 바빠 며칠이나 스치듯만 본 얼굴이었다.

"넌 꿈이 뭐니, 뭐가 되고 싶어."

놀란 가슴을 진정시키는데 도깨비가 생뚱맞은 질문을 던졌다. 목소리 깔고 묻는 게 픽 진지한 척을 하고 있어서 은탁은 어리둥절해졌다. 그의 앞에 놓인 커피잔에서 김이 모락모

락 피어오르고 있었다.

"이렇게 많이 먹어가면서 검도 안 빼주고 공부만 하는 너는 꿈이 뭐냐고."

"라디오 PD요. 수시도 다 그쪽 학과로 넣었는데요."

"그 얘기가 아니잖아! 너 이렇게 독해력 딸려서 대학 붙겠어?"

성질을 부리는 도깨비의 앞에 은탁도 마주 앉았다. 검 빼달라고, 빼달라고 하다가 이렇게 쫓아 나왔으니 은탁도 더는 피하기 힘들었다.

"안 그래도 제가 심사숙고를 좀 해봤는데요. 아저씨 예뻐지는 건 당분간 보류할게요."

"보류? 너 심사숙고한 거 맞아?"

벌떡 일어설 것처럼 손가락질하는 그에게서 은탁은 애써 시선을 피했다.

"저 효용가치 없어져서 아저씨가 저 쫓아내면 어떡해요! 그 생각하면 자꾸 스트레스 받아서 공부도 안 돼가지고."

"공부도 안 되는데 간식은 왜 꼬박꼬박 다 먹어!"

"이 봐, 이 봐, 본색 나오는 거. 아까워요? 그니까 제가 오백 해주고 치워달라고 했을 때 해주셨으면 좋았잖아요."

"야, 암만 그래도 내가 어? 명색이 물이고 불이고 있다가도 없는 그건데, 현금 박치기를 어떻게 해. 상스럽게!"

"아휴, 제가 다 고급지게 받죠."

기가 찬 도깨비가 너스레를 떨고 있는 은탁을 바라보았다. 은탁은 장난보다 진심이 더 컸다. 검 뽑아주고 나면, 그때는 도깨비 신부 일 끝나는 거 아닐까 싶어 은탁은 불안했다. 어서 가슴에 박힌 흉한 검을 뽑고 싶을 도깨비를 생각하면 자신이 이기적이게 느껴졌지만, 그가 이해해주었으면 싶었다. 아니라면 검 뽑아도 제가 효용가치 있을 거라고, 그런 말이라도 해주면 조금 안심이 될 것 같았다.

"근데 넌 대체 왜 꾸준히 오백이냐? 액수가 너무 애매해서 묻는 거야. 서울에 월세 방 하나 못 얻을 금액인데."

"월세까진 꿈도 안 꾸고요. 어른 될 때까지 찜질방 전전할 돈이랑 혹시 제가 대학 붙으면 등록금 내야 하니까 거기서 이백은 킵 해놓고요, 학자금 대출 받고, 이런저런 생활비 메우는 것까지 정확히 계산해서 산출한 금액이고요, 그 애매한 오백이 저같이 없는 사람한텐 오억만큼 무겁고요. 됐어요?"

어떻게 해서 나온 '오백'인지 따박 따박 설명을 듣자 도깨비의 마음이야말로 무거워졌다. 뭘 묻지를 못하겠다. 은탁의 입에서 나오는 대답들은 모두 도깨비의 마음을 쓰리게 했다. 기특하다고 칭찬해주고 싶다가도 입이 너무 써 그동안은 손한 번 들어 머리 쓰담해주는 게 다였다. 오늘은 그마저도 해주기 힘들었다.

잠시 말문이 막혀 있는 도깨비의 뒤로 저승이 지나갔다. 냉장고에서 음료를 꺼내며 저승이 중얼거렸다.

"오백… 해줘. 어떻게 그걸 아직, 냉혈한."

도깨비 귀에 뒷말은 하나도 안 들어왔다. 오백 해줘. 언젠가 은탁이 '오백'을 '고백'으로 잘못 들었다고 놀라던 게 생생히 떠올랐다. 정말 고백해줘로 들리다니.

"너 발음 똑바로 해, 놀랐잖아!"

"오, 백, 해, 줘, 라고 하셨어요."

"넌 가서 공부하고."

괜히 발끈하는 도깨비를 뒤로 은탁이 비죽이며 식탁에서 일어났다.

'고백해줘로 들었어요!' 높은 음의 목소리와 고백이라는 단어가 계속 맴돌아 도깨비는 혼란스러운 채 있었다.

검을 빼달라는 도깨비의 말을 피하는 것도 한계가 있었다. 아직 첫눈이 오지 않았다. 그게 이제 남은 유일한 핑곗거리였다. 검을 뽑기 전에, 그 아저씨 원하는 대로 다 예뻐져서 이제 넌 필요 없다고 하기 전에 자신에게 또 다른 필요한 이유가 생겼으면 좋겠다고 은탁은 생각했다.

손님 없는 치킨집에서 수심 가득 앉아 있는 은탁의 앞에는 역시나 뻥튀기를 씹으며 휴대전화만 노려보고 있는 써니가 있었다. 기다리는 전화가 있는데 올 생각이 없었다. 이름도 모를, 옷은 검고 얼굴은 하얀 남자.

"저기, 사장님."

휴대전화만 보고 있던 써니의 고개가 은탁을 향했다. 머뭇거리면서 한숨을 작게 내쉬는 은탁이다. 친구라고는 도서관에서 만나는 교복 입은 귀신 정도가 다인 은탁으로선 고민을 털어놓을 곳도 마땅찮았다. 사장님이지만 언니 같은 써니라면 은탁의 고민을 해결해줄 것만 같았다.

"그냥… 일찍 결혼하는 거에 대해서 어떻게 생각하세요?"

"남자 몇 살이야. 열아홉? 스물?"

"더, 좀 많아요."

"많아 봤자지. 애는 어떤데."

"음…. 항상 책을 가까이 하고, 음악과 그림에 조예가 깊고, 옛날엔 나랏일을 했었고."

"그딴 거 말고. 너한테 어떻게 하냐고. 잘해줘?"

당연한 것을 물었을 뿐인데 은탁은 돌부리에 걸려 넘어진 기분이었다.

"일단은요. 제가 필요하니까…."

"그럼 넌. 넌 그 자식 좋아해?"

"아, 아니요?"

"그럼 그 자식은. 그 자식은 너 좋아해?"

"아니요…."

"그럼 둘 다 아닌데, 이 결혼 왜 해."

와그작. 써니가 뻥튀기를 씹었다. 은탁은 부끄러워졌다. 잘

해주고, 좋아해주는 사람이랑 인연이 되는 거였다. 그러게, 결혼할 이유가 하나도 없었다. 운명이라는 실타래에 돌돌 감싸인 채로 묶인 것만 빼면 아무것도 아닌 사이였다. 새삼 깨닫고 나니 놀랍도록 기분이 가라앉았다. 아저씨는 저를 좋아하지 않았다. 처음부터 그랬고, 지금은 뭐 조금쯤은 불쌍히 여기고 있는 것도 같았다. 말대로 마음 약한 신이어서. 그러나 도깨비 신부로는 여전히 탐탁지 않아 하는 것만은 분명했다.

'그게 필요하면 그거까지 하고. 사랑해.'

차갑게, 고루한 철학책 읽듯 무감하게 읊조리던 도깨비의 목소리가 은탁의 머리를 짓누르는 듯했다. 치킨집을 정리하고 나와서 집으로 돌아가는 길에도 울적한 기분은 나아지지 않았다.

"안 필요해요, 그런 사랑. 아저씨나 필요해하지 마세요. 내가 예쁘게 해주나 봐라."

혼잣말을 하며 은탁은 서점 앞을 지났다.

서점 건물 뒤에 몸을 숨기고 있던 도깨비가 그 앞으로 나왔다. 혼자 무어라 중얼거리며 집 쪽으로 걸어가는 은탁의 뒷모습이 보였다. 도깨비는 반대로 서점 안쪽 문을 열었다. 더 빠르게 집으로 가는 문이었다.

왜 은탁이 지나는 길목을 서성이며, 은탁을 기다렸던 것인지 물으면 도깨비도 말문이 막혔다. 굳이 이유를 꼽아보자면, 맨 처음은 걱정이었다. 걱정됐다. 또 반 아이들이 은탁의 등 뒤에서 수군대지는 않을지, 또 다른 사채업자가 나타나 은탁을 납치하지는 않을지. 어쨌든 이 생에 머무는 동안에는 은탁의 수호신이고 싶었다.

후다닥 집에 도착해서 그는 아무렇지 않게 소파에 앉았다. 처음부터 앉아 있었던 것처럼 아무 책이나 집어 들어 막 책장을 넘길 때, 은탁이 집에 도착했다. 버릇처럼 다녀왔습니다, 은탁이 작은 목소리로 인사했다.

의식적으로 다리를 꼬며 그럴 듯한 자세를 취하는데, 은탁은 쌩하니 도깨비와 눈도 마주치지 않고 저승이 있는 쪽으로 향했다. 찬바람 부는 행동이 당황스러웠다. 당황했다는 티도 못 내고, 그는 퍽 사이 좋아 보이는 저승과 은탁을 지켜볼 수밖에 없었다.

은탁은 마침 빨래를 개고 있던 저승의 옆에 앉아 빨래 개는 일을 거들었다. 괜히 시선을 끌어보려 주변을 맴도는 도깨비 쪽으로는 일부러 눈길도 주지 않았다. 혼자 서운해 삐친 거고 도깨비 잘못은 없다는 걸 알면서도 저 아저씨 얼굴 보기가 괜히 싫었다. 아니다. 잘못이 있었다. 저를 서운하게 한 잘못이 있었다.

저승은 빨래 개는 일을 도와줄 것도 아니면서 빙빙 주변을 어슬렁거리는 도깨비를 한 번 본 뒤 은탁을 한 번 봤다. 둘이 오백 때문에 싸우기라도 했나, 하는 정도가 저승이 할 수 있는 추측이었다. 둘 사이에 도는 어색한 긴장감이 참기 힘들어 저승은 은탁을 살폈다.

"나 그 목도리, 너 아홉 살 때도 본 거 같은데. 그 목도리 맞지?"

"오, 맞아요. 엄마 유품이에요. 엄마는 제가 귀신 보는 게 목에 있는 이 점 때문이라고 생각해서서 이거 가리면 귀신 못보겠지 하고, 되게 어릴 때부터 둘둘 둘러줬는데 사실 아무 소용없었거든요. 근데 습관이 돼가지고… 이제 이게 엄마 같기도 하고 그래요."

냉랭한 기운을 풀어보자 가볍게 한 질문이었는데, 은탁의 대답이 구구절절해서 저승사자는 잠시 멍해졌다. 옆에서 듣고 있던 도깨비도 마찬가지였다. 괜히 제가 다 미안해져 저승이 도깨비 쪽을 향해 말했다.

"오백 해줘."

"자꾸 무슨 고백을 하래, 너는!"

또 잘못 들었다. 놀란 눈으로 올려다보는 저승과 은탁의 눈이 그가 또 잘못 들었다는 사실을 말해주었다. 도깨비는 뱉어놓은 말 주워 담을 수 없어, 제 머리를 헤집었다.

"넌 무슨 뭐 묻기만 하면, 사연이야, 어? 무서워서 묻겠냐?"

민망함에 애꿎은 은탁에게 핀잔을 놓아본다. 은탁은 들은 체도 안 하고 저승과 대화를 이었다. 지난번에 얘기하던 그 여자가 좋아할 만한 이름은 지었는지 정말 궁금하기도 했다.

은탁의 시선이 다시 저승에게 돌아가자 도깨비는 관심을 돌려보려 대학 얘기, 라디오 PD 얘기를 꺼내보았다. 그러다 대학은 붙겠느냐, PD는 될 수 있겠느냐고. 말이 워낙 밉게 나와 괜한 역효과만 불러일으킨 셈이었다.

은탁이 질끈 입술을 깨물었다.

"아저씨 이름 아직 안 정하셨으면, 박보검 어때요? 박보, 검!"

"뭔 검? 너 아주 검 좀 본다고 오냐오냐 해줬더니, 아주."

"참나. 내가 누구 때문에 이 점이 생기고! 누구 때문에 귀신을 보는데요!"

은탁은 손에 들고 있던 빨래를 휙 내팽개치며 일어섰다. 서운하다 서운하다 했더니 정말로 서운하게 하려고 작정한 모양이었다. 잠시 얼굴 안 보고 혼자 느끼는 서운함 다 삭여보려 했던 은탁은 자꾸만 속도 모르고 옆에서 속을 뒤집고 있는 도깨비를 노려보았다.

도깨비도 억울했다. 은탁이 갑자기 이러는 이유를 알 턱이 없었다. 정말로 오백 때문에 그러나? 오백을 해줘야 하나? 은탁이 알면 더 서운해할 생각들만 떠오를 뿐이었다.

도깨비가 성큼 은탁을 향해 다가서서 은탁의 머리카락을

획 걷었다. 갑자기 가까워진 그 때문에 은탁의 몸이 경직됐다.

"이 낙인 뭐! 예쁘기만 하구만!"

"아저씨… 지금 나 쳤어요? 와, 이러니까 가슴에 검이 꽂히지. 사람이 저런 게 꽂힌 데는 다 이유가 있다니까."

"너 어떻게 사람 아픈 델 그렇게 콕콕 찔러? 사이코패스야?"

"아저씬 뭐 처음에 안 그랬는 줄 알아요? 넌 도깨비 신부가 아니다, 소문에 살지 말고 현실에 살아라, 자긴 뭐 아주 콕콕 안 찌르고 푹신푹신 했는 줄 아나 봐?"

"너 위해서 얘기한 거잖아. 너 위해서!"

서로 씩씩대며 다투는 것이 점점 과열되고 있었다. 그 중간에 낀 저승만 난처해 눈치만 보고 있었다. 은탁도 이 기회에 실컷 미운 말 할 생각이었다. 자기라고 도깨비한테 할 말 없는 게 아니었으니까.

"나 위할 거면 남친이나 내놔요! 알바, 이모네, 남친! 수호신이 뭐 이래! 안 이뤄줬잖아요, 남친!"

"여기 있잖아, 남친!"

"여기 어디요!"

"여기! 네 앞에! 나!"

정신없이 소리치던 둘 사이 일순간 정적이 흘렀다. 거실에 침묵이 돌았다. 노려보던 둘의 시선이 재빨리 빗겨 나갔다. 부부 싸움은 칼로 물 베기라는 걸 광고하고 있었다. 저승사자의 하얀 얼굴이 일그러졌다.

2층으로 달리듯 올라온 은탁이 빠르게 방문을 쾅 닫았다. 그리고 방문에 기대 숨을 골랐다. 심장이 너무 빠르게 뛰고 있었다. 서운함 같은 거, 하나도 생각나지 않았다. 방금 전 도깨비가 한 말이 귀에 박혔다. 크게도 말해서 한 글자, 한 글자 콱, 박혀버렸다.

"미쳤나 봐. 남친이래. 참나, 누구 맘대로? 나 좋아해? 와, 어이없어."

양볼이 뜨끈뜨끈하게 달아올랐다. 가을 끝자락인데, 이제 겨울인데 더웠다. 손부채질을 하며 은탁이 애써 열을 내렸다.

자신의 방으로 문을 닫고 들어온 도깨비도 당황스럽기는 매한가지였다. 900년 만의 실어였다. 따지자면 남친이 아니라 남편이었으니, 이 부분은 정정해야 할 것 같았다.

"몹시 곤란하군."

곤란하다 말하는 도깨비의 입가에 미소가 번졌다.

다음 날 다시 거실에서 마주친 둘은 괜스레 서로를 바로 쳐다보지 못했다. 남친, 남친이라니. 은탁은 계속 그렇게 곱씹고 또 곱씹었다. 다시 보니 또 얼굴에 열이 오르는 것 같았다. 물을 마시는 척 자리를 피하려던 은탁을 도깨비가 불렀다.

"지은탁."

이름을 불린 은탁이 돌아봤다. 불러놓고서는 막상 은탁이 돌아보니 부른 적 없는 사람처럼 도깨비의 시선이 천장을 향해 있었다.

"어색하네."

겨우, 한 말이 그거였다. 도깨비의 말에 은탁도 솔직히 털어놓았다.

"저도요. 그럼 제가 자연스럽게 배고프다고 할까요?"

"그럴래? 그럼 내가 자연스럽게 소 먹을래? 해볼게."

발그레한 광대가 올라갔다. 은탁은 고개를 끄덕이고는 재빨리 움직였다.

"금방 코트만 입고 나올게요, 아저씨도 옷 입으세요."

"난 다 입었어!"

도깨비를 따라 현관문을 나서자, 곧바로 레스토랑과 이어졌다. 겪을 때마다 놀라운 능력이었다. 이렇게나 쉽게, 다시 이국에 발을 딛게 되었다. 은탁은 좋은 기분을 굳이 숨기지 않았다. 어깨가 저절로 들썩였다. 그런 은탁을 보는 도깨비의 입가에도 은은하게 미소가 떠올랐다.

"이러다 단골집 되겠네. 그때 우리 저기 앉았는데."

지난 번 앉았던 자리 쪽을 향하며 은탁이 들뜬 목소리로 속삭였다. 웨이터가 둘을 향해 다가와 인사했다. 제법 자주 보는 도깨비를 향해 더욱 친근감을 표했다. 거리가 가까워 웨이터의 옷깃이 도깨비의 손등에 스쳤다.

도깨비의 시야가 빠르게 한 바퀴 돌아갔다.

같은 장소였다. 레스토랑의 한가운데 위치한 테이블. 그곳에 은탁이 앉아 있다. 같은데 다르다. 은탁의 옷차림이 다르다. 하늘색 코트가 아닌 짙은 카멜색 코트를 입고 있다. 머리도 짧고, 단정하다. 휴대전화가 울리자 반가운 얼굴로 은탁이 전화를 받는다. 도깨비는 그 광경을 멍하니 바라만 보고 있었다.

"그니까요. 뭐 외국엘 와봤어야죠."

— 그니까 하필 아홉수에 뭔 해외야. 나 스물아홉 땐 집 앞 슈퍼도 안 나갔어.

"진짜요?"

— 어, 약속이 없어서.

짧은 머리 아래로 희고 긴 목이 훤히 드러나 있다. 외국에 처음 와봤다고, 아무런 흔적 없이 깨끗한 목의 은탁이 말한다.

도깨비는 깨달았다. 열아홉의 은탁이 아니었다. 저 단발머리 아가씨는 스물아홉의 은탁이다.

"저 그래도 외국 처음 온 사람 안 같게 엄청 잘 다녔어요. 조금 헤매고 밥도 안 굶고요. 소 한 덩이 크게 먹을 거예요. 사실, 어떤 남자랑 멋진 레스토랑 왔거든요."

— 레스토랑이 멋지면 어떡해. 남자가 멋져야지. 졸려. 끊어.

통화 상대는 써니다. 은탁은 써니의 말에 웃음을 터뜨린다. 기분이 무척 좋아 보인다. 통화가 끝나고 사선에서 걸어오는 누군가를 향해 손을 흔든다.

"대표님, 여기요."

은탁이 아주, 활짝 웃고 있다.

그 웃음에서 도깨비는 알 수 있었다. 스물아홉의 은탁에게 그의 존재는 없다. 도깨비는 지워져 있다. 깨끗하게.

웨이터로 인해 가려졌던 식당의 광경이 다시 드러났다.

도깨비의 시야 속에서 짧았던 한 장면이 스쳐 지날 동안, 실제로 현실이 흐른 시간은 찰나에 가까웠다. 은탁은 메뉴판을 뚫어져라 보고 있었다. 숙인 목 뒤로 언뜻 도깨비의 문양이 분명하게 보였다. 은탁이 고개를 들어 무엇을 먹을 것인지 물었다. 도깨비를 바라보며 묻는 은탁의 위로 환히 누군가에게 손 흔들던 은탁이 덧대어졌다.

'스물아홉의 너는, 계속 환하구나. 하지만 네 옆에… 나는 없구나. 나의 생은 결국, 불멸을 끝냈구나. 내 죽음 뒤에, 그 시간의 뒤에 앉아 있는 너는, 내가 사라진 너의 생은, 나를 잊고 완벽히, 완성되었구나.'

은탁과 보낸 장면들이 책장처럼 넘어갔다. 손 뻗어 메밀꽃을 받던 지은탁, 사랑한다 고백하며 웃던 지은탁, 저 멀리서

217

분수대 앞의 저를 향해 달려오던 지은탁. 책장이 넘어갈 때마다 그 자리에 서 있던, 은탁과 마주보고 있던 자신은 사라져 갔다.

'나는 사라져야겠다. 예쁘게 웃는 너를 위해, 내가 해야 하는 선택. 이 생을 끝내는 것.'

언젠가 했던 결심도 지워졌다. 빈 페이지가 되었다. 새하얀 공백이었다.

"결국, 나는. 그 선택을 했구나."

쓸쓸한 혼잣말에 메뉴판을 보고 있던 은탁이 고개를 들었다. 그의 날선 콧대 위에 음울함이 내려앉아 있었다.

    메뉴를 고를 때까지도 괜찮았다. 낙엽만 굴러도 깔깔거리는 게 여고생이라면, 바람만 불어도 변하는 게 도깨비 마음 같았다. 저를 멍하니 쳐다보더니 어느 순간 찬바람 쌩쌩 부는 태도로 자신을 대하는 도깨비에게 은탁은 이리저리 휘둘렸다. 스테이크가 입으로 들어가는지 코로 들어가는지 알 수도 없었다.

    집으로 돌아와 잠옷으로 갈아입고 은탁은 도깨비의 방문을 두드렸다. 이유나 알고 찬바람에 떨고 싶었다. 이렇게 매번 변덕을 부릴 때마다 당하고만 있을 순 없었다. 똑똑, 노크 소리에도 방 안에서는 아무 대꾸도 없었다. 안에 뻔히 있는 걸 아는데 아무 소리도 들리지 않는 것처럼 구니까 은탁의 자신감은 또 바닥까지 떨어지려고 했다. 망설이며 똑똑, 다시 한 번 문을 두드렸다.

결국 나오지 않을 모양이었다. 은탁은 한숨 한 번 길게 내쉬고는 문을 등지고 제 방으로 다시 올라가려 돌아섰다. 그제야 방문이 열렸다. 그는 다 포기하고 돌아가려고 할 때가 되어서야 문을 열어준다.

가만히 방 안에 누워 은탁의 기척을 가늠하고 있었다. 도깨비는 스물아홉의 은탁을 벌써 수십 차례나 보았다.

"검 좀 뽑아줘, 지금. 부탁이야."

은탁의 얼굴 위로 그림자가 졌다. 앞에 바짝 다가온 도깨비는 대뜸, 또 검을 뽑아달라고 했다.

"갑자기 나와서 무슨, 좀 전에 노크했는데 답도 안 해놓고."

"답하러 나왔잖아. 이제 그만하고 싶어."

"뭘요?"

"선택할 수 있다고 생각했던 생각."

"아까 결국 했다는 선택, 그거요? 그게 뭔데요? 정확히 어떤 선택을 하셨단 건데요?"

거실에 선 둘에게 긴장감이 돌았다. 제법 팽팽했다.

"대답만. 질문 말고."

"죄송한데요. 그러기엔 제 조사가 아직 안 끝나서요."

"뭘 조사."

"아저씨 이름 찾아봤어요. 인터넷에서. 생애, 업적 뭐 그런 게 아무것도 없던데. 애초에 누가 다 지워버린 것처럼."

별, 도깨비에 대해서도 알아보더니, 이젠 자신의 이름을 찾아봤다니. 도깨비는 인상을 팍 쓰며 물었다.

"너 내 뒷조사했어?"

"뒷조사 아니고 그냥 조사고요. 맘에 걸리는 게 있어서 찾아보면 해소가 될까 해서 그런 거고요. 아저씨 전에 나한테 그랬잖아요. 네가 나에게서 무언가를 발견한다면 넌 나를 아주 많이 원망했을 거라고."

"……."

"무언가는 검이었고, 저는 그걸 발견했고, 아저씨 원망 안 하는데 원망할 거라고 한 거 보면 그건 아직 뭐가 더 남아 있다는 거고, 그래서요. 그 검, 절대 안 그럴 거라 믿었던 사람이 그렇게 했다고 했죠. 아저씨 혹시… 나쁜 일 해서 역사 속에서 기록이 삭제된 거예요? 나쁜 일 해서 벌 받는 거면 검 뽑아주기 좀 그렇잖아요. 아저씨 혹시 역모 뭐… 그런 거 했어요?"

제법 공부를 잘한다더니 막힘없는 추리였다. 듣고 있기 불편해서 그렇지. 도깨비는 불편한 심기를 감추지 않고 입을 꾹 다물었다. 은탁도 자신이 지금 뭔가 구실을 찾기 위해 애쓴다는 걸 알고 있었다. 남의 아픈 구석까지 건드릴 생각까진 없었는데 마음이 급했다. 아직 검 뽑는 것 외엔 별 가치가 없으니까.

은탁은 어서 조금이라도 가치 있는 존재이고 싶었다. 혼자서도 충분히 잘 살았는데 왜 이제 와서 이 아저씨에게 가치 있는 사람이 되고 싶으냐고 물으면 일단 대답할 거리는 몇 있었다. 어린 시절부터 기다려온 유일한 희망이었고, 가족이란 걸 해줄 수 있는 존재였다. 무엇보다 곁에 있고 싶었다. 쓸쓸해 보이는 그의 옆에 외롭게 자란 제가 붙어 있으면, 그렇게 하나로 뭉뚱그려져 있으면, 그 그림이 덜 슬플 것 같았다.

두 사람 누구도 물러날 기색이 없었다. 먼저 한숨을 쉬며 입을 연 건 도깨비였다.

"어, 맞아. 네 말."

순순한 인정에 은탁은 도리어 미안해졌다. 절대 안 그럴 거라 믿었던 사람의 검에 꽂힌 거라면 배신이었고, 검까지 꽂힌 배신이 뼈아프지 않을 리 없었다. 실제로도 많이 아팠겠지. 많은 피가 흘렀을 것이다.

"살아남기 바쁜 생이었다. 역사에 기록되지 않은 시간들이었다. 안간힘을 썼으나 죽음조차 명예롭지 못했다."

그의 목소리에 깊은 슬픔이 저미어 있었다. 눈가가 젖어드는 그를 은탁은 아연하게 바라보았다. 조급함에 큰 실수를 했구나, 은탁은 미안해서 어떤 말도 할 수가 없었다.

"왕을 향해 나아간다고 해서 나아질 건 아무것도 없었다. 하지만 난 나아갔고, 내 한 걸음 한 걸음에 죄 없는 목숨들이 생을 잃었다. 내 죄는 용서받지 못했고, 지금 그 벌을 받고 있는 중이다. 이 검이, 그 벌이다."

그러니 검을 뽑아달라고 도깨비가 말했다. 은탁은 그의 슬픔에 동화되고 있었다. 자신도 무언가에 찔린 듯 가슴 안쪽이 아파왔다.

"근데 이게 벌이래도, 900년 받았으면. 많이 받은 거 아닐까?"

"아니에요. 벌일 리 없어요."

고개를 가로저으며 은탁은 도깨비의 팔에 손을 얹었다. 그의 눈에서 눈물이 흘러내렸다. 절절한 눈물이었다. 900년을 넘게 산 그가 흘리는 눈물은 보기만 해도 짰다. 바다보다 더 슬펐다.

"신이 벌로 그런 능력을 줬을 리 없어요. 아저씨가 나쁜 사람이었으면, 아저씨가 진짜 나쁜 사람이었으면 도깨비만 존재했을 거예요. 도깨비 신부를 만나게 해서 검을 뽑게 했을 리 없어요."

하얗고 여린 손가락이 슥 도깨비의 볼을 훔쳤다.

"어떤 존재인지는 모르겠지만… 아저씨는 사랑받고 있는 거예요. 진짜로."

도깨비 신부인 은탁을 보낸 게 신이라면 정말로 사랑받고 있었던 건지도 모르겠다고, 도깨비는 처음으로 생각했다. 볼 위에 닿았던 손가락이 따뜻했다. 이런 위로는 처음이어서 도깨비는 시간을 느릿하게 흘려보냈다. 흘러가는 시간을 손에 잡을 수 없는 것이 안타까웠다. 천 년 가까운 생이 쓸쓸했고 이 순간도 그러했지만, 그러나 이 순간은 쓸쓸하고도 찬란하였다. 아이의 어설픈 위로와 웃음이 찬란하게 도깨비를 비추었다.

"제가 말한 나쁜 일은 왕의 여자를 사랑해서 막, 하옥하라, 그런 버전이었어요. 역모 얘긴 죄송해요."

"그럼 이제 나 좀 예뻐지게 해주면 안 될까."

아련하게 묻는 도깨비를 보며 은탁은 제 눈에 흐르려는 눈물도 닦았다. 그래도 계속 눈물이 흘렀다. 앞에 선 939년 살았다는 도깨비가 너무 가여웠다.

"네, 그건 안 되겠어요. 아, 왕 나쁘다. 아저씨 900년을 매일 그런 생각으로 살았어요? 그럼 900년을 매일 절실했겠네요? 아, 아저씨 너무 불쌍하다. 슬퍼서 일단 울긴 하는데요. 자꾸 맨입으로 그러시면 어떡해요. 아저씨 예뻐지시기엔 너무 노력 안 하신단 생각 안 드세요?"

은탁은 무엇이든 다 들어줄 것처럼 불쌍하다 울고 있으면서도 부탁은 들어주지 않겠다고 하고 있다.

"뭐?"

"들었잖아요. 저도 불쌍해봐서 아는데 자고로 불쌍할 땐 동정보단 뭔가 확실한 게 좋거든요. 흠, 저 알바 가야 될 시간이네요."

"아!"

"저 알바 갔다 올 동안 잘 생각해보세요. 제가 뭘 원할지. 아, 나보다 더 불쌍해…. 내가 다 혼내줄 거야."

은탁은 훌쩍이면서 도깨비를 두고 가려고 하고 있다. 도깨비는 얼른 은탁을 뒤쫓았다.

"네가 원하는 게 뭔데. 돈, 집, 보석 뭐 그런 거?"

"과연 그걸까요?"

"아냐? 혹시 그럼 네가 필요하면 내가 그거까지 한다고 했던, 그거?"

"뭐 사랑이요? 보석 가득한 집을 돈으로 사서 사랑을 담아주실 생각은 못 하시는 거예요?"

맹랑하기도 했다. 그냥 빨리 아르바이트하러 가라고 도깨비가 은탁을 도리어 떠밀었다. 모처럼 눈물까지 흘렸는데 별 소용없게 되었다. 벌써 말했었는데, 아저씨만 모르는 것 같다고 은탁은 입술을 비죽이며 대문을 나섰다.

혼자 집에 남겨진 도깨비는 자신의 방 침대에 누워 은탁이 한 말들을 곱씹었다. 위로도 하고, 따라 울어도 주는데 검은 뽑아주지 않는다. 결론이 왜 이렇게 났는지 모르겠다. 짧지만 길었던 은탁과의 시간을 되새겼다.

'제가 이 집에 사는 동안은 부디 행복해주세요.'

퍼뜩 은탁이 읊었던 호소문이 기억났다. 저보다 도깨비가 더 불쌍한 것 같다고 훌쩍이던 지은탁. 은탁이 자신에게 느끼는 감정이 무엇일지 어렴풋하게 알 것도 같았다. 완전무결한 수호신이라기보단 자신과 비슷한, 외로운 수호신이겠지.

"무엇보다 원하는 게 그거라면, 퍽 난감하군."

도깨비는 눈을 감았다. 다시 스물아홉의 은탁이 떠올랐다. 자신은 그곳에 없다. 은탁의 미래에는 자신은 없고, 은탁은 행복하게 웃고 있다. 다행인 일이다. 자신은 죽기를 바랐고, 죽을 거였고, 죽어야 하니까.

"대표님? 허, 여기요?"

그럼에도 그 미래에 자신이 없다는 게, 은탁이 자신이 아닌 누군가를 그 장소에서 바라보며 웃고 있다는 사실에 도깨비는 울컥 화가 치밀었다.

겨울에 훌쩍 다가선 거리의 공기가 찼다. 도깨비는 골목 어귀를 서성이고 있었다. 앞으로 걸음을 내디뎠다가 뒤로 돌아와 기다렸다. 기다리는 게 아니라 잠시 산책을 나온 거라 이름 붙였지만, 그의 눈은 은탁이 걸어올 길을 내다보고 있었다. 시계를 다시 확인했다. 이쯤이면 은탁이 아르바이트를 끝내고 이곳을 지나갈 시간이었다. 볼 수 있는 한 멀리 골목 끝을 내다보았다.

마침 진한 회색 더플코트에 청바지 차림을 한 은탁이 걸어오고 있었다. 이어폰을 귀에 꽂고 손에는 단어장을 들었다. 은탁은 고개 숙인 채 단어 외우는 데 집중하고 있었다. 표정이 꽤나 진지했다. 저렇게 앞도 보지 않고 걷다 사고라도 나면 어쩌려고. 혀를 차면서도 은탁을 보니 슬금슬금 입꼬리가 올라갔다. 주머니에 손을 꽂고 은탁이 제 앞을 지나기를 기다렸다. 단어장에 집중하고 있는 은탁의 걸음이 느렸다. 도깨비의 표정이 희미해졌다.

생이, 나에게로 걸어온다.

죽음이, 나에게로 걸어온다.

생生으로, 사死로 너는, 지치지도 않고 걸어온다.

그러면 나는 이렇게 말하고야 마는 것이다.

서럽지 않다.

이만하면 되었다. 된 것이다.

아스라한 미소를 띠고 은탁을 보고 있는데 은탁이 고개를 들었다. 둘의 시선이 사고처럼 부딪쳤다. 은탁이 시선을 떼지 않은 채 이어폰을 빼고 단어장을 주머니에 넣었다. 그리고 빠르게 도깨비를 향해 발걸음을 뗐다. 은탁이 제게 뛰듯이 걸어오는 경쾌한 발걸음 소리는 늘 도깨비의 가슴속에 발자국을 만들었다. 심장 뛰는 소리가 되었다. 도깨비의 심장이 쿵, 쿵 울렸다. 아직 살아 있었다.

"여기서 뭐하세요?"

은탁은 길 한가운데서 만난 도깨비가 마냥 반가워 그를 향해 얼굴을 내밀었다. 아르바이트를 하면서 그에 대해 생각했다. 아저씨가 흘렸던 눈물, 900년의 시간들, 그런 것들. 참 오래 아프고, 혼자 눈물 흘려왔겠구나. 그를 위해서라면 어서 검을 빼주는 게 맞을 것 같았다. 그러면서도 검을 빼주면 자기가 아닌 다른 사람을 진짜 신부로 맞이할까 봐, 별게 다 걱정돼서 며칠을 또 흘려보내고야 말았다.

도깨비의 시선이 조금 멀리, 은탁을 처음 발견한 곳에 가 있었다. 눈앞에서 은탁이 손을 휘휘 저었다.

"…봤지."

"뭘요?"

"너 오는 거."

"이렇게 길게? 좀 감동인데?"

활짝 은탁이 웃었다. 두 사람은 함께 집으로 돌아가는 길을 밟았다.

"근데요. 그렇게 보면 좀 보여요? 전에 그랬잖아요. 난 안 보인다고. 나의 스무 살, 서른 살. 아직도 그래요 난?"

"너한테선 안 보여. 보통은 길흉화복 정도가 보이거든."

"그렇구나. 전 기타누락자라서 그런가 봐요. 내 존재가 참 시시했는데 특별해졌네요. 내가 만드는 대로 그게 내 미랠 거 니까."

스물아홉의 너를 보았다는 이야기는 하지 않았다. 그조차 도 은탁을 통해 본 미래는 아니었다. 그 장소에서 10년 후에 도 여전히 서빙을 하고 있을 웨이터를 통해 겨우 본 은탁의 미래였다.

"걱정 마세요. 전 뭐 맨날 아파요? 전 지금 겸허히 운명을 받아들이고 씩씩하게 사는 당찬 도깨비 신부라구요."

씩씩하고 당찬 도깨비와 도깨비 신부가 되었다. 도깨비는 픽 웃어버렸다. 그래도 은탁도 사람인지라 궁금했다. 자신의 스무 살, 서른 살. 이전에는 한 치 앞도 안 보일 만큼 깜깜해서 궁금했다면 요즘에는 좀 기대가 됐다.

"이렇게 클 거야. 계속."

"네?"

"이렇게 계속 예쁘게."

예쁘다고 해주니 고마웠다. 예쁜 사람을 찾고 있는 게 아니 라던 도깨비의 말이 떠올랐다. 도깨비가 찾고 있던 신부도 맞왔고, 그에게 예쁜 사람도 된다는 게 좋아서 은탁은 괜히 조금 쑥스러워졌다.

"어떻게 알아요? 하루 이틀은 미울 수도 있죠."

"한두 달일 수도 있지."

잘 나가다가도 꼭 이렇게 어깃장을 놓았다. 은탁은 밉지 않게 그를 흘겼다. 겨울바람도 밉지 않게, 너무 시리지 않게 둘을 스쳤다.

"근데요, 아저씨 수호신 그거 할 때요, 기준이 있어요?"

"없어. 그냥 그날그날 내 마음. 어른과 아이 중엔 주로 아이를 돕지. 세상에서 멀어질 뻔한 내게 처음 내밀어준 손이 어린아이의 손이었거든."

"아… 그럼 그때 울 엄마는 왜 구해줬어요? 어른인데?"

"그땐 내가 술을 마셔서 마음이 약했고, 니네 엄마가 구해달라는 게 자기가 아니었거든."

그 자리에 은탁이 멈춰 섰다. 거짓말처럼 눈물이 툭 떨어졌다. 원래 이렇게 자주 안 우는데, 요즘 자꾸 눈물이 났다. 그래도 이건 슬퍼서 우는 건 아니었다. 그냥 생각지도 못했던 사실이 은탁의 안으로 훅 들어와서 놀라고, 행복해서 울음이 터졌다. 엄마가 나를 살리려고 많이 간절하게 빌었겠구나. 엄마의 사랑도, 간절히 빌던 엄마의 곁에 도깨비가 나타나준 것도 고마웠다.

"구해달란 말에 답해준 게 아저씨인 거…. 그게 새삼 너무 기적 같고 좋아서…."

그래서 은탁은 도깨비 신부가 되었다. 살면서 좋았던 일보다 나빴던 일이 더 많았을 것 같은데, 받았던 사랑과 기적만을 가지고도 아이는 이렇게 기쁘다 울고 있었다. 사랑스러웠다. 머리 쓰담, 이라고 했던가. 도깨비는 은탁의 머리를 쓰다듬는 대신 꾹 눌러주었다. 크고 따뜻한 손이었다.

"근데요. 머리를 그렇게 꾹꾹 누르는 게 아니고요 이렇게 쓰담쓰담 하는 거거든요?"

눈물 흘리고 있으면서도 은탁은 제대로 된 위로를 못 해주는 도깨비를 향해 웃어주었다. 그러더니 까치발을 하고 손을 올려 도깨비의 머리를 쓰다듬어주었다. 갑자기 다가온 은탁에 도깨비는 굳어버렸다.

"오늘인가 보다. 하루 이틀 미운 날."

핀잔 조금 했다고 도깨비는 성큼 성큼 앞서 가버렸다.

다음 날 아침, 방에서 나오던 은탁은 거실에 세워진 커다란 나무를 보고 눈이 휘둥그레졌다. 정원에 있던 전나무 하나가 거실로 들어와 크리스마스트리가 되어 있었다. 트리를 휘감은 장식들과 나무 꼭대기에 매달린 노랗고 커다란 별이 반짝이며 은탁의 시선을 빼앗았다. 도깨비가 장식을 마무리하고 있다가 계단을 내려오는 은탁을 발견하고는 뿌듯한 표정을 지어 보였다. 칭찬받고 싶어 하는 아이처럼 보여 은탁은 조금 웃음이 나올 것 같았다.

눈을 반짝이며 은탁이 트리 주변을 돌았다. 예쁘다고 여러 번 칭찬을 늘어놓다 가만히 도깨비를 보았다.

"그동안 제가 제 생각만 해서 죄송하네요."

지은탁의 사과라니, 도깨비는 놀란 눈을 했다. 검을 뽑아줘야겠다고 은탁은 트리를 돌며 마음을 굳혔다고 말했다. 검에 관련된 이야기를 은탁이 먼저 입 밖으로 꺼낼 거라고는 생각 못 했다.

어제 돌아오는 길에 은탁이 트리를 보고 예쁘다고 스치듯 말한 건데, 눈을 뜨자 집 안에 트리가 떡하니 놓여 있었다. 도깨비에게 고마운 것투성이가 되어버려서 더는 제 욕심 때문에 미뤄서는 안 될 것 같았다.

"진짜 쫓겨날까 봐 걱정도 됐었구요, 아저씨가 안 빼준다고 애걸복걸하니까 재미도 있었구요, 아저씨가 예뻐져서 딴 여자 만나면 어떡하나 싶기도 했구요."

무슨 이야기인지 이제는 대충 알 것 같아 도깨비는 대답 없이 듣고 있었다.

"아니야, 안 해요?"

"해야 돼?"

"아, 치사해. 뭐 기대도 안 했어요. 어차피 전 결론 내렸고요, 예쁘게 해줄게요. 아저씨처럼 좋은 사람의 부탁이 나쁜 결과를 낳을 리 없으니까."

자신을 믿는다는 얘기였다. 은탁의 믿음이 어디에서 왔는지 알 것 같기도, 모를 것 같기도 했다. 은탁은 어느덧 저를 '좋은 사람'이라고 말하고 있었다. 도깨비의 표정이 어두워졌다. 과연 끝까지 은탁에게 좋은 사람으로 남을 수 있을지 모르겠다.

아마 아니게 될 것이다. 숨긴 사실들이 있었고, 검을 뽑은 이후의 일들을 은탁이 감당할 수 있을지 그도 걱정되지 않는 것은 아니었다. 이제 와서. 은탁이 저를 많이 가엽게 여기고, 고맙게 여기고, 스스로처럼 여기고, 좋아하는 것 같아서, 그럼에도 자신은 더 생을 살고 싶어지기 전에 떠나고 싶은 이기적인 도깨비라서, 도깨비는 은탁의 웃음에 웃음으로 답해줄 수 없었다.

"어디서 예뻐지실래요. 예쁜 트리 앞에서?"

"지, 지금? 오늘? 당장?"

"네. 쇠뿔도 단김에."

마음의 준비는 어제도 하고, 그제도 하고, 그 전날도 하고, 벌써 몇 날 며칠을 했다. 은탁에게 검을 뽑아달라고 애원하는 순간마다 했었다. 그랬는데 1초라도 미루고 싶어졌다. 걱정이 됐다. 자신이, 또 아이가. 급하게 주머니에서 휴대전화를 꺼내 들었다. 그리고는 울리지도 않은 휴대전화에 대고 여보세요? 하고 대답을 했다. 지금은 전화 때문에 안 될 것 같다고, 나중에 하자며 황급히 자리를 피했다.

휴대전화를 거꾸로 들어 전화를 받으며 자리를 뜬 도깨비가 은탁은 황당했다.

도깨비는 그 길로 망자들만 드나드는 저승의 찻집을 찾았다. 딸랑, 찻집 문 열리는 소리에 서류 업무를 보던 저승이 화들짝 놀랐다. 도깨비의 안색이 무척 안 좋아 보였다. 허옇게 질린 낯빛이 헷갈리기까지 했다.

"뭐야. 죽었어?"

"예행연습이야. 검을, 빼주겠대."

"걘 정확히 모르는 거지? 그게 어떤 의민지."

"…말 못 했어. 걔 나 많이 좋아하는 것 같은데, 걱정이다."

진지하게 대꾸해주던 저승의 표정이 확 구겨졌다. 정말 걱정인 건지, 은탁이 자기를 좋아한다는 걸 자랑하고 있는 건지 구분이 가지 않았다.

"웃자고, 싸우자고?"

"야, 네가 몰라서 그런데 걔 나 엄청 좋아해. 나 보자마자 사랑한다, 시집오겠다. 어? 내가 얼마나 곤란했는 줄 알아? 아무엇도 모르면서. 걔가 날 안 좋아할 이유가 없잖아!"

자신감 넘치게 외치면서도 도깨비의 눈빛이 조금 흔들렸다. 사실 은탁이 자신을 좋아한다는 게 확실한 건 아니었다. 불쌍한 아저씨, 고마운 아저씨, 그 이상인지 아닌지까지는 도깨비도 몰랐다. 그게 중요한 것도 아니었다. 어차피 은탁의 미래에 자기는 없었다.

"왜 없어. 나이 차가 얼만데. 걔 대학 가면 어리고 잘생긴 애들 차고 넘쳐."

"900년 그까짓 거 뭐!"

"너 왜 자꾸 나이 줄이냐? 939살이잖아."

"야, 사실 내가 빠른 년생이라 원랜 한 살 적어."

결국 웃음이 터져버렸다. 웃을 일은 아무것도 없었는데 그랬다. 저승사자와 마주보고 피식거리던 도깨비가 한결 편안해진 목소리로 중얼거리듯 말했다.

"…그냥 다시 멀리해볼까. 그 아이만이 날 죽게 할 수 있는데. 그 아이가, 날 자꾸 살게 해. 웃기지."

죽음을 기다려왔고, 죽음이 왔다. 그런데 죽음을 만나자 살아보고 싶었다. 조금 더.

"착각하지 마. 걔 없을 때도 너 잘 살았어."

"그랬나. 근데 왜 그때 생각은 하나도 안 날까…."

그렇게 밝고, 환하고, 찬란한 순간이 천 년 가까이 살면서 한순간도 없었던 것처럼, 지금이 가장 그러한 순간처럼 느껴졌다. 은탁이 웃을 때면 그랬다.

모든 순간들이 기억되었다. 찰나마다 생생하였다. '아저씨' 하고 부르는 은탁의 목소리가 귓가에서 반복되었다. 기쁨에 찬 목소리, 축 처진 목소리, 울먹이던 목소리…. 처음 만났을 때부터 지금까지 은탁이 부르던 소리. 그래도 가야겠지. 결국 선택은 정해져 있었다. 그가 할 수 있는 남은 일이란 죽음이었다.

"그만 좀 불러, 나 좀 그만 불러, 지은탁. 나 좀 가자."

혼자 중얼거려도 여전히 귓가에선 은탁이 그를 부르고 있었다. 방파제에서 훌쩍이며 신을 원망하던 아이가 자신에게 미련으로 남을 줄 꿈에도 몰랐다. 생은 언제나 예측 불허의 것이었다.

"아저씨."

문 두드리는 소리와 함께 정말로 은탁이 그를 부르는 소리가 들렸다. 도깨비는 그 소리에 방문에 기대어 섰다. 또 시작되었다. 검이 울렸다. 되살아난 이후 검은, 가슴에 꽂혀 있기만 할 뿐 어떠한 물리적 아픔을 주지 않았다. 도깨비 신부인 은탁을 만나기 전까지는.

은탁을 만난 이후 검이 울기 시작했다. 신부를 만났기 때문인지, 혹은 그가 살고 싶어 하기 때문인지 몰랐다. 가슴에 꽂힌 채 검이 울면 고통이 엄습했다. 혹시 신음이 새어 나갈까 손등으로 입을 막았다. 은탁이 부르는 소리가 멀어져가고 있었다.

날
이
좋
아
서

이제 정말로 검을 뽑아주려 했는데, 뽑아달라고 쫓아다닐 때가 있었나 싶게 도깨비는 은탁을 피하기 바빴다. 예뻐지고 싶다더니. 날이 며칠 동안 흐렸다. 뿌연 회색 하늘을 한 번 올려다보고 은탁은 한숨을 내쉬었다. 교문 앞에 세워져 있던 검은색 차가 은탁을 향해 경적을 울렸다. 도깨비인가 싶어 일순 반가웠지만, 이내 차에서 내리는 두 명의 사내를 보고 뒷걸음질 쳤다.

"학생이 집을 나오면 어떡하나, 위험하게. 이모가 걱정하잖아. 타, 빨리."

지난 번 은탁을 납치했던 사채업자들이었다. 이모가 전세

금 빼서 도망가는 바람에 다시 은탁을 찾아온 모양이었다. 도
망치려는 은탁을 사채업자들이 낚아채려 앞 다투어 달려들
다가 서로 부딪쳤는지 인상을 썼다. 그러더니 자기들끼리 싸
움이 붙어버렸다. 둘의 합이 엉망진창이었다. 영문 모를 상황
이었지만 은탁으로선 도망갈 기회가 된 셈이니 다행인 노릇
이었다.

두 사채업자가 으르렁대는 사이 은탁은 빠르게 방향을 틀
었다. 그런 은탁의 앞에 중년의 남자가 갑자기 나타났다.

"아는 사채업자입니까?"

김 비서였다. 유 회장의 최측근. 천방지축인 덕화를 감시하
러 다녀서, 덕화를 만날 때면 늘 그림자처럼 그를 발견할 수
있었다.

"아, 깜짝이야. 아, 안녕하세요, 아, 그, 누구나 아는 사채업자
하나쯤은….'

"저는 누군지 아세요?"

"안다기보다는 봤어요. 덕화 오빠 미행하시는 거."

딱히 숨기고 미행하는 것 같지도 않았다. 덕화나 되니 눈치
못 챌 정도였다. 반듯하게 넘긴 머리가 인상적이었고, 딱딱한
말투는 덤인 듯한 사람이었다. 그래도 아는 사람을 만나니 어
쩐지 안심이 되었다.

"근데 저 사람들이 사채업자인 건 어떻게 아세요?"

"저도 한때 사채업자였거든요."

"네?"

"무슨 다 큰 사채업자들이 여고 앞에서 싸워."

김 비서가 휴대전화를 들더니 여고 앞에서 다 큰 사채업자들이 싸우고 있다며 경찰에 신고를 했다. 사채업자들은 상황도 파악하지 못하고 계속 싸우고 있었다. 저승이 기억을 지우고, 도깨비가 둘의 사이가 멀어지게 저주를 건 탓이었다. 여고생 협박하다가 서로의 멱살을 잡은 두 사람을 긴장이 풀린 채 보니 우스꽝스럽기까지 했다.

"덕화 군이 늦네요. 제 차로 가시죠."

은탁은 얼떨떨한 채 김 비서를 따라나섰다. 근방에 차가 세워져 있었다.

김 비서 덕에 집에는 무사히 도착했다. 다녀왔다고 인사하는데 소파에 앉아 텔레비전을 보던 도깨비가 티 나게 텔레비전을 끄고 제 방으로 들어가 버리는 게 보였다. 티가 정말 팍팍 났다. 은탁을 피하는 티가. 은탁은 확 콧등이며 미간을 찌푸렸다. 또 서운해지려고 했다. 하루가 멀다 하고 도깨비의 태도는 변했고, 은탁은 그를 종잡을 수가 없었다. 차라리 문 뒤를 쫓아 다른 나라에 가는 게 더 쉽게 느껴졌다.

은탁은 식탁에서 마늘을 까고 있는 저승의 앞에 앉았다.

"도깨비 씨요, 요새 무슨 일 있죠?"

"…그냥, 옛날 생각이 하나도 안 난대."

"어떤 옛날 생각이요?"

"너 나한테 생각 맡겨놨어? 그자의 생각을 내가 어떻게 알아. 마늘이나 까."

"아는 것 같은데…."

은탁은 의심의 눈초리를 거두지 않은 채 마늘을 집었다. 하나, 둘 물에 젖은 마늘을 집어 저승과 마주 앉아 껍질을 벗기고 있으려니 문득 우스워졌다. 저승사자의 그림자만 보아도 무서워서 벌벌 떨 때가 있었다.

"근데요, 아저씨랑 저 처음 만났을 때 저 아홉 살이었잖아요. 그리고 다시 봤을 때가 열아홉 살이잖아요. 아홉 살 땐 울 엄마 때문에 얻어걸렸다 쳐, 열아홉 살 땐 어떻게 알고 찾아온 거예요?"

"아홉, 열아홉, 스물아홉. 완전하기 바로 전이 가장 위태로운 법이지."

"그게 무슨 말이에요?"

묻는 은탁에 저승사자의 손이 잠시 멈추었다. 앞에 앉은 아이는 태어나던 순간부터 지금까지, 참으로 피곤한 운명이었다. 이제 겨우 열아홉인데 짊어진 게 너무 많았다. 오래 지켜봐온 이로서 은탁이 안타깝게 느껴지기도 했다.

"내가 비밀 하나 알려줄까?"

'넌 스물아홉 살에도 저승사자와 만나질 거야. 내가 아니더라도. 그게 기타누락자의 운명이야. 이승엔 질서가 필요하고 아홉은 신의 수이자 완전수인 열에 가장 가까운 미완의 숫자니까. 이 또한 잘해봐.'

"왜 그렇게 보세요? 비밀, 뭐요?"

"아냐."

되게 큰 비밀이라도 있는 줄 알았는데 저승은 대수롭지 않게 계속 마늘만 깠다. 비밀이 있어도 절대 알려줄 것 같지 않아서 은탁은 김이 샜다.

마늘을 다 까고 세탁실에서 빨래를 걷다가 은탁은 도깨비와 다시 마주쳤다. 분명히 마주쳤는데, 그런 적 없다는 듯 도깨비는 은탁을 스쳐 지나갔다. 벌써 몇 번째다. 없는 사람 취급하는 게. 더는 못 견딜 것 같았다.

"저기요? 여보세요? 저 안 보이세요? 아저씨!"

휙 도깨비가 바람을 일으키며 돌아섰다.

"왜!"

"아, 깜짝아. 아니, 누가 급한지 모르겠네. 저 보이세요, 이제?"

"어."

"혹시 저한테 뭐 화났어요?"

"내가 왜."

"화 안 났는데 왜 화내요. 대체 언제적 거부터 화내시는 거예요? 지금도 봐요. 내고 있잖아요."

도깨비의 표정이 무표정하다 못해 매서웠다. 그런 얼굴을 하고 차갑게 말하면서 화 안 냈다고 하면, 모르고 싶어도 모를 수가 없었다. 무엇 때문에 이러는 건지 알려라도 주었으면 좋겠다 싶었다. 은탁은 점점 속이 상했다.

"네가 뭔데."

이 말에는 상처도 받았다.

"네가 뭔데. 대체 너 뭔데 왜 자꾸 불러. 시끄럽게. 왜 자꾸 당황스럽게 해. 왜 자꾸 헷갈리게 해, 네가 뭔데. 그냥 검 뽑아 달랄 때 뽑아줬으면 좋았잖아. 그게 네 가치니까. 내가 행복하던 말든 그건 네가 신경 쓸 문제가 아니야."

점점 처지는 은탁의 어깨를 보면서도 도깨비는 건조하게 눈 한 번 깜박했을 뿐이었다. 은탁은 눈물이 나려는 걸 꾹 참았다. 이 아저씨 이렇게 미운 말 하는 거 하루 이틀 일도 아니었다. 그래서 미뤘었다. 검 뽑는 거. 자기 가치는 검 뽑아주는 사람, 딱 거기까지인 것 같아서. 이렇게 확인 사살해줄 필요까진 없었다.

"아니 저는…. 그래서 제가 검 뽑아드린다니까요? 말도 안 걸고 대답도 안 한 건 아저씨구요. 전 혹시 첫눈 기다리나 했죠. 그게 애초의 약속이었으니까. 됐고요. 아저씨는 영원히 사니까 시간이 남아도는지 몰라도 저는 평범한 인간이라 시간이 금이고 돈이거든요? 언제까지 대기해요? 저도 학원이다 알바다 해서 바쁜데."

"내일."

"오늘은 왜요? 저 오늘 시간 괜찮아요."

아랫입술을 꽉 깨문 채 은탁이 도깨비를 붙잡았다. 도깨비는 은탁에게 잔뜩 화를 내놓고, 제풀에 지쳐버렸다. 은탁을 피한다고 될 일이 아니었다. 못났다. 자신의 꼴이 너무 못나서 도망가고 싶었다. 죽음은 두려웠고, 이제 혼자만 두려운 게 아니라 자신의 죽음 뒤에 남겨질 은탁을 생각해도 두려웠다. 그렇지만 저를 위해서든, 은탁을 위해서든 하루라도 빠른 게 낫다는 건 알고 있었다.

"오늘 싫어. 내일. 오늘은 날이 너무 좋잖아."

그냥 매일 부리는 변덕, 오늘도 부린다고 생각해주면 좋겠다. 도깨비는 원망 잔뜩 어린 은탁의 시선을 피했다.

"산책할 거야, 너랑."

결국 은탁은 지는 수밖에 없었다. 덜 불쌍하고, 더 좋아하는 사람이 져주는 수밖에. 더 불쌍한 도깨비를 위해서 은탁은 산책을 했다.

다음 날은 날이 좋지 않다고 핑계를 댔다. 그래서 학교 앞으로 은탁을 데리러 왔다. 다음 날도, 또 다음 날도 핑계는 자꾸만 생겨났다. 은탁으로서는 나쁘지 않은 핑계들이었다. 미뤄질수록 하루 더 은탁은 그에게 가치 있는 사람이었다.

함께하는 시간이 늘어나고 있었다.

책상에 앉아 은탁은 도깨비와 함께한 산책들을 떠올렸다. 가만히 함께 걸었다.

'너랑 산책하니 좋다.'

'너 데리러 오니 좋다.'

도깨비의 변덕이 은탁의 기분을 상하지 않게 할 때가 있었다. 은탁은 조금 웃다가 이내 시무룩해졌다. 좋으면서도 한편으로는 이상했다. 사람이 죽을 때가 되면 변한다던데 마치 그런 모양새였다. 아무튼.

"맨입으로 해줄 줄 알고, 내가?"

그가 검 뽑는 날을 미루는 동안 은탁도 생각한 게 있었다. 노트를 펼쳐 글씨를 써내려가기 시작했다. 서약서였다. 한자, 한 자 꾹 눌러 꼼꼼히도 적었다.

오래 기다린 죽음이었다.

떠나기 전 도깨비는 유 회장을 불렀다. 이국으로 떠나는 것과는 사뭇 다른 분위기가 오갔다. 더 무거운 침묵이 그들을 에워쌌다. 싸놓은 짐은 소용이 없게 되었다. 가장 소중히 여기는 누이의 그림이 그려진 족자 하나를 유 회장에게 건넸다. 도깨비 신부가 나타났다고 했을 때부터 유 회장은 이러한 상황을 염두에 두었다. 다른 방향이기를 바랐지만.

자신이 가고 나면 이 족자를 태워달라는 도깨비의 말에 유 회장은 눈물을 훔쳤다. 도깨비는 족자와 함께 은탁을 부탁했다. 도깨비가 없더라도 어린 신부가 꼭 잘 먹고, 잘 배우고, 잘 지낼 수 있게 해주는 것이 유 회장의 마지막 임무가 되었다.

그리고 저승에게 부탁했다. 자신이 무로 돌아가고 나면 은탁의 낙인도 사라지게 될 것이다. 그러니 누군가를 사라지게 만든 은탁이 스스로를 원망하지 않도록 기억을 지워달라고.

그 부탁들 외에는 남기고 갈 것도 없었다. 오롯이 은탁만이 남을 뿐이었다. 테라스에 서 밤하늘을 보며 생각에 잠겨 있는 은탁을 보았다. 기척을 느낀 은탁이 뒤를 돌아보았다.

"언제 왔어요?"

"…너 보고 있으니 좋다."

"요새 나한테 왜 이렇게 잘해줘요? 수상하게? 잠깐만 손 좀요."

내밀어진 손바닥을 보다 도깨비도 오른쪽 손을 내밀었다. 도깨비의 마음을 하나도 읽을 수가 없어서, 은탁은 도깨비의 일기장을 읽는 중이었다. 모두 한자로 쓰여 있어서 더듬더듬, 하루에 한 장도 제대로 읽기 힘들었다. 그래도 읽고 있으면 그의 마음을 읽어 내리는 기분이라 은탁은 꽤 집중하고 있었다. 도저히 사전을 찾아도 나오지 않는 글자가 있었다. 그 글자만 알아도 일기의 내용이 무엇인지 알 것도 같아 찬찬히 그의 손바닥 위에 손가락으로 획을 그어나갔다.

"이거요. 무슨 글자예요?"

"…들을 청聽."

"아, 들을 청."

드디어 알아냈다. 진작 물어볼 걸 하며, 은탁이 맑게 웃었다. 그 웃음에 또 도깨비의 가슴이 환했다 어두워지기를, 깜박하고 점멸하기를 반복했다. 은탁의 온기가 머물렀던 손바닥을 꾹 쥐었다.

도깨비는 은탁을 데리고 자신의 방으로 갔다. 방에는 쇼핑백 더미가 있었다. 도깨비는 쇼핑백에서 하나씩 준비한 물건들을 꺼냈다. 작은 숙녀용 핸드백과 향수, 그리고 오백만 원이 든 봉투.

"대박…. 이거 다 뭐예요?"

"필요할 거 같아서. 어른 되면. 오백은 네가 더 잘 알거고, 향수는 스무 살에 대학 들어가면, 가방은 대학 들어가서 남친

생기면… 데이트할 때… 예쁘게….”

다 은탁의 마음에 쏙 들었다. 오백은 당연했고, 가방은 예뻤고, 향수는 뿌리자마자 달고 상쾌한 향이 퍼지며 기분이 다들떴다.

“이거 왜 줘요, 나? 갑자기?”

“오늘.”

“오늘 뭐요?”

“검.”

짧은 답을 은탁은 단번에 알아들었다. 그렇게 또 피하더니, 미루더니, 오늘이었다.

“지금요? 이 밤에요?”

“응. 지금.”

가방을 메보며 고개를 끄덕이다 은탁이 도깨비를 빤히 바라보았다. 궁금한 게 생겼다. 질문하려고 하니 조금 슬펐다. 구차하게 느껴지기도 했다. 그래도 궁금했다. 좋았다니까. 산책이, 데리러 오는 게, 자신을 보는 게 좋았다니까 혹시나 하는 마음이 또 들었다.

“근데요. 이것들 어딘가엔, 사랑도 있을까요?”

“…아니야.”

“그냥 한번 물어봤어요.”

애써 가볍게 웃으며 은탁이 일어섰다. 검 뽑아보자고 팔을 걷어붙였다. 그런 은탁을 보며 도깨비는 또 애달팠다.

　도깨비의 방에서 문을 열고 나오자 이곳이었다. 메밀꽃이 넓게 펼쳐져 있었다. 처음 도깨비에게 건네받았던 메밀꽃이 이곳에서 온 것임을 은탁은 깨달았다. 밤하늘 아래, 달빛 아래 흔들리는 메밀꽃들이 눈송이 같았다. 아름다웠다.

　"아저씨의 문 뒤엔 항상 멋진 곳이 있네요? 메밀밭 처음 봐요. 예뻐라. 혹시 아저씨가 나 준 꽃다발도 여기서 꺾어온 거예요?"

　"어."

　"나 아직 꽃말 기억하는데."

　"연인."

　도깨비를 통해 듣는 '연인'이라는 단어에 은탁의 심장이 뛰었다. 늘. 오늘 받은 것 중 사랑은 어디에도 들어 있지 않다는 데도 그랬다. 달빛 아래 도깨비는, 메밀꽃 가운데 선 그는 근사했다. 바람이 부드럽게 그의 머리카락을 쓸어 올렸다. 볼에 열이 올랐다. 은탁은 달아오르는 볼을 숨기려 괜히 꽃을 보는 듯 몸을 한 바퀴 돌렸다.

　"여기 엄청 의미 있는 덴가 봐요. 검 빼는 게 꼭 여기여야 하는 거 보면?"

　"나의 시작과 끝."

이곳에 시체가 버려졌었고, 이곳에서 깨어났다. 이 긴 생의
끝도 여기였으면 했다. 그는 깊숙한 슬픔을 삼켜냈다.

"그럼, 부탁할게."

"지금요? 바로요? 잠깐만요! 저는 아저씨가 예뻐지는 건
찬성인데요, 그럼 예뻐진 후엔? 그럼 난 효용가치가 없는데?
하는 생각이 드는 거예요. 그래서 제가 간단히 작성을 좀 해
봤는데요."

잠시 들른 제 방에서 가져온 서약서를 가방에서 꺼냈다. 은
탁이 내민 종이 한 장을 받아 도깨비는 읽었다.

서 약 서

나 도깨비 신부 지은탁은 갑, 아저씨 도깨비는 을로 칭
한다.

1. 을은 갑의 효용가치가 없어지더라도 효용가치가 없
   다는 말을 하지 않는다. 갑은 여리다.
1. 을은 갑의 효용가치가 없어지더라도 쫓아내지 않고
   함께 산다. 갑은 사고무탁이다.
1. 을은 갑의 남친이 생길 때까지 남친이 되어준다. 갑

은 심쿵을 지향한다.

1. 을은 갑의 등잔이 돼주기로 한 것을 나 몰라라 하지 않는다. 갑이 자연사할 때까지.

1. 을은 갑에게 오면 온다 소린 안 해도 가면 간다 기별을 해준다. 갑이 기다리지 않게.

1. 을은 매년 첫눈 오는 날에 갑의 소환에 응한다. 갑이 기다릴 것이기 때문이다.

서약인 김신(서명)

한 줄씩 조항을 읽어나가며 픽 웃던 도깨비의 눈이 마지막 조항에 오래 머물렀다. 첫눈. 처음에는 첫눈 오는 날 은탁이 검을 뽑아주기로 했었다. 아직 첫눈은 내리기 전이었다. 그는 처음부터 첫눈이 오기 전에 검을 뽑겠다고 결심했던 것 같다. 행복한 기억은 분명 못 될 일이었다. 은탁의 첫눈을 망치고 싶지 않았다.

"…이러려고 내 이름 물어봤어?"

"진짜 궁금했어요. 잘 어울려요, 아저씨랑 이름이랑. 제 말 무슨 뜻인지 알죠."

은탁은 얼른 펜을 건넸다. 혹시라도 사인 안 해줄까 봐 불안한 눈빛이었다. 도깨비는 넘덤하게 펜을 받아들어 서약서 밑, 서명란에 사인을 했다. 그 위로 한 송이씩 눈이 날리기 시작했다. 사인하는 모습을 보며 크게 안도하던 은탁이 고개를 들었다. 정말 눈이었다.

'첫눈 오는 날에 갑의 소환에 응한다. 갑이 기다릴 것이기 때문이다.'

한 번이라도 지켜주기로 했다. 서약서에 사인도 했으니까. 도깨비가 내리는 눈송이들이 메밀꽃 위로 흩날렸다. 검은 밤 안에서 모든 것들이 희게 빛났다.

"와, 첫눈이에요, 아저씨! 무슨 첫눈이 벌써 오지? 우와 신기해. 전 예뻐서 좋은데 꽃들은 좀 춥겠다. 세상에서 제일 빠른 첫눈을 맞고 있어요, 우리."

웃고 있는 은탁의 얼굴에서도 흰 빛이 났다. 은탁은 늘 그렇게 빛나고 있었다.

"근데 이거 아저씨죠. 첫눈 오는 날 빼기로 한 거, 그거죠?"

"이기적이어서 미안한데, 나도 이런 기억 하나 쯤은, 남기고 싶어서."

"언제까지 남겨요? 아저씨 얼른 예뻐져야죠."

은탁은 괜히 민망해서 손을 흔들며 검 빼는 시늉을 했다. 그런 은탁을 도깨비는 눈에 담았다. 마음껏 눈에 담고 무로 돌아가려고.

"자, 그럼 이제 예뻐져 보십시다. 마지막으로 남기실 말은?"

지은탁. 도깨비가 소리 내지 않고 가만히 은탁의 이름을 불렀다. 은탁은 맑은 눈으로 도깨비를 보고 있었다. 도깨비는 천천히 입을 뗐다.

"너와 함께한 모든 시간들이 눈부셨다. 날이 좋아서, 날이 좋지 않아서, 날이 적당해서, 모든 날이 좋았다."

깊고도 낮은 울림이 은탁의 심장에 닿았다.

"그리고, 무슨 일이 벌어져도 네 잘못이 아니다."

"아저씨 혹시…. 진짜 빗자루로 변하는 거예요?"

정말 마지막이라도 되는 것처럼, 예뻐지는 건데 죽기라도 하는 사람처럼 구는 도깨비 때문에 은탁은 조금 불안해졌다. 그래도 은탁이 생각할 수 있는 거라곤 그 정도였다. 예뻐지는 게 아니라 빗자루로 변해서 저러는 건가 싶었다. 도깨비가 피식 웃으며 고개를 저었다. 그런 게 아니라면 다행이었다.

정확히 검을 향해 은탁이 손을 뻗었다. 도깨비 신부의 손이 가까이에 닿자 검이 모습을 드러내었다. 마지막 은탁의 얼굴을 기억하며 도깨비는 눈을 감았다. 드러난 검의 손잡이를 은탁이 잡았다. 아니, 잡으려고 했다.

닿지 않았다. 검은 잡히지 않았다. 은탁은 몇 번이나 헛손질을 했다. 분명히 보였고, 보이는 대로 손을 가져다대는데 손은 허공만 가르고 있었다. 아무 일도 일어나지 않아 도깨비는 눈을 떴다. 은탁의 등 뒤로 식은땀이 흘렀다.

"이게, 왜 안 잡히지? 왜 보이는데 안 잡히죠?"

손에 힘이라도 줘보라고 도깨비가 채근했다. 은탁도 어떻게든 잡아보려 애썼다. 손에서 땀이 다 났다. 그러나 아무리 힘을 꼭 쥐고 만지려 해도 만져지지 않았다. 눈송이는 하염없이 떨어지고 있었다.

"아까 분명, 무슨 일이 벌어져도 내 잘못 아니라고 했어요. 무르기 없기!"

도깨비는 정신이 번쩍 들었다.

"그니까 너는… 도깨비 신부가."

"무르기 없다고요! 가만히 좀 있어 봐요! 지금 내가 더 당황스럽거든요?"

"가만히 있었잖아! 더 어떻게 가만히 있어! 너 그거 내놔, 서약서. 불태워버리게."

눈을 부라리며 다가서는 도깨비에 은탁이 소리쳤다.

"잠깐만요. 나 알았어요! 이거 그런 거 같아요. 저 알아요!"

"뭔데."

"그 동화에서 저주 걸린 왕자 그거요!"

"그니까 그거 뭐!"

"…입맞춤이요."

셔츠 깃을 잡아끌어 제 앞으로 도깨비의 얼굴을 당긴 은탁이 속삭였다. 그리고 두 사람의 입술이 닿았다. 부드러운 두 입술이 맞닿았다. 은탁은 눈을 질끈 감은 채였다. 서로의 온기가 입술을 통해 오갔다. 땅으로 내려오던 눈송이들이 두 사람의 머리 위로, 어깨 위로 내려왔다. 차갑고도 따뜻했다. 시간이 멈춘 듯했다.

첫
사
랑
이
었
다

멈춰진 시간은 한참 뒤에야 다시 본래의 감각으로 흐르기
시작했다.

"눈 떠."

낮게 흘러나온 목소리에 은탁이 눈치를 보며 실눈을 떴다.
도깨비의 표정이 퍽 굳어 있었다. 얼른 뒤로 물러나며 은탁이
변명했다.

"급해서 그랬으니까 이해해주세요."

"너 지금 뭐한, 미쳤어?"

"미쳤다뇨. 아저씨 예쁘게 만들어주려고 최선의 노력을 다
하고 있는 고딩한테. 누군 뭐 좋아서 한 줄 알아요? 내가 더

손해거든요! 아저씨는 많이 해봤겠지만 나는!"

두 사람 서로를 빤히 노려보다가 결국 은탁이 입을 다물었다. 다시 검을 뽑아보려 팔을 뻗었다. 조심스럽게 움직였다. 그런데, 또였다. 검 손잡이에 가까이 가면 검은 사라져버리고 잡히지 않았다. 헛수고였다.

"나는, 뭐!"

"나는 첫 뽀뽀라고요! 이걸 이렇게 쓸 게 아니었는데. 와봐요. 다시 해봐요."

한 번만 해서 그런 것 아니냐며, 더 진하게 해야 하는 건 아니냐며 은탁이 다시 한 발 앞으로 나오자 학을 떼며 도깨비가 물러섰다. 검을 뽑지 못한 건 저면서 은탁은 도리어 신경질을 냈다.

"저 지금 눈에 뵈는 거 없거든요? 이 상황까지 왔는데 만져지지도 않으면 아저씨가 다 토해내라고 할 거 아니에요. 이 위기에 제가 뭔들 못 하겠어요."

"뭐야, 그 세속적인 태도는. 안 되면 뭐하려고."

"안 되면, 그땐 하나밖에 없죠."

뒤로 물러서다 결국 문까지 왔다.

"사랑이요. 필요하면 그것까지 해야죠."

선물 받은 가방을 꼭 붙들며 은탁이 말했다. 가방을 빼앗기느니 차라리 아저씨를 사랑하는 게 낫겠다고. 도깨비는 한숨을 깊이 내쉬었다. 화난 표정을 짓자 은탁이 그제야 정신 차린 듯 굴었다.

"죄송합니다. 눈까지 내리게 하느라 애쓰셨는데."

지금, 도깨비는 무척 복잡한 기분이었다. 죽을 각오를 확실히 하고 정말로 모든 걸 정리했다. 모두에게 인사했고, 은탁에게도 줄 수 있는 대부분을 주었다. 은탁의 말대로 눈까지 내려가면서 자신의 기분을 고백했다. 그게 민망하고 부끄럽기도 했다. 그리고 은탁이 도깨비 신부가 아니어서….

내리던 눈이 그 자리에서 멈췄다. 눈 결정체들이 공중에 떠 반짝였다. 그 반짝임에 은탁은 마음을 빼앗겼다. 손가락으로 결정체 중 하나를 톡, 건드리자 빛을 내며 부서졌다.

"저 이제 어떡해요? 쫓아내실 거잖아요."

"안 쫓아낼 거야!"

도깨비가 돌아서 문을 열었다. 문으로 들어가면 다시 집이었다.

⁓

분명히 은탁의 미래에 도깨비는 없었다. 자신은 죽음을 선택했고, 선택대로 무로 돌아간 것이 분명했다. 하지만 검은 뽑히지 않았고, 자신도 죽지 않았다. 미래가 바뀐 것인지 신탁이 바뀐 것인지 모를 일이었다. 불분명했고 불확실했으나 일단은 은탁이 도깨비 신부가 아니어서 다행이었다. 도깨비는 나직이 혼잣말을 했다.

"어찌 되었든, 돌아오니 좋구나. 속도 없이."

다행은 다행이었고, 아직 죽음에 이르지 않았으니 되돌릴 것은 되돌려야 했다. 덕화에게 주었던 신용카드도, 저승에게 넘겼던 집도, 유 회장에게 건넸던 족자도 도깨비는 회수해야 했다. 그리고 은탁에게 주었던 가방, 향수, 오백도. 은탁은 서약서까지 쓴 마당에 억울하다 문을 두드리며 사랑한다 외쳤지만 도깨비는 들은 체도 하지 않았다.

내쫓지는 않는다 했으니 은탁은 계속해서 도깨비의 집에 머물렀다. 그러나 쫓아내지만 않았을 뿐 검을 뽑지 못한 은탁을 도깨비는 서슴없이 구박했다. 밥 먹는 식구가 하나 늘어 생활비가 빠듯하다느니, 빨래가 쌓였다느니, 집이 더러우니 청소를 해야겠다느니 은탁이 가는 길목마다 구박이었다. 이모네 집에서 듣던 구박에 비하면 간지러운 수준이었지만, 그래도 은탁은 도깨비의 구박이 정말 괜한 구박이란 걸 알아서 괜히 더 얄미웠다.

빨래를 널고 있는 은탁 옆에서 도깨비는 여유롭게 책을 펼쳐 읽고 있었다. 탁, 빨래의 물을 세게 털어냈다. 물이 도깨비의 얼굴에까지 튀었다.

"방금 일부러 그런 것 같은데."

"아닌데요."

"일부러 맞는 거 같은데? 왜 빨래하기 싫어? 불만 있음 애기를 해."

"아 불만. 말씀 잘하셨네. 아저씨는 지금 저 신부 아니라고 생각하시는 모양인데, 거 그렇게 되게 섣부르게 결정하지 맙시다. 이렇게 구박하시다가 크게 후회한다, 진짜."

"신부가 맞는데, '이게 왜 보이기만 하고 안 잡히죠?' 한 거야?"

"남의 아픈 구석 그렇게 쿡쿡 찌르니까."

은탁은 꽉 제 입술을 물었다. 도깨비는 은탁이 흘겨보아도 눈 하나 깜박 안 했다. 퍽 서러운 얼굴을 하고 은탁이 쏘아붙였다.

"나와 함께한 모든 시간이 눈부셨다면서요! 날이 좋아서, 날이 좋지 않아서, 날이 적당해서."

"어. 오늘도."

"거봐요! …예?"

"지금도. 속도 없이, 눈부시다고."

잔잔한 물가에 돌멩이 하나 던져진 기분이었다. 가슴이 일렁였다. 은탁은 마른침을 삼켰다.

"근데 저 왜 구박… 받아요?"

"그건 그거니까."

"그게 어떻게 그거예요. 막 눈부시고 그런데. 그러니까 우리 이러지 말고 다른 가치를 찾아봅시다. 정 신부가 그렇다면, 아저씨가 제 남친이니까 제가 그냥 여친 할게요."

"싫은데?"

"그럼 그냥 지인."

"싫은데?"

진짜 얄미워서 한 대 때려주고 싶게 굴었다. 은탁은 후, 숨한 번 내쉬고 타협점을 찾으려 애썼다.

"그럼 그냥 입주민."

"그럼 오늘부터 방세 내. 달에 오십. 수도 전기 가스료 별도야."

원수가 따로 없었다.

도깨비가 방세와 세금을 내라고 한다며 씩씩대는 은탁의 말을 들은 저승이 이번에 씩씩대며 도깨비를 찾았다. '입까지 맞췄다니까요! 그게 그렇게 쓸 게 아닌데!' 은탁은 제법 화가 난 듯 어깨를 들썩이며 말했지만 저승 듣기에는 순 유치한 사랑싸움 비슷하게밖에 안 들렸다.

"기타누락자가 검 못 잡아서 너 좋지, 지금, 솔직히. 안 죽고 더 볼 수 있어서."

"야, 그게 왜 좋아. 뭐가 좋아. 900년을 기다렸는데. 말이
되냐?"

"그래? 그럼, 내가 데려갈게. 우정으로. 너도 걔 성가실 거
아니야. 막 지 맘대로 입맞춤도 하고."

혁, 뭐 그런 얘기까지 은탁이 했나 싶어 도깨비는 입을 다
물지 못하고 더듬거렸다.

"우리 사이에 무슨 우정이 있다고 우정 타령이야! 나 죽으
라고 응원하는 거 그게 우정이야?"

은탁을 데려가겠다고 하니 흥분하는 도깨비를 가소로운
표정으로 바라보며 콧방귀 한 번 뀌고 저승은 다시 방을 나갔
다. 도깨비는 지금 기분 좋은 게 확실했다. 죽네 사네 어쩌니
하다가 결국은 살게 되어서. 저승도 도깨비가 살게 된 게 좋
았으니까.

저승이 나가고 도깨비는 조금 붉어진 얼굴을 애써 수습했
다. 당돌한 여고생의 입맞춤은 오래만 살았다뿐 별 경험 없는
도깨비를 당황시키기에 충분했다. 이런 일도, 이런 감정도,
모든 것이 도깨비에게도 처음이었다.

빼앗듯이 돌려받은 은탁의 가방에서 서약서를 꺼냈다. 마
지막 조항을 손으로 더듬었다. '을은 매년 첫눈 오는 날에 갑
의 소환에 응한다. 갑이 기다릴 것이기 때문이다.' 지킬 수 있
는 약속이었으면 좋겠다고 생각했다.

대망의 수능날. 워낙 큰 시험이다 보니 거리마다 긴장감이 돌았다. 수능을 치르기 위해 배정된 학교로 가는 이들이 긴장된 표정을 감추지 못했다. 크게 걱정은 하지 않았지만 은탁도 떨리긴 마찬가지였다. 수시로 쓴 학교에 붙으려면 최저 등급은 맞춰야 했다.

버스를 기다리는 은탁의 옆에서 도깨비가 함께 기다려주었다. 능력으로 수능 답 좀 알려달라고 했지만 극구 거부한 그였다. 진짜 답이 알고 싶었다기보다 그 정도 친절은 베풀어주는지 보고 싶었던 건데, 엄청 정색을 하는 통에 수능날 아침까지도 은탁의 기분을 상하게 했다.

"절대적인 힘에는 예의가 필요한 거야. 그래도 정 원한다면 언어영역부터…."

"아, 됐거든요! 어차피 다 아는 문제일 텐데."

그가 진짜로 답을 말할까 봐 은탁은 황급히 말을 막았다. 도깨비가 은탁의 머리를 쓰다듬었다. 책가방을 어깨에 메고 빨간 목도리를 두른 은탁이 귀여워서, 수능 잘 보라는 의미로. 아니, 그냥 자신도 모르게 손이 나갔다. 부드럽게 쓰다듬는 손길에 은탁의 어깨가 굳었다. 입맞춤 뒤에 있는 첫 스킨십이었다. 은탁이 긴장하자 도깨비도 제 행동을 깨닫고는 손을 멈췄다.

버스가 멈췄다가 소음을 내며 출발했다. 버스 정류장에는 결국 은탁과 도깨비만 남았다.

"어깨도 좀, 토닥해야 자연스럽겠지?"

도깨비가 머뭇머뭇 머리 위에 있던 손을 내려 은탁의 어깨를 토닥였다. 은탁이 어색한 표정을 지으며 그렇다면 자기는 시간을 확인하겠다며 어깨를 토닥이고 있지 않은 도깨비의 손목을 잡아끌었다. 시계 보는 시늉만 하려고 했던 건데 시곗바늘을 보자 눈이 번쩍 뜨였다.

"혹시 지금 시간을 멈춘 거예요?"

"아니?"

"아. 어떡해, 어떡해. 저 망했어요! 30분이나 흘렀다고요!"

"걱정 마. 남친이 도깨비인 거 잊었어?"

여유로운 도깨비의 말에 은탁이 눈썹을 올렸다.

"싫다면서요, 남친."

"거짓말이었어. 따라와."

은탁의 손목을 잡고 도깨비는 근처 건물, 문이 있는 곳을 찾아 달렸다. 가로수 길을 달리며 은탁의 심장은 사정없이 뛰었다. 달리기 때문에 박동이 빨라진 것이리라 생각하고 싶었다. 남친 하기 싫다는 게 거짓말이라면, 그 말을 남친 하고 싶다는 말로 받아들여도 되는 것인지 묻지 못한 채 달렸다. 열려 있는 한 건물의 문을 열고 들어가자 수능 시험장 앞이었다. 시험 잘 보라고 도깨비가 손을 흔들었다. 잘 볼 수 있을 것 같았다. 은탁도 함께 손 흔들어주었다.

은탁을 그렇게 시험장에 데려다주고, 도깨비는 들어갔던 문 밖으로 다시 나왔다. 함께 들어갔던 문을 한 번 더 뒤 돌아보는데, 빠른 속도로 자전거가 달려오고 있었다. 자전거를 탄 청년은 뒤늦게 도깨비를 발견하고 핸들을 획 꺾었다. 피하기 이미 늦어 부딪힐 거란 생각에 청년은 눈을 질끈 감았다가 떴다. 끼익, 소리를 내며 자전거가 멈추고 청년은 자전거를 탄 채 넘어졌다. 다행이 크게 다치진 않았다. 일순간 시간을 멈추고 순간이동한 도깨비 덕이었다. 하마터면 두 사람 서로 부딪쳐 크게 몸이 상할 뻔했다.

분명히 코앞에 있었는데, 지금은 제 뒤에 있다. 청년은 너무 놀라 얼떨떨했다. 넘어져 아픈 무릎도 잊었다. 그리고 이내 몸을 일으켜 세우며 도깨비를 노려보았다.

"아, 씨발! 미친놈이! 죽고 싶어? 눈 똑바로 뜨고 다녀!"

다시 자전거에 몸을 싣고 청년은 쌩하니 도로를 질주해 갔다. 도깨비는 그러한 청년의 뒷모습을 바라보았다. 부딪힐 뻔한 바람에 의도치 않게 그의 끔찍한 미래를 보고 말았다.

수능을 마치고, 은탁은 힘 빠진 걸음으로 집으로 가는 버스에 올랐다. 시험은 못 보지 않았다. 아니 잘 봤다. 그러나 오랫동안 준비해왔던 시험에 대한 허탈함에다가, 시험장 앞에 서서 수능을 마친 가족을 기다리고 있는 수험생 가족들을 보니 기운이 더 빠졌다. '고생했어, 우리 딸' 하는 중년 여인의 목소리가 지나던 은탁에게도 들려서 은탁은 자연스레 엄마를 떠올렸다.

이런 날 은탁의 엄마도 당연히 은탁에게 고생했다, 수고했다, 사랑한다 우리 딸. 이런 저런 따뜻한 말들을 해주었을 거였다. 엄마의 응원 대신 목에 감은 빨간 목도리를 아무리 만져보아도, 따뜻하긴 했지만 엄마는 아니었다. 생일날 케이크의 초를 끌 생각에 방 안으로 달려 들어갔을 때, 따스한 눈빛으로 저를 보던 엄마의 영혼마저 그리웠다. 괜스레 눈물이 나려는 걸 꾹꾹 눌러 참았다.

"다녀왔습니다…. 아, 힘들다. 저 오늘 머리 너무 써서 완전 피곤…."

신발 벗고, 목도리 푸르며 현관에 들어서던 은탁은 눈앞에 펼쳐진 광경에 멈칫했다. 도깨비와 저승사자, 덕화까지 세 남자가 모여 있었다. 가운데 선 저승의 두 손에는 케이크가 들려 있었다. 때맞춰 초에 불이 켜졌다. 덕화가 시험 잘 봤느냐고 물었다. 엉겁결에 은탁이 고개를 끄덕였다.

"아이디어는 내가 내고, 돈은 저자가 내고, 사온 건 덕화."

저승의 말에 은탁의 눈이 그렁그렁해지며 말을 잇지 못했다. 세 사람은 은탁의 표정이 일그러지자 빠르게 당황했다. 도깨비가 어쩔 줄 몰라 하며 은탁의 곁으로 다가섰다. 은탁의 눈에서는 이미 눈물이 떨어지고 있었다.

"왜 울어, 시험 망쳤어?"

"그게 아니라…. 너무, 너무 행복해서….'

결국 은탁은 엉엉 소리 내 울기 시작했다. 아이처럼 울었다. 이렇게 행복하면 어떡하지. 엄마와 살 때만큼 행복해지고 있었다. 이런 감정이 너무 오랜만이라 생경했다. 은탁은 그 생경한 행복 때문에 울었다. 행복하면 웃어야지, 울어버리는 은탁을 세 남자는 그저 어찌할 바 몰라 멍하니 바라보고 있었다. 그래도 슬퍼서 우는 게 아니라니 다행이었다.

"완전 행복하니까 소원 빌어야지?"

눈물을 그친 은탁이 손 야무지게 모으고, 눈 꼭 감은 채 촛불 앞에 소원을 빌었다. 무슨 소원을 비는지 도깨비에게도 또렷이 들렸다. '같이 영화 보는 게 소원이구나.' 도깨비가 피식 웃는데, 눈을 다시 뜬 은탁이 뭐라 말릴 틈도 없이 후, 촛불을 불었다. 꽂혀 있던 불들이 한꺼번에 모조리 꺼졌다.

은탁의 앞에 있던 도깨비가 순식간에 소환당해 은탁의 등 뒤로 이동하게 되었다. 도깨비의 순간이동에 저승과 덕화는 입을 다물지 못했다. 구구절절 설명하기도 껄끄러워 도깨비는 입을 다무는 쪽을 택했다. 대신 은탁을 잡아끌었다.

"넌 왜 그러고 있어."

"네?"

"영화 보자며. 팝콘도 먹고. 가, 네 소원 이루어졌어."

은탁이 신이 나 옷 갈아입고 나오겠다며 계단을 뛰어 올라갔다.

영화관에서 도깨비가 부린 추태란 이루 말 못 할 정도였다. 영화가 끝나고 출출한 속을 달래려 샌드위치 가게로 들어서서도 은탁은 내내 한숨을 푹푹 쉬었다. 별로 무서운 영화도 아니었는데, 도깨비가 무슨 겁이 그렇게 많은지, 계속 부들부들 떨며 소리를 지르더니 결국 좀비가 등장하는 장면에서는 들고 있던 팝콘을 공중에 던져버리질 않나. 민폐 덩어리 그 자체였다.

창피하다는 은탁의 핀잔에 도깨비는 민망해하면서도, 넌 그게 무섭지도 않느냐고 도리어 적반하장이었다. 주문한 샌드위치를 저 혼자서만 맛있게도 먹는 도깨비에게 은탁이 한소리 했다. 벌써 두 개째였다.

"이게 얼만데 두 개나 먹어요? 과식하면 건강에 안 좋아요."

"넌 그때 소를 몇 인분을 먹었더라. 건강 괜찮아?"

한 마디를 안 져준다. 은탁은 입을 비죽였다.

"나 언제까지 구박하실 건데요? 줬다 도로 다 뺏고. 가방 예뻤는데, 오백 처음 봤는데. 첨부터 주지 말든가."

"다음부턴 그럴게."

"줘도 진짜 이상하게. 꼭 옆에 없을 사람처럼. 나중에 커서 하라고. 덕화 오빠한테도 카드, 저승 아저씨한테는 집. 딱 원하는 거만. 꼭 이별 선물처럼."

미뤄왔던 질문들을 은탁은 이제야 했다. 그날 정말로 이상했다. 900년 동안 소원하던 검 뽑는 날이었으니까, 새 사람이 되는 기분이어서였을까 싶어 넘어갔지만 생각하면 생각할수록 이상했다.

은탁의 날카로운 질문에 도깨비는 먹던 샌드위치를 내려놓았다. 사실이 아닌 게 없어 대답할 수가 없었다.

"맞죠? 이별 선물. 아저씨 그 검 뽑으면, 우리 떠나려고 했던 거죠? 왜요?"

"한 번 말한 거 같은데. 신부가 나타나면 더 멀리 떠날 준비를 해야 한다고."

"어디요? 유럽? 캐나다? 지금도요? 지금도 떠나고 싶어요?"

들었던 것 같다. 더 멀리 떠날 준비를 해야 한다고. 처음부터 어딘가로 떠난다고 했었다. 그런데 처음에 떠나려던 곳보다 더 먼 곳이라면, 대체 얼마나 먼 곳으로 간다는 건지 감도 오지 않았다.

"아니. 안 떠나고 싶어. 근데 신부가 진짜 나타난다면, 그 선택은 내 몫이 아니게 되겠지."

진짜 신부. 그 말이 은탁에게는 또 무겁게 느껴졌다. 자신이 도깨비 신부가 아니라는 것이, 도깨비가 데리고 있어주는 것만으로도 감사해야 할 학생이라는 것이 가슴 깊숙이 다가왔다. 이제는 도깨비가 덮어놓고 아니라고 해서 아닌 게 아니라, 정말로 자신도 반박할 수 없게 도깨비 신부가 아니었다. 검은 여전히 보였다. 보인다고 다 도깨비 신부가 아니라는 게 문제였다.

"아. 그렇죠…. 같이, 갈 거예요? 그 진짜 신부랑?"

"보내줄래?"

보내줄 거냐고 묻는 도깨비가 너무 못되게 느껴졌다. 은탁은 고개를 저었다.

"아니요. 저는 안 보낼 거니까 아저씨가 그냥 저 버리고 가세요. 진짜 신부 나타나면, 아니 그 전에 저 나갈 거니까, 그냥 저 없을 때 가시라고요. 저 모르게."

도깨비는 입이 썼다. 은탁은 검을 뽑으면 저가 어디로 가는지 모르고 있다. 그래서 은탁이 우울한 얼굴을 하고 있어도 무어라 말하지 못했다. 은탁이 도깨비 신부가 아닌 것 같아서, 지금 자신이 얼마나 안도하고 있는지 은탁은 영영 알지 못할 것이다.

연희대학교 언론홍보영상학부 수시 논술을 치렀다. 라디오 PD가 되려고 마음먹은 순간부터 은탁이 지원하려고 마음먹었던 학교와 과였다. 저마다 치열하게 답안지를 채워나가는 학생들 사이에서 은탁도 열심히 답안을 적어내려갔다. 문제가 은탁의 눈엔 까다롭지 않아서 크게 어렵지 않았다.

시험을 마치고 은탁은 가벼운 발걸음으로 캠퍼스를 한 바퀴 돌아보았다. 곧 오게 될 학교라고 생각하니 벌써 대학생이 된 기분이라 두근거리고 설렜다.

도깨비는 은탁의 시험이 끝나는 시간에 맞춰 학교 앞으로 마중을 나왔다. 은탁을 위해 준비한 꽃다발을 든 도깨비와 은탁의 거리가 가까워지고 있었다.

은탁이 먼저 발견한 건 멀리서 다가오는 도깨비보다 운동장에서 연습에 한창인 야구부였다. 은탁에게는 대학교의 모든 것들이 신선해 보였다. 그때 탕, 하는 소리와 함께 야구공이 은탁을 향해 날아왔다. 피할 방도가 없어 비명을 지르며 반사적으로 몸을 움츠렸다. 이내 닥칠 고통에 눈을 질끈 감았는데, 아무런 아픔도 느껴지지 않았다. 대신 누군가 저를 끌어당겨 안고 있었다.

야구 유니폼을 입은 남자였다. 풋풋하고 어린 얼굴과 달리

체격은 운동선수답게 건장했다. 캠퍼스로 쏟아지는 햇살이 다 남자에게로 쏟아지는 듯 인상이 밝았다. 은탁은 남자의 얼굴을 확인하고는 어, 하고 반가운 소리를 냈다.

"태희… 오빠?"

"…지은탁? 와, 이제 얼마 만이야. 못 알아볼 뻔했다."

"아, 저 좀 많이 변했죠. 제가 그동안 고생을 되게되게…."

"응, 더 예뻐져서. 키도 많이 크고."

태희가 어린 시절 그때처럼 손을 뻗어 은탁의 앞 머리칼을 헤쳤다. 잘 빗어놓았던 머리카락이 헝클어지는 데도 은탁은 발그레 볼을 붉히며 웃었다. 아주 어린 시절 이후로는, 이모를 따라가 사느라 소식도 전혀 듣지 못했다. 이렇게 만난 게 너무나 인연 같았다.

초등학생 때였다. 기계에서 자동으로 쏴주는 야구공으로 배팅을 연습할 수 있는 야구 연습장을 태희는 자주 찾았다. 어린 은탁의 눈에도 배트로 야구공을 힘차게 치는 태희가 멋있어 보여서 야구 연습장에 태희가 있으면 몰래 훔쳐보곤 했었다. 은탁은 그런 태희가 여전히 야구를 하고 있다는 사실에 감탄했다.

"오빠 이 학교 다녀요? 저 오늘 여기 논술 봤는데."

태희도 은탁이 반가워 활짝 미소를 지었다.

그 재회의 장면을 도깨비는 고스란히 목격했다. 툭, 소리를 내며 그가 들고 있던 꽃다발이 차가운 땅 위로 떨어졌다. 환히 웃으며 '대표님'이라고 말하던 스물아홉의 은탁이 도깨비 시야를 스쳤다.

"저 자식인가. 그 대표님이라는 자식이…!"

맑았던 교정 위로 먹구름이 몰려들더니 한 방울씩 비가 떨어지기 시작했다. 갑작스러운 비에 사람들이 여기저기 건물 아래로 피했다.

늦은 저녁 은탁이 아르바이트를 마치고 왔을 때, 도깨비는 식탁에 혼자 앉아 아이스크림을 먹고 있었다. 은탁도 좋아하는 아이스크림이라 얼른 옆자리에 앉는데 도깨비는 또 무슨 심술인지 안 주겠노라고 어깃장을 놓았다. 오후에 잠시 비가 왔던 게 생각났다.

"비 왜 왔는데요. 기분 왜요. 왜 우울한데요."

머리를 헝클어뜨리는 그 손이 거슬렸다. 게다가 은탁은 몸을 꼬며 부끄러워했다. 기가 찼다. 도깨비는 대답 대신 눈을 치켜떴다. 태희인지 뭔지 하는 그 자식이 피아노를 치게 내버려뒀어야 했다. 그랬으면 오늘 이런 식으로 만나게 되진 않았을 것이다.

은탁이 야구 연습장에서 태희를 바라보던 시절. 어느 날 키가 크고 공을 제대로 치지도 못하는 어른 하나가 태희 옆에서 공을 치고 있었다. 야구에 서툰 그가 자꾸 시야를 막아 태희가 잘 보이지 않았다. 은탁은 짜증이 났다. 심지어 그 아저씨가 배트를 통째로 날리는 통에 은탁은 놀라서 손에 쥐고 있던 꽃잎을 놓쳤다.

은탁의 기억 속엔 없지만 그 아저씨는 도깨비였다. 도깨비는 야구 연습장에서 어린 태희와 만났다. 꼬맹이가 배트 좀 다룰 줄 안다고, 도깨비를 한심하게 여기며 당돌하게도 내기를 걸었다. 소원 들어주기 내기 결과는 뻔했다. 도깨비의 참패. 태희의 수호신이기도 했던 도깨비가 소원을 들어주기 위해 일부러 찾아가 유도한 내기라 정해진 결과였다.

태희는 피아노를 없애달라고 소원을 빌었다. 피아노 치는 건 정말 싫은데, 야구를 하고 싶은데, 엄마가 억지로 피아노를 치게 한다고. 정말 이뤄질 거라 믿은 건 아니었다. 내기를 마치고 태희가 집으로 돌아갔을 때, 태희 엄마는 전화 수화기를 들고 있었다. 집에 도둑이 들어 그 큰 피아노만 사라졌다고 기가 막혀 하면서 경찰에 신고 중이었다. 덕분에 태희는 피아노 대신 야구를 할 수 있었지만 인생에서 가장 황당한 사건으로 남은 채였다.

"몰라서 물어?"

"뭐, 검 안 잡히는 그거요? 그게 제 탓이에요? 저는 최선을 다 했다구요. 그 검 애초에 뽑히는 건 맞아요? 아니 뽀뽀를 해도 안 돼, 서로 '사랑해' 다 했는데도 안 돼, 제가 뭘 더 어떻게 해요."

검 이야기가 아니었으나, 은탁이 마음에 둔 것은 검뿐이었다. 검이야말로 은탁을 매번 발끈하게, 서럽게, 서운하게 만드는 주제였다. 둘의 언성이 점점 높아졌다.

"너 진심 아니었잖아. 아주 세속적인 '사랑해'였잖아."

"아저씨는 뭐 진심이었어요? 아주 이해관계 확실한 '사랑해'였잖아요. 하여간 진짜 성격 별로야."

"넌 뭐, 좋은 줄 알아!"

"난 어리잖아요."

"어린 거 그거 뭐! 난 안 늙지만 넌 늙을 거잖아! 난 계속 젊고 아름다울 거라고."

"아저씨가 젊진 않죠. 그리고 제가 첫사랑을 만나서 제 눈에 아저씨가 아름다울 틈이 없네요."

"뭐, 뭔 사랑?"

"아저씨 야구 잘해요? 우리 태희 오빠 야구 대빵 잘해요!"

"네가 봤어? 내가 야구하는 거? 보고 아주 깜짝 놀랄라구, 이게."

"아. 저는 이제 입주민도 아니고 이거예요? 아 예, 이거는 이만 물러갑니다!"

그날 밤, 은탁은 도깨비에게 받았다 뺏긴 가방이며, 향수, 오백을 확인하고 서약서를 바꿔치기 하려 도깨비의 방에 몰래 숨어들었다. 완벽 범죄라고 생각했는데 도깨비 손 안이었다. 캄캄한 방에서 휴대전화 불빛 하나로 더듬거려 찾은 게 전부 무용지물이 되게, 도깨비는 대번에 불을 켜 은탁을 당황하게 했다. 바꿔치기 하려던 서약서도 다 들켰다.

도깨비에게 계속 추궁을 당하던 은탁의 눈에, 예전에 도깨비에게 잠시 읽고 있으라고 건넸던 시집이 보였다. 은탁은 전에 잠깐 보라고 했던 시집을 왜 아직까지 갖고 있느냐고, 이걸 찾으러 온 거라고 재빨리 반격하고는 얼른 방을 빠져나왔다.

방으로 돌아와 은탁은 시집을 펼쳤다.

"책 또 험하게 본 거 아냐, 남의 거라고? 아, 열 받아. 뭐 하나 걸리기만 해봐."

분한 손길로 시집을 후르륵 넘겼다. 어느 페이지에 못 보던 밑줄이 그어진 흔적이 있었다. 시의 한 구절을 필사하기도 했다. 자신의 필체와는 확연히 다른 어른의 글씨였다. 〈사랑의 물리학〉이라는 시가 있는 페이지였다. 남의 책에 낙서까지 했어. 은탁은 씩씩대며 찬찬히 글씨를 훑었다.

'첫사랑이었다.'

마지막 행이었다. 첫, 사랑. 그래, 자신에게만 있을 리가 없었다. 이제 열아홉 해를 산 은탁에게도 처음 좋아한 오빠가 있는데 939년을 산 도깨비에게 당연히 애틋하고 날카로운 첫사랑의 기억쯤은 있을 게 분명했다.

도깨비의 첫사랑을 생각하니 짜증이 났다. 조금 일찍 태어났으면 좋았을까, 그런 생각도 들었다. 다 소용없는 가정이었다.

⌒

저승사자는 첫 만남에서는 저를 울리고, 두 번째 만남에서는 이름이 없는 저를 당황하게 해, 결국 김우빈이라는 이름까지 만들게 한 써니를 드디어 제대로 대면했다. 그동안의 만남처럼 엉망이 되지 않게 하려고 저승은 은탁을 붙들고 많은 예습을 했다. 다른 평범한 남녀들처럼 카페에 커피를 시켜 놓고 마주 앉았다. 저승은 여전히 아름답게 빛나는 써니 때문에 잠시 아득해졌다.

써니도 마찬가지였다. 행상 가판대 위에 딱 제 것처럼 느껴지던 반지가 있어 손을 뻗는데 함께 그 반지를 집어든 남자. 그러더니 저를 보자마자 울던 남자. 그 얼굴 하얀 남자는 알 수 없는 구석이 많았다. 연락도 잘 안 됐고, 겨우겨우 만나도 이름 하나 제대로 말해주지 않고 도망을 갔다. 이름을 알려주기에 명함을 달랬더니 또 연락두절이 됐다. 그럼에도 이렇게

만나니 경직된 흰 얼굴과 금방이라도 울 듯한 큰 눈망울이 써
니의 마음을 흔들었다. 자신이 잘생긴 얼굴에 이다지도 약했
나 싶을 정도였다.

"생일 음력 11월 초닷새, 사수자리, AB형, 미혼, 집은 전세,
차는 필요하면 곧, 과거 깔끔, 명함은 아직, 보고 싶었어요."

그런데 이렇게 말하는 남자를 보면, 웃음이 새어 나왔다.
얼굴 때문만은 아닌 것 같았다.

"하, 참나. 저도요."

검은 양복을 차려입은 저승이 써니를 보며 씩 웃었다. 두
사람의 얼굴에 환한 미소가 퍼졌다.

"웃기는 남자야, 진짜. 좋아요? 전화를 그렇게 피했으면서?"

"명함 없는 사람… 안 좋아하실 거 같아서…."

"그럼 명함이 없다, 전화 받아서 말하면 되잖아요. 문자로
보내도 되고."

"앞으로는 꼭. 써니 씨는 혹시 명함이…."

"저는 얼굴이 명함이에요. 얼굴에 딱 써 있죠? 예쁜 사람."

"아… 네… 그러네요. 정말. 받아가고 싶네요…."

이상하고 어수룩한 남자였으나, 써니는 또 소리 내 웃어버
렸다. 솔직한 건지 작업 멘트인 건지 모를 말들이 전부 써니
의 마음을 흔들었다.

"거 봐요. 만나면 이렇게 재밌잖아요. 더 알아가고 더 친해

지고. 우빈 씨는 뭐 좋아하세요?"

"써니 씨요."

"미친다…. 말구요. 취미 뭐 그런 거요."

"써니 씨요."

첫만남 이후 계속 생각이 나서, 자신은 저승사자이고 써니는 산 사람이라는 것도 잊고 이렇게 계속 만나고 싶을 만큼 떠올라서 저승은 괴롭고 우울했다. 평범한 사람들과 조금 다른 써니의 성격이 다행이라면 다행이었다. 덜 중요한 건 다 넘어가주는 시원한 성격 덕에 저승은 많은 것을 숨기고도 써니의 앞에 있을 수 있었다.

"어디로 튈지 모르는 써니 씨의 행동에 드라마만큼 맹목적으로 끌립니다. 써니 씨의 예측 불가한 행동들은 상상력을 발휘해야 하고, 제 서툰 행동들은 하나같이 오답이네요. 요즘 제게 새로 생긴 써니 씨라는 이 취미가 신의 계획 같기도, 신의 실수 같기도, 그렇습니다."

더듬거리며 겨우 말하던 사람이 청산유수로 뱉어내는 찬양에 써니는 기분이 좋으면서도 경계심이 앞섰다.

"뭐 이렇게 말을 잘해? 혹시, 종교 있어요?"

"아… 뭐가 또 있어야 하는군요. 그럼 준비되면 다시 연락…."

써니가 펄쩍 뛰며 일어서려는 저승을 막았다. 뭘 물어보기만 하면 답을 못 하고, 답을 못 하면 사라져서는 연락두절되는 남자였다. 없어도 되니 가만히 앉아만 있으라고 써니가 다급히 외쳤다. 저승은 또 써니의 말대로 다시 착석했다.

예측 불가의 행동은 저가 아닌 저승이 하고 있었다. 써니는 머리가 아프면서도, 눈앞에서 멀쩡하게 웃고 있는 남자를 보면 기분이 눈 녹 듯 풀리는 것을 느꼈다.

얼마 전, 아이스크림 가게에서 아이스크림을 나눠 먹는 태희와 은탁을 도깨비는 두 눈 시퍼렇게 뜨고 지켜봐야만 했다. 그래서 저녁 시간이 다 되도록 집에 들어오지 않는 은탁이 불안했다. 어디서 또 태희를 만나고 있는 건 아닌지 전전긍긍하며 불안하게 집 안을 서성였다. 도깨비도 스스로 이상하다고는 생각하고 있었다. 이건 명백히 질투였고, 마치 정말 '남친'이라도 되는 듯한 이의 행태였다. 그러니까 그만두자 싶다가도 감정이 앞섰다. 결국 그는 은탁을 찾아 나섰다.

치킨집에도 없었고, 자주 지나던 길목에도 없었다. 한참을 수소문 끝에 도깨비가 겨우 은탁을 찾아낸 곳은 예식장이었다. 수능이 끝난 뒤로 아르바이트를 늘려 바쁜 건 알았는데, 예식장 아르바이트도 하고 있는 줄은 몰랐다. 그것도 축가를 부르고 있을 줄이야.

조명 아래서 은탁은 '아저씨' 하고 부르던 맑고 투명한 목소리로 신랑과 신부를 위해 둘을 축복하는 사랑의 노래를 속삭이고 있었다. 억겁의 시간이 지나도 또다시 만났으면, 우리 사랑이 운명이었다면, 내가 너의 기적이었다면 좋겠다는 가사가 가슴을 파고들었다.

예쁜 아이였다. 이제 스무 살이 될 아름다운 여인이기도 했다. 시선을 빼앗긴 채 멍하니 보던 도깨비의 눈이 은탁과 마주쳤다. 식장 줄 맨 뒤에 우두커니 선 그를 축가 중에 은탁이 발견하였다.

"노래 잘하더라."

순순한 칭찬에 은탁이 웃었다. 갈 때는 혼자였는데, 집에 돌아가는 길은 둘이어서 은탁은 쓸쓸하지 않았다.

"쫌. 근데 여긴 어떻게 알고 왔어요?"

"네가 뛰어봤자 내 손바닥 안이지. 닭집은? 알바 잘렸어?"

"알바를 늘렸죠. 축가 알바 좋거든요. 근데 결혼식 보고 있으면 기분이 좀 이상해요."

"뭐가 이상한데."

"그냥…. 아, 나는 저렇게 촛불 밝혀줄 엄마도 없겠구나. 아, 나는 내 손 잡아줄 아빠도 없겠구나. 같이 사진 찍어줄 친구도 없고… 친구가 없으니까 축의금도 없겠고…. 뭐 그런 생각? 웃기죠."

축의금 부분부터는 스스로도 조금 웃겼던지 은탁은 이를 보이며 웃었다. 도깨비는 인상을 찌푸렸다. 이 아이는 무슨 말만 하면 사연이 쏟아졌다. 괜히 제가 다 미안해져 도깨비는 아무 말도 못 하기 일쑤였다.

"그래서 아저씨 신부에 집착했던 거 같아요. 가족이 생기는 거 같아서. 나한테 없는 그 가족이란 게, 운명처럼… 나한테 온 줄 알았던 거죠."

은탁의 솔직한 속내였다. 말하다 보니 울컥해서, 은탁은 눈물을 훔쳤다. 떨리는 목소리에 은탁을 본 도깨비가 놀랐다.

"왜, 울어. 나 미안하라고?"

"아뇨. 따지고 보면 미안한 건 난데요, 뭐. 있잖아요… 아저씨. 정말 미안해요. 내가 검 못 빼줘서…. 계속 말하고 싶었는데, 우리 요새 보기만 하면 싸워가지고. 효용가치, 그거, 없었던 거니까. 내가 서약서니 뭐니, 억지로 효용가치 있는 척했던 거니까."

은탁은 미안하다며 웃었다. 울면서 웃으니 조금 못나 보였다. 정말로 못난 건 자신이었다. 도깨비는 미간을 좁혔다. 은탁이 울지 않았으면 좋겠다. 자신을 만나고 나서 은탁은 더 자주 우는 것 같았다.

"타이밍이 좀 그렇긴 한데, 이왕 말 나온 김에 해야겠다. 제가 지금 알바도 늘리고 차근차근 준비하고 있거든요? 그러니까 저 나갈 때까지 조금만 기다려주심 안 돼요? 구박하지 말고. 제가 준비돼서 나갈 때까지 수험생 할인으로 구박도 50프로 할인해주세요. 네?"

아이의 이런 점이 도깨비의 마음을 흔들었던 것 같다. 울고 있을 때도 금세 웃을 준비가 되어 있었던 점이. 그래서 활짝, 언제든 웃어주었다. 슬플 때도, 기쁠 때도. 가로등 불빛이 희미해도 은탁의 빛만은 늘 환했다. 안쓰러웠고, 자신을 안쓰러워했다. 위로해주었고, 위로하는 방법을 알려주었다. 머리를 쓰다듬어준 것도, 어깨를 토닥여준 것도 도깨비로선 은탁이 처음이었다. 입맞춤을 해주고, 사랑한다 말해준 것도.

도깨비는 팔을 벌려 은탁을 품에 안았다. 갑작스러운 포옹에 은탁이 굳었다. 도깨비가 은탁의 등을 감싸 안고 은탁의 머리 위에 턱을 가만히 대었다. 그의 품 안이 무척 넓고 포근해서 은탁은 그대로 순간이 영원하기를 바랐다.

"할인은 안 되겠는데. 50프로 절대 안 돼."

가만히 품에 안겨 있던 은탁이 픽 웃었다.

"45프로?"

도깨비는 진심으로 유쾌해졌다. 계속 살게 되어서 다행이라고 또 한 번 생각했다. 이 사랑스러운 아이를 오래 볼 수 있어 좋았다. 도깨비가 은탁을 향해 환히 웃었다. 은탁도 그 웃음이 좋아 더 밝게 따라 웃었다. 순간 도깨비의 표정이 하얗게 질렸다.

검이 울기 시작한 것이다. 검이 도깨비의 가슴 위에서 우웅, 우웅 울기 시작했다. 극심한 고통에 도깨비가 검이 박힌 가슴 부근을 부여잡고 자리에 주저앉았다. 처음 보는 그의 모습에 은탁은 당황해 어찌 할 바를 몰랐다.

"왜요? 아파요? 혹시 검 때문에?"

검이 우는 게 은탁에게도 느껴져 은탁은 검 쪽으로 손을 내밀었다. 본능적으로 손을 뻗은 것이었는데, 검을 통과하기만 하던 손에 검 손잡이가 닿았다. 은탁이 놀라면서도 동시에 밝게 외쳤다.

"어, 아저씨! 검이, 잡혀요!"

검이 손에 잡혔다. 도깨비 신부가 맞았다. 아파하는 도깨비를 위해 은탁이 해줄 수 있는 일이 있었다. 은탁은 얼른 두 손으로 검을 잡았다.

"잠깐만 참아요, 내가 빼줄게요."

두 손에 힘을 주어 잡은 검을 빼냈다. 검이 조금씩 가슴 밖으로 나오기 시작했다. 도깨비의 표정이 극심한 고통으로 일그러졌다. 검이 꽂힐 때와는 비교할 수 없는 아픔이었다. 검이 움직인다는 것을 확인한 은탁이 더욱 힘을 주어 단번에 빼려 했다.

"안 돼!"

도깨비가 이성을 잃고 은탁을 강하게 밀쳤다. 검 뽑는 데만 집중하고 있던 은탁은 공중으로 멀리 빠르게 날아갔다. 높게 뜬 은탁의 몸은 도로 쪽으로 거세게 날아가고 있었다. 거대한 트럭이 달려오는 길 한복판이었다.

은탁이 트럭에 부딪히기 직전, 정신을 차린 도깨비가 순간 이동해 은탁을 뒤에서 감쌌다. 은탁을 감싼 도깨비의 몸이 트 럭과 대신 부딪쳤다. 그 반동으로 둘은 거리 위를 굴렀다. 은 탁은 그대로 정신을 잃었다. 은탁을 안은 채로 도깨비는 눈을 감았다.

'신탁이 맞았구나. 내가 본 미래가 맞았구나.'

은탁은 그의 도깨비 신부였다. 그의 신부는 무척 사랑스러 웠다. 그래서 신부가 아니길 바랐다.

'이 아이로 인해 이제 난, 이 불멸의 저주를 끝내고 무로 돌 아갈 수 있겠구나.'

껴안은 은탁의 온기가 고스란히 가슴 위로 전해졌다.

'인간의 수명 고작 백 년. 돌아서 한 번 더 보려는 것이 불멸 의 나의 삶인가, 너의 얼굴인가.'

은탁이 무겁게 감겨 있던 눈꺼풀을 겨우 들어 올렸다. 희미 한 시야 사이로 도깨비가 보였다. 안도감에 눈물이 났다. 눈

물 한 방울이 볼 아래로 흘러 내렸다. 그 눈물까지도 도깨비
는 껴안고 싶었다.

'아… 너의 얼굴인 것 같다.'

검의 통증과는 비교할 수도 없을 극심한 통증이 도깨비의
전신을 지배했다. 슬픔이었다.

(2권에 계속)

• 〈사랑의 물리학〉 게재를 허락해주신 김인육 시인께 감사드립니다.

1

1판 1쇄 발행 2017년 1월 31일
1판 18쇄 발행 2024년 11월 15일

극본 김은숙
소설 스토리컬처 김수연

발행인 양원석
펴낸 곳 ㈜알에이치코리아
주소 서울시 금천구 가산디지털2로 53, 20층 (가산동, 한라시그마밸리)
편집문의 02-6443-8842   **도서문의** 02-6443-8800
홈페이지 http://rhk.co.kr
등록 2004년 1월 15일 제2-3726호

ISBN 978-89-255-6096-0 (03810) | 978-89-255-6095-3 (세트)